Klaus Modick

Klack

Roman

Kiepenheuer
& Witsch

MIX
Papier aus verantwortungsvollen Quellen
FSC® C083411
FSC
www.fsc.org

Verlag Kiepenheuer & Witsch, FSC® N001512

1. Auflage 2015

Umschlaggestaltung: Barbara Thoben, Köln
Umschlagmotiv vorne: © plainpicture / wildcard
Umschlagmotiv hinten: © plainpicture / Millennium / Simon Barber
Gesetzt aus der Syntax und der Sabon
Satz: Buch-Werkstatt GmbH, Bad Aibling
Druck und Bindung: CPI books GmbH, Leck
ISBN 978-3-462-04684-7

Das Buch

Markus hat es eigentlich gut. Auch seine Familie hat teil am westdeutschen Wirtschaftswunder, man kann sich wieder etwas gönnen, sogar ein Fernseher ist angeschafft worden – und doch hat er zu leiden: an der tyrannischen Großmutter, den immer gleichen Kriegserzählungen des Vaters, den autoritären Lehrern am Gymnasium, vor allem aber an unerwiderten Gefühlen.

Mit den Tinottis kommt Bewegung in sein Leben. Die italienische Familie zieht nebenan ein und eröffnet eine Eisdiele, Markus ist aber vor allem fasziniert von der gleichaltrigen Tochter Clarissa. Während in Berlin die Mauer gebaut wird und seine Oma im Garten einen Zaun ziehen lässt, um vor den Spaghettifressern sicher zu sein, erprobt Markus Strategien der Annäherung und greift sogar zur Gitarre.

Mit Lust am Detail, großer erzählerischer Kraft und viel Humor fängt Klaus Modick die Stimmung einer entscheidenden Phase der bundesdeutschen Geschichte ein. Im Westen geht es aufwärts, während der Osten sich einmauert, und plötzlich steht die Welt am atomaren Abgrund. Und mittendrin Markus, der sich nichts sehnlicher wünscht als den ersten Kuss, und der mit seiner Kamera die Momente festhält, die das Leben ausmachen.

Der Autor

Klaus Modick, geboren 1951, studierte in Hamburg Germanistik, Geschichte und Pädagogik, promovierte mit einer Arbeit über Lion Feuchtwanger und arbeitete danach u.a. als Lehrbeauftragter und Werbetexter. Seit 1984 ist er freier Schriftsteller und Übersetzer und lebt nach zahlreichen Auslandsaufenthalten und Dozenturen wieder in seiner Geburtsstadt Oldenburg.

Für sein umfangreiches Werk wurde er mit zahlreichen Preisen ausgezeichnet, darunter das Stipendium der Villa Massimo, der Nicolas-Born-Preis und der Bettina-von-Arnim-Preis.

Zu seinen erfolgreichsten Romanen zählen »Sunset« (2010), »Der kretische Gast« (2003) und »Vierundzwanzig Türen« (2000).

Sein neuer Roman »Konzert ohne Dichter« erscheint im Frühjahr 2015.

KiWi

1397

»Niemand hat die Absicht,
eine Mauer zu errichten.«

Walter Ulbricht

»Oh nonono no!«

Rocco Granata

Agfa Clack

Im Westen ist die Luft wieder rein, ausgewaschen die bleierne Schwüle. Die regenschwere Schleppe des Sommergewitters zieht letzte Wolkenfetzen nach Osten. Verspätete Böen kräuseln die Pfützen, auf denen die Abendsonne glüht. Auf der Terrasse Tontrümmer, rostrote Scherben, handtellergroß und fingernagelklein. Der Sturm hat Ziegel vom Dach gerissen. Von unten ist nichts zu erkennen; erst auf dem Speicher zeigt sich der Schaden. Damit hier ein Dachdecker arbeiten kann, muss das Gerümpel unter der Schräge beiseitegeräumt werden – ramponierte Möbel, kaputte Koffer, Kisten und Kartons, die schon manchen Umzug mitgemacht haben, nie ausgepackt und selbst bei Sperrmüllabfuhren vergessen.

Durchs Loch im Dach ist Regenwasser eingedrungen, hat einen der mürben Kartons so durchweicht, dass er beim Verschieben auseinanderreißt. Bücher rutschen auf die Dielen, *Algebra II*, *Der Lederstrumpf*, *Physik Mittelstufe*, *Der Schatz im Silbersee*, *Der Große Diercke Weltatlas* und *Der kleine Stowasser*, eine Handvoll Reclamhefte, *Der Schimmelreiter*, *Don Carlos*, *Die Judenbuche* und *Kleider machen Leute*. Im Sonnenlicht, das durch die Luke fällt, tanzt Staub, riecht wie Kreide, wie Schule, und die dunklen Spalten zwischen den Fußbodendielen sind Linien in Schreibheften. Eine klamme Plastiktüte, *Kaufhaus Kepa – Das Paradies der Dame*, voll mit Muscheln und Kieselsteinen, brackig müffelnde Relikte heller Nordseesommer. Fußballschuhe ohne Schnürbänder, Grasreste schimmeln zwischen den Stollen. Fahrradflickzeug. Eine

Wasserpistole aus rotem Plastik. Der Abzug klemmt. Verrostete Schlittschuhe. Schienenstücke einer Modelleisenbahn von Märklin. Ein kleiner Karton *Leibniz-Keks nach alter Tradition* in thermoplastischer Steifpackung konserviert zwei Faller-Häuschen, Stellwerk und alpenländischer Bergbauernhof. Eine Blechdose *Globol tötet Motten und Mottenbrut*, darin Bakelitpanzer, Plastiksoldaten, Wikingautos. Ein luftloser Lederfußball, in sich selbst versunken wie ein Schrumpfkopf aus Kannibalien. Noch eine Plastikpistole, in deren Innerem es klötert. Erbsen. Die Schulflure liegen voller Erbsen. Ein Lehrer sagt mit saurem Gesicht: Ihr wisst ja gar nicht, was Hunger ist, und Erbsenpistolen werden auf dem Schulgelände verboten. Zwei Tischtennisschläger mit abgeschabten Gumminoppen. Ein Schuhkarton Salamander Knabensandalen Hopps, zusammengehalten von brüchigen Einweckgummis. Hopps? Der grüne Frosch auf dem Kartondeckel, Lurchis bester Freund. Lurchi, der Feuersalamander, besteht mit seinen Freunden abstruse Abenteuer. Sie gehen glimpflich aus, weil Lurchi und seine Freunde unverwüstliche Salamanderschuhe tragen. *Lange schallt's im Walde noch – Salamander lebe hoch!*

Bis eben hast du gar nicht gewusst, dass du so etwas noch weißt. Es fällt dir einfach zu, weil du nicht danach gesucht hast. Die Gummibänder zerbröseln beim Abstreifen unter den Fingern wie trockene Brotkrumen. Tief unten im Karton liegt ein hellbraunes Ding aus Weichkunststoff, und du weißt jetzt auch sofort, dass dies Ding die Bereitschaftstasche ist, ein Schonbezug wie die Schonbezüge aus Plastik auf den Autositzen, die Schondecken auf Tischen, die Schonkissen auf Sofas. Und immer noch birgt die Bereitschaftstasche die Kamera. Agfa Clack. Einlinsiges Objektiv. Rollfilm, Format 6×9. Clack, weil der Auslöser klackt, wenn man ihn drückt. Immer noch. Das Kunststoffgehäuse beklebt mit schwarzem Lederimitat. Die Narbung erinnert an Krokodil- oder Schlangenhaut, an Dschungelexpeditionen, Giftpfeile und Malaria, an die Fieberträume, in denen du herumirrst, als du im längst versunkenen Sommer mit Mumps im Bett liegst, umströmt vom herbsüßen Duft der Holunderbeeren. Er dringt aus der Küche, wo Mutter Marmelade kocht. Im Duft schwebt ihre Stimme durch den Halbschlaf. Sie singt.

Ramona, zum Abschied sag ich dir Goodbye,
Ramona, ein Jahr geht doch so schnell vorbei,
Ramona, denk jeden Tag einmal daran,
Ramona, dass nichts vergeht, was so begann.

Dann ist es wunderbar still. Geschirr klappert wie Hufschlag oder Kastagnetten. Dass nichts vergeht, was so begann. Dass nichts vergeht, nicht einmal der Holunderduft, dessen süße Bitterkeit das Aroma allen Erinnerns verströmt. Auch wenn wunderbarerweise keiner das Jahr kennt, droht doch der Weltuntergang, und Mauern werden gebaut, eine weit weg in Berlin, und auf der Gartengrenze zum Nachbarhaus eine andere. Und plötzlich weißt du, dass der wahre Sommer nicht der ist, den du gerade erlebst, nicht der, dessen Gewitterböe die Ziegel vom Dach gerissen hat, sondern der andere Sommer, in dem sich Holunderduft mit Fieberschweiß mischt und nebenan das dunkle Mädchen einzieht. Weißt du ihren Namen noch? Ramona? Zum Abschied sag ich dir Goodbye? Nein, nicht Ramona. Clarissa. Das weißt du genau. Du schreibst ja den Namen hundertfach aufs Löschpapier der Schulhefte und flüsterst ihn beim Einschlafen. Ja, Clarissa. Clarissa Tinotti aus Fasano. Sie steht vor der Landkarte, fährt mit der Fingerspitze den italienischen Stiefel abwärts und tippt am Absatz auf einen schwarzen Punkt. Da, sagt sie. Du siehst ihr über die Schulter, schmiegst dich wie unabsichtlich an ihren Rücken, riechst an ihrem schwarzen Haar, hoffst, dass sie deine Erektion nicht spürt, hoffst zugleich, sie möge sie spüren, und starrst auf den hell schimmernden, schmalen Nagel ihres Zeigefingers, der das Wort unterstreicht. Fasano, sagt sie, in Apulien.

Jahre später, du bist längst erwachsen und hast die Liebe erlebt, liest du in einem Buch den Satz, die wahren Lieben unseres Lebens seien die unerreichbaren, unerfüllten. Da musst du für einen flüchtigen Moment auch an Clarissa denken, streichst vielleicht sogar den Satz an, obwohl du zweifelst, ob er stimmt. Als du das Buch zurück ins Regal stellst zwischen all die anderen Bücher, verweht auch Clarissa wie all die anderen Lieben, wie eine Böe des Gewitters.

Aber nun fragst du dich plötzlich, ob das wahre Jahr, das so schnell vorbeigeht wie der Schlager, den deine Mutter in der Küche singt, vielleicht das Jahr ist, in dem du mit der Agfa Clack die schwarz-weißen Fotos machst, die mit grünem Weihnachtsband gebündelt im feuchten Karton liegen. Die Ränder sind leicht gebräunt, das Papier wellig, und die einstmals glänzenden Oberflächen abgestumpft, ermattet. Sie halten fest, was sich im Leben nicht wiederholen lässt. Indem du die Fotos wie ein Kartenspiel auffächerst, hat es den Anschein, als seien von Dingen und Menschen, die einmal real waren, Strahlen ausgegangen, die dich nun erreichen. Die Bilder dessen, was verschwunden ist, berühren dich wie das Licht eines Sterns, der durch Abwesenheit glänzt, als ob eine Nabelschnur des ungreifbaren Lichts den Blick mit den Bildern verbindet. Aber weil du die Fotos gemacht hast, bist du selbst nie im Bild, bleibst immer unsichtbar. Wie im Märchen.

Als hätten sie auch den Duft der Vergangenheit konserviert, riechst du an den Fotos. Verstockt und verschimmelt. In der ungelenken, wichtigtuerischen Handschrift des Vierzehn- oder Fünfzehnjährigen, der du damals warst, sind die Rückseiten beschriftet. Legenden – das, was zu lesen ist.

1

Hanna. Ostermarkt

Unscharf. Verwackelt. Was soll das sein? Eine schräge Plattform. Senkrechtes Gestänge oder Gebälk. Und nackte Mädchenwaden. Der Faltenrock reicht eine Handbreit übers Knie. Eingerahmt von zwei Paar unten eng zulaufenden, schwarzen Hosenbeinen. Ostermarkt 1961? Dein erstes Foto. Unscharf, weil du noch nicht weißt, dass man an der Kamera die Entfernung einstellen muss. Der Hebel wird auf »weit« gestanden haben, während du so nah wie möglich heranwillst. Verwackelt, weil du beim Auslösen die Kamera verreißt und statt der Gesichter nur die Beine erwischst. Die nackten Mädchenwaden gehören zu Hanna, die Hosenbeine links und rechts zu zwei Halbstarken. Das Gebälk, an dem sie lehnen, ist das Geländer der Raupenbahn.

Klack.

In manchen Weinen schmeckt man nur, was man über sie weiß, aber manche Fotos erzählen Geschichten, die man ohne sie nicht mehr wüsste. Du wolltest deine große Schwester mit dem Foto erpressen. Und jetzt weißt du sogar, dass Hanna unter dem Faltenrock ihren rosa Petticoat angehabt haben muss.

◇ ◇ ◇

Egal, ob gerade Ostern war, noch kommen würde oder schon vorbei war – der Ostermarkt fand jedes Jahr in der zweiten Aprilwoche statt und hieß Ostermarkt, weil er immer schon so geheißen hatte. Eine Duftwolke aus gebrannten Mandeln, Bratwurst, Zuckerwatte, Räucheraal, Schmalzkuchen und Türkischem Honig, gemischt mit Stimmengewirr, Lachen und Juchzen aus Karussells, Schiffschaukeln, Riesenrad, Achterbahn und Auto-Scootern.

Ich spielte mit dem blanken 5-Mark-Stück in meiner Hosentasche und überlegte, was ich mir dafür leisten konnte. Verlockend war alles außer dem Kinderkarussell, für das ich natürlich schon viel zu erwachsen war. Es stammte aus dem vorigen Jahrhundert. Oma behauptete, als Kind selber noch auf einem der Holzpferdchen gesessen zu haben, deren Farbenpracht längst abgestoßen und traurig verblichen war. Zu einer schrillen, klagenden Drehorgelmusik drehten sie sich seit Generationen immer im Kreis, als käme auf dieser Welt nichts Neues mehr.

Ich grinste altklug, stolz, kein Kind mehr zu sein, und schlenderte mit unbeholfener Lässigkeit zur Raupenbahn, die mich magisch anzog, weil ich für sie eigentlich noch zu jung war. In meinem Elternhaus galt die Raupenbahn als etwas Unanständiges, Verruchtes, dem Kinder aus gutem Hause nicht zu nahe kommen durften. Die Raupe war unmanierlich, gehörte sich einfach nicht. Dort standen beziehungsweise, wie meine Mutter sagte, lümmelten sich nämlich die Halbstarken herum. Die Jungs hatten Frisuren, die kraft üppigen Einsatzes von Pomade – *Brisk! Und das Haar sitzt!* – in der Stirn zu verwegenen Schmalztollen aufgetürmt waren und im Nacken zu schnittigen Entenschwänzen ausliefen, die wie Heckflossen amerikanischer Straßenkreuzer aussahen. Sie trugen Nietenhosen, aus deren Hintertasche der stets einsatzbereite Kamm ragte, messerspitz zulaufende Schuhe, Lederjacken oder Motorradjacken aus glänzendem Skai-Kunstleder oder knapp über der Hüfte sitzende Nylonblousons. Sie rauchten oder kauten Kaugummi, und manche klimperten mit den Schlüsseln ihrer Mopeds. Kurz: Sie strunzten. Die Mädchen hatten Pferdeschwänze, kesse Bubiköpfe oder mit Haarspray wetterfest gemachte seitliche Sechserlocken, trugen hautenge Pepitahosen oder Röcke, die durch Petticoats wie halb aufgespannte Regenschirme vom Körper abstanden.

So standen sie dann lässig ans Geländer gelehnt auf der runden Plattform der Raupenbahn, deren betuliche Geschwindigkeit und sanfte Berg-und-Tal-Führung wie ein weiteres Rummelrelikt aus Omas Zeiten wirkte. Wenn jedoch ein Hupsignal ertönte, wurden die Planen über den Wagen geschlossen, und was dann im Innern dieser fahrenden Liebeslauben vor sich ging, musste grob unanständig sein. Vermutlich ließen sich die heißen Bräute von ihren Brisk-Boyfriends küssen und womöglich sogar an den Busen fassen, bis dann wieder das Hupsignal warnte, das zügellose Treiben einzustellen. Wenn die Planen zurückgeklappt wurden, sah man höchstens noch ein paar züchtig Händchen haltende Paare und das eine oder andere errötete Mädchengesicht.

Ich sah dem Treiben mit entsagungsvollem Staunen zu. Unvorstellbar, dass es mir je gelingen würde, mit einer dieser süßen Bienen gemeinsam unter der Plane zu verschwinden, um ihr, um sie – einfach unvorstellbar. Mir mit ordentlichem, zur Seite gescheiteltem Fassonschnitt, ausrasiertem Nacken, Weißwandreifen über den Ohren und verspäteten Pubertätspickeln auf der Stirn, mir mit braun melierter, etwas zu kurzer Gabardinehose und beigem Anorak, mir mit Rixe-Fahrrad statt Kreidler Florett, mir mit dem einsamen 5-Mark-Stück in der Tasche, mir mit meinen kümmerlichen vierzehndreiviertel Jahren. Unvorstellbar. Heute Abend, im Schutz der als Raupenplane phantasierten Bettdecke, würde ich es mir vielleicht vorzustellen wagen, einhändig, lebensprall, doch zugleich enttäuschend.

Weil ich wusste, dass sich all das nicht gehörte und ich eigentlich auch gar nicht dazugehörte, drückte ich mich an den Rändern herum, mit einem Fuß auf der Plattform, dem anderen auf dem Schotter des Rummelplatzes. Und dann kam Hanna. Kam Arm in Arm und kichernd mit Sabine, ihrer besten Freundin. Hanna im per Petticoat glockig ausgestellten Faltenrock und halbärmeliger Nylonbluse, Sabine in roter Nietenhose und Rollkragenpulli, unter dem sich ihr BH abzeichnete. Ich wollte mich verdrücken, aber Hanna hatte mich schon entdeckt und hielt mich am Arm fest.

»Was machst *du* denn hier?«, schnappte sie und klang dabei wie meine Mutter. »Das ist nichts für kleine Jungs.«

Sabine gackerte.

»Nix«, sagte ich, »wollte nur mal –« Aber dann fiel mir ein, dass Hannas Erscheinen an der Raupe eigentlich noch viel ungehöriger, wenn nicht gar skandalöser war als meine demütige Randexistenz. Gab sie, die angehende Abiturientin, sich etwa mit Halbstarken ab? Mit Schmalztollenträgern, Entenschwanzproleten und ordinären Knatterprotzen, wie Oma die Mopedfahrer nannte? »Und was machst *du* hier?«, konterte ich also ihr Vonobenherab. »Wenn das Mutti und Vati wüssten! Au Backe!«

»Ich bin nur wegen der Musik hier«, sagte sie schnippisch, folgte Sabine auf die Plattform, drehte sich aber noch einmal zu mir um und giftete: »Zieh Leine!«

Das mit der Musik glaubte ich ihr sogar, weil auch mich die Musik mehr als alles andere zur Raupe zog. Die Mädchen ignorierten mich ja schnöde, lieferten nur eine Vorlage, ein feuchtes Traumbild; heute Abend würde es vielleicht Sabines spitzer BH sein. Und die strunzenden Knatterprotze hatten für mich nur ein verächtliches Grinsen übrig. Aber die Musik war echt. Den lässigen Jungs an der Raupe mochte der Schmalz aus den Tollen tropfen, aber was aus den Lautsprechern klöterte, hatte nichts mehr gemein mit den schmalzigen Schlagern aus dem Radio, die meine Mutter beim Bügeln oder Marmeladekochen inbrünstig mitsang. Sie schmolz dahin bei *Drei weiße Birken* von Monika & Peter, *Schöner fremder Mann* von Connie Francis, *Mit 17 hat man noch Träume* von Peggy March oder *Ramona* von den Blue Diamonds, während auf der Raupe Bill Haley, Chuck Berry, Buddy Holly, Ricky Nelson und Chubby Checker Töne anschlugen, die wild, aufsässig, aufreizend waren. Rock'n'Roll. Diese Negermusik war unmanierlicher Lärm, war jugendgefährdend, war Schmutz, Schund und Aufruhr. Gehörte sich nicht. Unerhört!

Der König der musikalischen Aufsässigkeit war Elvis Presley, dessen Hüftwackeln zu Unzucht animierte. Als er vor drei Jahren zur US-Armee eingezogen worden und als GI in Bremerhaven gelandet war, um die amerikanischen Besatzungstruppen zu verstärken, erregte das den Un-, wenn nicht gar Widerwillen meiner Mutter, die in Elvis nur den aasig lächelnden Verführer sah.

Mein Vater verstieg sich allerdings zu einer bemerkenswert tückischen Theorie. Er begrüße es durchaus, wenn solche Typen mit ihrer Hottentottenmusik den freien Westen infiltrierten und jeden Rest guten Geschmacks verhunzten. Denn dergleichen Lärm wirke wie eine Art akustischer Schutzwall gegen die Expansionsgelüste des Iwan. Der Russe an sich habe nämlich im Gegensatz zu diesen Schreihälsen *Seele,* wovon er, mein Vater, weiß Gott ein Lied singen könne, habe er doch während des Kriegs immer wieder gern und nicht ohne Ergriffenheit den tief empfundenen Gesängen russischer Gefangener gelauscht. Damit wolle er natürlich nichts gegen die Westalliierten gesagt haben, schon gar nicht gegen die Amerikaner. Die hätten nämlich inzwischen begriffen, dass nicht der Russe, sondern der Deutsche der bessere Verbündete war, und deshalb hätten die Amerikaner sich spätestens mit der Berliner Luftbrücke von Besatzern zu Beschützern gemausert. Und als solche machten sie auch durchaus anständige Musik. Er denke da etwa an Bill Ramseys *Pigalle,* schon irgendwie köstlich, oder Gus Backus mit seinem alten Häuptling der Indianer oder auch Billy Mo, dieser ja durchaus drollige Neger mit seinem Tirolerhut. Dergleichen habe Humor und Schmiss und gehe ins Ohr. Ansonsten sei Musik seinem eher naturwissenschaftlichen Naturell wesentlich fremd, und im Übrigen habe er von Krieg und Russen die Schnauze voll. Gestrichen. Und damit verlor er den Faden.

Und neulich erst hatte sogar meine Mutter ein Faible für Elvis Presley gezeigt, wenn auch unfreiwillig. Im Radio lief das Volkslied *Muss i denn,* das Elvis Presley am Ende seiner Dienstzeit als eine Art Abschiedsgruß an Good Old Germany aufgenommen hatte. »Muss i denn, muss i denn zum Städele hinaus«, trällerte meine Mutter beim Kartoffelschälen versonnen mit, »Städele hinaus, u-hund du mein Schatz bleibst hier«, und ließ sich sogar zu der Bemerkung hinreißen, der Sänger habe eine wunderbare Stimme. Samtweich.

»Ja, Mutti«, sagte Hanna triumphierend, »hat er auch. Das ist nämlich Elvis Presley.«

Worauf meine Mutter das Kartoffelschälmesser fallen ließ und sich die Hand vor den Mund schlug, als hätte man sie beim Absingen des Horst-Wessel-Lieds oder der Becher-Hymne ertappt.

Jedenfalls trollte ich mich von der Raupe und schlenderte mit düsteren Rachegelüsten für die Schmach, die Hanna mir zugefügt hatte, über den Ostermarkt. Mein 5-Mark-Stück investierte ich in »den atemberaubenden Nervenkitzel auf höchstem Niveau« namens *Wilde Maus,* eine Rostbratwurst mit Brötchen und Senf, zwei Karambolagetouren mit dem Auto-Scooter, das *Round Up,* in dem »Fliehkraft die Schwerkraft besiegt«, und zu guter Letzt in die Schwerelosigkeit des Kettenkarussells.

Vor einigen Tagen hatten die Russen eine Weltraumkapsel ins All geschossen, in der kein dressierter Hund mehr saß, sondern ein lebender Mensch. Sputnik! Juri Gagarin! Schon enorm, hatte mein Vater teils schockiert, teils respektvoll gemurmelt, aber doch auch bedenklich, weil der Iwan nun die Amerikaner überholt habe, obwohl die sich für ihre Raketen unseren großen Ingenieur Wernher von Braun »geangelt« hätten. Höchst bedenklich sogar. Und meine Mutter hatte gefragt, wo das bloß alles enden solle. Im Sputnik musste man sich wohl so ähnlich vorkommen wie im Kettenkarussell, nur dass ich nicht den ganzen Globus überblicken konnte, sondern nur den Ostermarkt, vorbeiwischende Kirchtürme, Fabrikschlote, Baumkronen und Dächer.

Danach hatte ich noch vier Groschen, mit denen keine weiteren Weltraumabenteuer finanzierbar waren. Was tun? Spardose? Für hungernde Negerkinder in Afrika spenden? Für 30 Pfennig am Kiosk ein jugendgefährdendes Piccolo-Heft kaufen? *Sigurd, der ritterliche Held* oder *Nick, der Weltraumfahrer,* der den Russen Lichtjahre voraus war? Galten als Schmutz und Schund wie die Musik an der Raupe. Sigurd war eine Art Elvis des Mittelalters. Am Kiosk gab es auch fotokünstlerische Magazine für Freikörperkultur, die mich noch mehr als Sigurd, Akim oder Nick interessierten. Aber mit solchen

Sexbomben unter der Bettdecke mit Taschenlampe erwischt zu werden? Oh Mann. Für vier Groschen waren die auch gar nicht zu haben.

Dann vielleicht einfach mal in den Plastikblumentopf greifen, den mir eine verhärmte Frau in weißem Kittel unter die Nase hielt. Ein Los 30 Pfennig, fünf Lose eine Mark. Lotterien und Glücksspiele aller Art waren in unserer Familie verpönt. Unseriös.

Als Ausnahme galt allerdings die Fernsehlotterie, weil sie ihre Wurzeln in der Zeit der Berliner Blockade von 1948 hatte. Damals, so mein Vater, hätten nämlich die Rosinenbomber der Alliierten blasse, abgemagerte Kinder aus dem isolierten West-Berlin in den freien Westen ausgeflogen, damit die armen Gören dort ein paar erholsame Ferienwochen auf dem Lande unter dem Motto *Ein Platz an der Sonne* erleben konnten. Ich schloss daraus, dass in Berlin immer schlechtes Wetter war, und empfand ein ungeheures Glücksgefühl, im Westen zu wohnen. Akzeptabel waren auch Preisausschreiben, zumal meine Mutter einmal nach korrekter Ausfüllung eines Kreuzworträtsels und Einsendung des Lösungsworts *Pantoffelheld* einen original Teppichdackel der Firma Leifheit gewonnen hatte. Nach einigen Probeläufen erwies sich das stromlose Gerät zwar dem Staubsauger Moulinex als hoffnungslos unterlegen und wurde in die hinterste Ecke der Besenkammer verbannt, aber immerhin beziehungsweise, wie mein Vater anerkennend sagte, immerhinque: 4. bis 10. Preis!

Also drückte ich der Losverkäuferin, die so abgezehrt aussah, als sei auch sie mit einem Rosinenbomber aus Berlin evakuiert worden, drei Groschen in die Hand und griff beherzt in den Plastikblumentopf. Während ich das Los irgendwie feierlich aufriss, gab ich mich keinen übertriebenen Illusionen hin. Niete war die Regel, Trostpreis à la Luftballon oder Plastiktulpe die Ausnahme. Und nun aber *das!* Hauptgewinn! Freie Auswahl! Ich starrte der Losverkäuferin ungläubig ins graue Gesicht. Eine Märchenfee.

Wie in Trance näherte ich mich der Losbude, die natürlich keine Bude war, sondern ein Lkw-Anhänger, auf dem eine Regalwand mit den Gewinnen aufgebaut war. Über ein paar Holzstufen stieg ich auf die Ladefläche, die sich nun in eine glanzvolle Bühne verwandelte, auf der ich als Hauptdarsteller, wenn nicht gar König agierte. Der Losbudenchef hatte schwarze, mit Frisiercreme oder Wasser nach hinten gebügelte Haare und ein verwegenes Schnurrbärtchen. Er begrüßte mich mit Handschlag, nahm mir das Los aus der Hand, hielt es wie einen Pokal in die Höhe und brüllte dann durchs Gedröhn der Karussells und Fahrgeschäfte in sein Mikrofon: »Und schon wieder die freie Auswahl, Damen und Herren! Einfach sensationell! Hier gewinnt jedes dritte Los! Greifen Sie zu, kommen Sie ran! Zwingen Sie das Glück!«

Ich hatte das Gefühl, dass sämtliche Besucher des Ostermarkts ehrfürchtig, wenn nicht gar neidisch zu mir aufblickten.

»Treffen Sie Ihre Wahl, junger Mann«, trompetete der Herr der Gewinne.

Freie Auswahl also. Gar nicht so leicht. Das Teeservice für sechs Personen? Der Riesenteddybär, der brummen kann? Die Ritterrüstung mit Schwert? Der Schwarzwälder Schinken? Das Modelleisenbahnstartpaket von Fleischmann? Der japanische Kimono? Die Puppenstube mit Einbauküche? Das Edelstahlbesteck?

»Kommen Sie ran, Damen und Herren.«

Die elektrische Kaffeemühle? Das große Paket der Gesellschaftsspiele? Die Negerpuppe, die »Mama« sagt?

Das Topfsortiment für den modernen E-Herd? Der Texasgurt mit zwei Westerncolts? Die hochmoderne Teflonpfanne? Und noch viel mehr!

»Jedes dritte Los gewinnt! Beim Hauptgewinn haben Sie die Wahl und wir die Qual!«

Meine Qual bestand allerdings darin, dass ich wieder einmal für die Hälfte zu jung und für die andere Hälfte schon zu alt war. Vor drei Jahren hätte ich noch den Texasgurt, vor zwei Jahren vielleicht die Fleischmann-Bahn gewählt. Aber jetzt? Mit Bestecken, Teeservice oder Teflonpfanne war gar nichts anzufangen; die konnte ich höchstens meiner Mutter zum Geburtstag schenken, aber es war ja *mein* Hauptgewinn. Ich sah mich unschlüssig um und stellte enttäuscht fest, dass das Publikum gar nicht mehr zu mir aufblickte. Schließlich erspähte ich zwischen einer Mama-Puppe und einem Kinderdreirad das Päckchen mit der Aufschrift *Box 620 Agfa Clack*. Obwohl ich mir noch nie einen gewünscht hatte, wusste ich plötzlich, dass mir ein Fotoapparat fehlte, zu meinem Glück fehlte, und zeigte darauf.

»Eine exquisite Wahl, junger Mann!« Der Losonkel drückte mir den Karton in die Hand. »Und schon wieder ein Hauptgewinn, Damen und Herren! Ein Fotoapparat von Agfa. Erstklassige Qualität. Ein Rollfilm ist bereits eingelegt. Sie brauchen nur noch abzudrücken. Schießen Sie los, junger Mann!« Und damit war ich entlassen.

»Schießen Sie los« fand ich irgendwie lustig, lustiger jedenfalls als das schnöde »Zieh Leine«, das Hanna mir nachgerufen hatte. Ob die immer noch an der Raupe stand? Sich in diesem Moment womöglich unter der geschlossenen Plane von einem Halbstarken abknutschen ließ? Wenn das unsere Eltern – Moment mal! Das ließ sich jetzt ja beweisen. Wenn ich sie mit so einem Entenschwanzboyfriend fotografieren würde, hätte ich sie auf ewig in der Hand. Ich packte die Kamera aus, warf den Karton in den Mülleimer einer Würstchenbude und pirschte in Richtung Raupe. Aus den Lautsprechern wummerte *Runaway* von Del Shannon. Das mochte ich.

Und siehe da, eingerahmt von zwei Knatterprotzen lehnten Hanna und Sabine am Geländer. Probehalber hielt ich mir den Sucher vors Auge und berührte den Auslöser, drückte aber noch nicht ab. Ich nahm sie vorerst nur ins Visier, und zwar genau so, wie Ricky Nelson als Revolverheld Colorado in *Rio Bravo* die Mörderbande beim Showdown ins Visier nahm. Zwar war John Wayne als Sheriff der Chef, aber Ricky Nelson war einer wie ich, blutjung, sträflich unterschätzt, brandgefährlich und lässiger als sämtliche Halbstarken an der Raupe. Ich machte noch ein paar Schritte vorwärts, die Kamera schussbereit vorm Auge. »Hallo Hanna, bitte recht freundlich!«

Sie drehte sich um, entdeckte mich aber gar nicht, sondern sah wie immer einfach über mich hinweg. Egal.

Klack!

Erst als ich ihr triumphierend mit der Kamera zuwinkte, sah sie mich, wusste aber wohl im ersten Moment gar nicht, was sie von diesem Auftritt halten sollte. Sie flüsterte Sabine etwas ins Ohr, Sabine gackerte albern vor sich hin, und ich machte mich mit meinem kostbaren Beweis auf den Heimweg. Hanna würde vor mir knien, mich anflehen, mir Lösegeld bieten. Dass das Foto missglückt und ohne Beweiskraft war, sondern lediglich bewies, dass mir jedes Talent zum Paparazzo abging, sollte sich erst später herausstellen.

2

Schulenbergs

Ein Mann und eine Frau. Er trägt einen zusammengerollten Teppichläufer unter dem linken Arm, sie hält in der rechten Hand einen Putzeimer. Ihren linken Arm hat sie in der angewinkelten Beuge seines rechten eingehängt. Ein Ehepaar. Sie haben sich in Positur gestellt und lächeln in die Kamera.

Klack.

Das Ehepaar Schulenberg. Kinderlos. Die Aufnahme entsteht, als du, stolz über den Hauptgewinn, vom Ostermarkt nach Hause kommst. Ohne das Foto wären Schulenbergs nicht mehr präsent, nicht ihr Name und schon gar nicht ihr Aussehen. Der stämmige Herr Schulenberg im Blaumann, die schmale Frau in einem Haushaltskittel aus Dralon. Mitten in der Arbeit ein erzwungenes Lächeln.

Wie, fragst du dich, sind die Beziehungen zwischen Bildern und Leben, zwischen dem zum Foto gefrorenen Augenblick und dem, was wirklich geschehen ist?

◊ ◊ ◊

Vor unserem Nachbarhaus, laut Oma der »Schandfleck des Viertels«, parkte ein Möbelwagen der Spedition Kraus. *Zieh'n Sie ein – Zieh'n Sie aus – Stets zu Diensten Fa. Kraus.* Familie Schulenberg zog endlich aus beziehungsweise um. Endlich nicht etwa, weil sie unangenehme Zeitgenossen oder streitsüchtige Nachbarn gewesen wären, sondern endlich, weil der Schandfleck einer ordentlichen deutschen Familie schlicht unzumutbar war.

Kurz vor dem Ersten Weltkrieg vom selben Architekten und im selben Stil erbaut wie unser Haus, war früher auch der Schandfleck ein gepflegtes Zweifamilienhaus gewesen. Im Zweiten Weltkrieg hatte die Gepflegtheit allerdings ein Ende mit Schrecken gefunden. Zwar war unser Viertel von Bombenangriffen verschont geblieben, aber in den allerletzten Kriegstagen hatte die Gauleitung unsere Stadt zur Festung erklärt, die bis zum letzten Blutstropfen zu verteidigen sei. Das wusste ich aus Erzählungen meines Opas, der damals 60 Jahre alt gewesen war und zum Volkssturm eingezogen wurde. Als kanadische Panzerdivisionen am Stadtrand auf ein Dutzend Hitlerjungen und eine Handvoll alter Männer mit Karabinern stießen, die sich ohne jede Gegenwehr ergaben – laut Oma die beste Entscheidung, die Opa in seinem Leben je getroffen habe, abgesehen mal von der Heirat mit ihr –, feuerten die Kanadier zum Zeichen ihrer Entschlossenheit wahllos ein paar Granaten in die Stadt. Eine halbe Stunde später erschien der Oberbürgermeister mit einer Ratsdelegation und erklärte kleinlaut die kampflose Übergabe. Dummerweise war eine der Granaten im Dach unseres Nachbarhauses eingeschlagen, hatte den Dachstuhl in Brand gesetzt, und bis das Feuer endlich gelöscht werden konnte, war auch die erste Etage zerstört. Halbwegs verschont blieb nur die Parterrewohnung.

Auch bei uns war eine Granate eingeschlagen oder genauer gesagt gelandet. Sie hatte nämlich nur ein Loch in die Wand gerissen und war dann im Wohnzimmer einfach liegen geblieben, ohne zu explodieren. Als ich etwa sechs Jahre alt war, erzählte mir Oma von dieser unerhörten Begebenheit des Glücks im Unglück. Teils gruselnd, teils staunend fragte ich, was passiert wäre, wenn die Granate doch explodiert wäre – worauf Oma knapp erwiderte, sie sei aber nicht explodiert. Und das klang so, als wollte sie sagen: Diese Granate wusste, was sich gehört.

Das von einer ungehörigen Granate demolierte Nachbarhaus hätte eigentlich abgerissen werden müssen, aber wegen der Wohnungsnot nach dem Krieg wurde über das unversehrt gebliebene Erdgeschoss einfach ein Flachdach gebaut, gedeckt mit Teerpappe. Seitdem sah die Jugendstilvilla aus Kaisers Zeiten wie ein verwahrloster Geräteschuppen aus. Das Pappdach war als Provisorium geplant, als Behelf, aber als das Haus nach dem Tod des Eigentümers an eine Erbengemeinschaft fiel, fühlte sich offenbar niemand mehr zuständig. Die Miete war an eine Anwaltskanzlei in Köln zu zahlen.

Familie Schulenberg, die nun, endlich, in eine neue Siedlung des sozialen Wohnungsbaus umzog, waren sogenannte Heimatvertriebene aus Ostpreußen. Ende Mai 1945 waren sie angekommen. Zu Fuß. Ihre gesamte Habe bestand aus dem, was sie am Leibe trugen, und zwei Rucksäcken. Im Rahmen der britischen Zwangsbewirtschaftung, laut Oma »auch so ein Unding«, hatte man ihnen die Halbruine zugewiesen, die sie sich anfangs noch mit einer vierköpfigen Familie aus Schlesien teilen mussten.

Wie der Schandfleck im Originalzustand ausgesehen hatte, konnte ich mir leicht vorstellen, da er fast baugleich mit unserem Haus gewesen sein sollte. Im Parterre wohnten Oma und Opa. Und im ersten Stock wohnten wir. Mein Vater hatte sich angeblich lange dagegen gesträubt, mit seinen Schwiegereltern unter einem Dach zu wohnen, aber was sollte man machen? Man sei ja froh gewesen, überhaupt ein Dach überm Kopf zu haben. Froh über ein paar Briketts oder einen Korb mit Torf. Froh über einen Kanten trocken Brot. Froh über ein Ei pro Monat. Froh über Lebensmittelkarten. Froh über Care-Pakete aus dem Schlaraffenland Amerika. Froh über dies und froh über das. *Heil*froh! Bei *dem* Wort schreckte meine Mutter, die derlei Monologe schweigend abnickte, allerdings auf und sah meinen Vater dringlich an, was ihm entging. Man habe sich aber nie unterkriegen lassen. Niemals. Habe die Ärmel aufgekrempelt, zugepackt und aufgebaut. Werde sich auch jetzt nicht unterkriegen lassen. Schon gar nicht vom Iwan und seinen Atombomben. Obwohl der Russe an sich beziehungsweise mal rein menschlich gesehen – wir Kinder wüssten jedenfalls gar nicht, wie gut wir es hätten. Und dann riss der Faden auch wieder.

Anfangs waren unsere Wohnverhältnisse noch so beengt »wie auf einem Hausboot in Hongkong«, sagte Oma. Im Erdgeschoss wurden britische Besatzungsoffiziere einquartiert, die in Omas Augen zwar »höflich, sauber und korrekt« waren, deren Anwesenheit man aber nur mürrisch ertrug. Geladene Gäste waren das ja nicht gerade.

Immerhinque, sagte mein Vater, hätten sie uns vom Gröfaz befreit und beschützten uns jetzt vorm Iwan. Da dürfe man nicht wählerisch sein. Schließlich sei man nicht auf der Welt, um zu wählen, sondern um sich zu fügen. Das war so eine seiner Lebensweisheiten, zu denen meine Mutter stumm und verständnisinnig nickte.

Hanna und ich fanden die Tommies aber riesig nett, weil sie uns immer mal wieder einen Riegel Cadbury-Schokolade oder Kaugummi zusteckten, wenn wir sie mit Haudujudu begrüßten.

In der ersten Etage drängten sich Oma, Opa, wir vier

sowie eine gewisse Frau Hübner, laut Oma »vom Schicksal doppelt gebeutelt«, weil sie sowohl eine »Kriegerwitwe« als auch eine »Ausgebombte« war. Und auf dem Dachboden gab es noch das sogenannte Juchhe, eine Mansardenkammer, in der in der guten alten Zeit das Hausmädchen untergebracht war. Dort hauste jetzt Herr Tabbert, der aber als Handelsvertreter für Kurzwaren häufig außer Haus war. Die zugige Kammer mit winzigem Waschbecken und per Vorhang abgeteilter Toilette, die nur mit einem Heizlüfter notdürftig zu erwärmen war, benutzte er nur an den Wochenenden, wenn er von seinen Touren zurückkam.

Als die Tommies Anfang der Fünfzigerjahre abrückten, nahmen sie Frau Hübner gleich mit. Die ausgebombte Kriegerwitwe hatte nämlich auch einen Hauptgewinn gelandet, indem sie sich in einen der britischen Offiziere verliebte, »ihn sich angelte«, wie meine Mutter sagte. Alle Jahre wieder bekamen wir zu Weihnachten eine Postkarte aus Bristol, wo Frau Hübner nun als Mrs McGill lebte, offenbar glücklich verheiratet und Mutter dreier Kinder. Oma und Opa waren wieder ins Parterre gezogen, und wir hatten die erste Etage endlich für uns.

Nur Herr Tabbert wohnte immer noch im Juchhe. Seine ersten Touren hatte er noch auf einem Fahrrad mit Hilfsmotor absolviert, war dann auf ein Motorrad umgestiegen und war seit einigen Jahren stolzer Besitzer eines roten VW-Käfers mit ovaler Heckscheibe. Wir bekamen den unauffälligen, zurückhaltenden Herrn Tabbert allerdings kaum zu Gesicht. Seine Anwesenheit am Wochenende teilte sich lediglich durchs gelegentliche Rauschen der Toilette über unseren Köpfen mit. Das sollte freilich bald ein ebenso geheimnisvolles wie überraschendes Ende finden.

Ich sah eine Weile dabei zu, wie Schulenbergs Mobiliar in den Umzugslaster geladen wurde. Nierentisch und Blumenhocker, Kleiderschrank und Bettsofa, Trommelwaschmaschine Domina von Zanker, Stehlampe mit tütenförmigen Schirmchen, Kühlschrank Marke Frigor, Kisten und Kartons mit Aufschriften wie *Persil bleibt Persil; Bauknecht weiß, was Frauen wünschen; Henkell Pikkolo – Die gute Art, sich froh zu stimmen.* Bedachte man, dass Schulenbergs vor 15 Jahren mit nichts als heiler Haut und zwei Rucksäcken hier eingezogen waren, konnte man schon ins Staunen kommen, mit was sie nun wieder auszogen. Das Wirtschaftswunder hatte es gut mit ihnen gemeint.

Mit uns aber auch. In der Apotheke meines Vaters herrschte jedenfalls Hochkonjunktur. Krank, meinte er, seien die Leute ja immer schon gewesen, aber seitdem es uns dank Ludwig Erhardt, D-Mark und freier Marktwirtschaft geradezu gold gehe, seien die Leute noch viel öfter krank. Verweichlicht irgendwie. Der Russe sei da aus ganz anderem Holz. Könne mit einer Handvoll Sonnenblumenkerne als Tagesration auskommen, verfüge von Natur aus über unwahrscheinliche Widerstandskräfte. Das mache ihn ja so sympathisch. Und vor allem so gefährlich. Damals im Winterkrieg –

Diese Monologe meines Vaters versandeten fast immer in einem pointenlosen Niemandsland und ließen Hanna und mich verstohlen grinsen. Manchmal verdrehte sogar meine Mutter entnervt die Augen, aber meistens nickte sie nur schweigend und irgendwie ahnungsvoll, als müsse sie meinem Vater Bestätigung oder Trost spenden. Denn seine Erzählungen liefen immer dann aus dem Ruder, wenn er auf seine Kriegserlebnisse in Russland zu sprechen kam beziehungsweise darüber zu sprechen versuchte. Manchmal hielt ich seine Zerstreutheit für eine Art Lüge, dachte, dass er etwas verheimlichen wollte, aber dann merkte ich, dass er den Schrecken und das Unheimliche gar nicht erzählen konnte. Das war irgendwie enttäuschend, weil ich mir unter Krieg auch Abenteuer nach Wildwestmanier vorstellte und gern einen Helden zum Vater gehabt hätte.

Als ich die Schulenbergs fragte, ob ich ein Foto von ihnen machen dürfe, nahmen sie wie auf Befehl Haltung an und setzten ihr schüchternes Lächeln auf.

Klack.

»Hast du jetzt auch schon einen eigenen Fotoapparat?«, staunte Herr Schulenberg anerkennend.

»Hab ich eben auf dem Ostermarkt gewonnen«, strahlte ich. »Freie Auswahl.«

»Donnerwetter«, sagte Herr Schulenberg, als hätte ich etwas Großartiges geleistet.

»Wir haben noch nie etwas gewonnen«, sagte Frau Schulenberg etwas weinerlich, wenn nicht gar vorwurfsvoll.

Herr Schulenberg tätschelte ihr den mageren Rücken. »Unsere neue Wohnung ist doch wie ein Hauptgewinn, Ilse«, sagte er. »Drei Zimmer, Küche, Bad –«

»Sogar gefliest«, sagte sie.

»Balkon –«

»Westseite«, sagte sie und glaubte nun offensichtlich auch an den Hauptgewinn.

»Günstige Miete. Bushaltestelle fast vor der Haustür. Was will man mehr? Es geht aufwärts.«

»Das freut mich für Sie«, sagte ich artig. »Wissen Sie denn schon, wer jetzt hier einzieht?«

Herr Schulenberg zuckte mit den Schultern. »Keine Ahnung. Kann man ja auch heutzutage keiner deutschen Familie mehr zumuten. Nach dem Krieg waren wir natürlich froh, ein Dach überm Kopf zu haben. Aber es ist eine Bruchbude.«

»Meine Oma nennt es den Schandfleck«, sagte ich.

»Ach ja?«, sagte Frau Schulenberg. »Das wussten wir gar nicht.« Es klang empört.

»Ich muss jetzt zum Abendessen«, sagte ich. »Wiedersehen.«

»Wiedersehen. Kriegen wir auch einen Abzug des Fotos?«

Ich stutzte. Klar, man konnte ja sogar Abzüge machen. Tolle Sache. »Auf jeden Fall«, sagte ich.

Schulenbergs haben nie einen Abzug bekommen, weil ich nie irgendeinen Abzug gemacht habe. Und der Schandfleck stand fast vier Monate leer, sei es, weil die Erbengemeinschaft sich wieder einmal nicht einig werden konnte, sei es, weil die Wohnungsnot so weit gelindert war, dass sich für die Bruchbude keine Mieter mehr fanden. Bis dann die Tinottis kamen. Aber das waren ja auch keine Deutschen.

◊

Vorm Abendessen setzte ich mich in mein Zimmer, um noch einmal die Lateinvokabeln für die morgige Klassenarbeit zu überfliegen. Mit der Kamera wollte ich meine Eltern überraschen, indem ich sie beim Abendessen fotografierte. Hanna würde sich winden.

Plötzlich stand sie in meinem Zimmer, wie immer ohne anzuklopfen. In Zukunft würde ich abschließen müssen. Das tat sie manchmal auch.

»Was sollte das vorhin auf dem Ostermarkt?«, zischte sie mich an.

»Ach, nix. Hab nur ein Foto von dir gemacht.«

»Womit denn? Du hast ja gar keinen Apparat.«

»Hab ich doch.« Lässig deutete ich auf die Kamera, die ich am Halteriemen über eine Stuhllehne gehängt hatte.

Hanna wurde knallrot und wollte danach greifen.

»Finger weg!«

»Und was willst du mit dem Foto anfangen?«, fragte sie nervös.

»Tja«, grinste ich, »das muss ich mir noch mal ganz genau überlegen.«

»Markus«, flötete sie, »ich geb dir die Bravo von letzter Woche. Da ist ein tolles Elvisfoto drin.«

Die Bravo bekam Hanna immer von Sabine, wenn sie damit durch war, und wenn ich mich in Hannas Augen brav verhalten hatte, durfte ich das Heft anschließend lesen. In Hannas Zimmer hingen Bravo-Bilder von Rock Hudson und Horst Buchholz, und sie schwärmte für O.W. Fischer, gab das aber nicht zu, weil auch unsere Mutter eine Schwäche für ihn hatte. Neulich hatten unsere Eltern im Schauburg-Kino *Es muss nicht immer Kaviar sein* gesehen, mit O.W. Fischer, Eva Bartok und Senta Berger. Ganz entzückend und einfach hinreißend sei es gewesen, berichtete meine Mutter und meinte mit »es« natürlich O.W. Fischer. Senta Berger war zwar eine der Traumfrauen meiner einsamen Nächte, aber ich sparte mein Geld lieber für *Die glorreichen Sieben* auf, der laut Bravo demnächst auch in die deutschen Kinos kommen sollte.

Hannas Verhandlungsangebot, mir für das Skandalfoto Sabines Bravo zur Drittverwertung zu überlassen, war natürlich nicht viel wert, weil es ihr gar nicht wehtat. Sie interessierte sich nämlich kaum noch für die Bravo und hatte neulich sogar die Bemerkung gemacht, das sei Kinderkram. Also schüttelte ich gelangweilt den Kopf.

Sie überlegte. »Ich hab eine neue Platte von Buddy Holly«, sagte sie und legte dann eine Kunstpause ein. »Eine *Langspiel*platte! Mit fast allen Hits.«

Treffer. Ich schluckte. Das war schon enorm. Mit seiner komischen Hornbrille sah Buddy Holly zwar wie der letzte Schulstreber aus, aber die Musik war knorke. Und sogar eine Langspielplatte. Wo hatte Hanna die denn her? Von einer Schmalztolle? Schnurzpiepe, *das* Angebot war ernst zu nehmen.

»Ich überleg's mir mal«, sagte ich gnädig.

»Essen ist fertig«, rief meine Mutter aus der Küche.

Und anschließend Tagesschau. Für den Nachrichtensprecher Karl-Heinz Köpcke schwärmte meine Mutter auch. Der sei seriös und charmant zugleich. Er kam ihr wohl wie eine Mischung aus Regierungsmitglied und O. W. Fischer vor. Leider hatte Karl-Heinz Köpcke mal wieder nichts Gutes zu vermelden. Amerikanische Truppen hätten versucht, auf der Karibikinsel Kuba zu landen, um das totalitäre Regime des kommunistischen Diktators Fidel Castro zu stürzen. In einem als Schweinebucht bezeichneten Küstenabschnitt sei es zu schweren Kämpfen gekommen und die amerikanische Invasion offenbar zurückgeschlagen worden.

Ich kicherte. »Schweinebucht –«

»Pst«, machte mein Vater.

»Wo soll das bloß enden?«, seufzte meine Mutter.

3

Opas Beerdigung. 26. Juli 1961

Das Datum ist Teil des Fotos, weil es an das Verschwinden der Generationen erinnert, an den Tod. Auf den Stufen vor der Friedhofskapelle steht die Familie eng zusammengerückt, damit alle aufs Bild passen. Als sei die Schwarz-Weiß-Fotografie eigens für Beerdigungen erfunden worden, tragen die Männer schwarze Anzüge über knitterfreien weißen Nyltesthemden, schwarze Krawatten und schwarze Hüte. Nur Onkel Ernst aus Dresden hat eine schwarze Schiebermütze aus Leder auf dem Kopf und Onkel Fritz sogar einen Zylinder – zu Omas Entsetzen den Zylinder ihres Mannes, der gleich zu Grabe getragen wird. Onkel Fritz hat nämlich manchmal einen merkwürdigen Humor, und den Zylinder nennt er Angströhre. Die Frauen in schwarzen Kleidern oder Kostümen, schwarzen Hüten, Hauben oder wie Oma einer Art verschlungenem Turban, an dem der Spitzenschleier befestigt ist, sodass ihr Gesicht wie ausradiert scheint.

Was das Foto schwarz oder dunkelgrau festhält, war im grellen Sonnenlicht jenes Tages vielleicht dunkelblau oder braun, manches Weiße elfenbeinfarben oder auch nur hellbeige, und selbst die altmodische Eleganz der Nadelstreifen in Onkel Fritz' Anzug sind der Kamera entgangen oder den Jahren in der klammen Lichtlosigkeit des Kartons zum Opfer gefallen. Zweifelsfrei schwarz-weiß ist nur Pastor Hinrichs, der neben Oma steht, als sei er nun in den Mittelpunkt der

Familie gerückt. Er hat keinen Hut auf, und sein graues Haar strahlt weiß wie ein Heiligenschein, weiß wie das Beffchen überm schwarzen Talar. Schwarz und auf Hochglanz poliert schimmert auch der Lack unterm Mercedesstern des Leichenwagens, dessen Kühlerhaube ganz links im Anschnitt zu erkennen ist.

Klack.

Hast du die Kamera mit Absicht so gehalten, weil der Wagen dich fasziniert hat? Vielleicht wärest du gern mitgefahren, nicht als Leiche, sondern um dem zu entkommen, was kein Foto zeigen kann – das Geflecht aus Zwängen und Riten, das Knäuel von Konflikten und Verdrängungen und die Angst vor der kommenden Vernichtung. Diese Angst erzeugte die Paranoia des Kalten Kriegs, in der du aufgewachsen bist und in der Eltern und Großeltern, Pastoren und Lehrer dir ununterbrochen Vorwürfe machten, verwöhnt zu sein und nicht zu wissen, wie gut du es doch hattest.

◇ ◇ ◇

Wegen der Sirenen weiß ich noch die Uhrzeit, aber nicht mehr den Tag, an dem Opa starb. Es muss etwa eine Woche vor seiner Beerdigung gewesen sein, weil er noch für ein paar Tage im Beerdigungsinstitut aufgebahrt wurde. Mit der Beisetzung musste man warten, bis Onkel Ernst und Tante Grete aus der Zone angereist waren, und außerdem gehörte sich das mit der Aufbahrung einfach so. Zum Abschiednehmen. Der guten Ordnung halber. Und überhaupt. Opa lag jedenfalls mit gepuderter Glatze und wachsweißem Gesicht, auf dem ein müdes, leicht schmerzliches Lächeln eingefroren war, im offenen Eichensarg. Überm blütenweißen Totenhemd hatte man ihm die Hände gefaltet, obwohl er alles andere als fromm gewesen war und zu Omas Ärger nur einmal im Jahr, an Weihnachten, in die Kirche ging. Vor dem Sarg lagen Kränze, deren dunkelgrüne Blätter künstlich aussahen, weil sie wie Bakelit glänzten. Hinter dem Sarg hielten auf einer Empore kelchartige Blumen und Topfpflanzen Totenwache. Die Blüten wirkten bleich und durchsichtig, gläsern fast. Sie verströmten fast gar keinen Duft. Vielleicht atmeten sie aus Rücksicht auf den Toten nur noch ganz verhalten, sozusagen taktvoll. Taktvoll war nämlich eins von Omas Lieblingsworten, und vielleicht passten sich die Blumen deshalb einem Zustand an, den auch Opa im Augenblick noch nicht ganz gewöhnt war.

Allerdings roch es nach Blumenkohl, weil wohl irgendwo im Gebäude gekocht wurde. Oma rümpfte indigniert die Nase, aber Onkel Fritz grinste und meinte, dass sogar Beerdigungsunternehmer gelegentlich etwas essen müssten. Meine Schwester Hanna und ich kicherten, verstummten aber gleich wieder unter Omas strengem Trauerblick und bemühten uns um das, was wir für andächtige Ergriffenheit hielten. Hände falten. Traurig gucken.

Als Hanna und ich an Opas Todestag von der Schule kamen, war nur meine Mutter zu Hause. »Papa hat angerufen«, erklärte sie uns. »Aus dem Krankenhaus. Wegen Opa. Er ist gestorben.«

Ich wusste nicht recht, wie ich darauf reagieren sollte, weil wir schon seit einigen Wochen darauf vorbereitet waren, dass Opa nicht mehr lange leben würde, und einen Todesfall in der Familie hatte ich bislang noch nie erlebt. Ich sah Hanna ratlos an. Vielleicht wusste sie, was man jetzt sagen oder machen musste? Immerhin war sie fast vier Jahre älter als ich und ließ mich das bei jeder Gelegenheit spüren. Weinen? Erschüttert sein? Wie machte man erschüttert sein? Hanna sah aber wie immer nur blasiert an mir vorbei und sagte auch nichts, sondern fummelte an dem Gummiband herum, mit dem sie ihren Pferdeschwanz zusammengebunden hatte.

»Habt ihr nicht gehört?«, sagte meine Mutter ungeduldig, als würde sie von uns etwas Kluges oder Tröstendes erwarten. »Opa ist tot.«

Hanna nickte, zog ihr Taschentuch aus der Rocktasche und schnäuzte sich. Das hätte ich auch gern gemacht, hatte aber kein Taschentuch dabei. Um Mama zu besänftigen oder zu trösten, oder nannte man so etwas nicht sogar kondolieren, fragte ich: »Wann ist er denn gestorben?«

»Um Viertel vor zwölf«, sagte sie hastig, irgendwie erleichtert, reden zu können. »Um fünf vor zwölf hat Papa angerufen. Und wisst ihr, was das Schlimmste war? In dem Moment, in dem ich den Hörer aufgelegt habe, gingen die Sirenen los. Als ob ... als ob ...« Sie sprach den Satz nicht zu Ende, wahrscheinlich fiel ihr kein passender Vergleich ein.

»Ich hab mich auch über die Sirenen erschrocken«, sagte Hanna, aber das glaubte ich ihr nicht, weil es jeden Monat am gleichen Tag zur gleichen Zeit Probealarm gab. Das stand sogar vorher in der Zeitung und wurde auch im Radio und in der Tagesschau angekündigt, damit man wusste, dass es nur ein Test und die russische Atombombe vorerst noch gar nicht abgeworfen worden war.

Um Punkt zwölf, mitten in der fünften Stunde, hatten die Luftschutzsirenen losgeheult und Mathematiklehrer Söllner bei einer Gleichung mit zwei Unbekannten unterbrochen. Er schaute auf seine Armbanduhr und sagte: »Sehr gut, korrekt. Genau zwölf.«

Und diejenigen von uns, die eine Armbanduhr hatten, schauten ebenfalls aufs Ziffernblatt und stellten fest, dass es tatsächlich stimmte oder dass ihre Uhren vor- oder nachgingen. Im an- und abschwellenden Geheul freuten wir uns zwar über die Störung des Unterrichts, staunten aber auch gemeinsam mit Herrn Söllner über diese tadellose Pünktlichkeit. Im Grunde war alles in bester Ordnung. Alles passte zusammen, meine Uhr, die an meinem Handgelenk tickte, zeigte exakt zwölf, und die Sirenen auf den Dächern begannen genau um zwölf zu heulen, beruhigend in ihrer Zuverlässigkeit, aber auch furchterregend. Wahrscheinlich würde der Dritte Weltkrieg ebenso pünktlich beginnen.

Die Sirenen hatten also Opas Tod über die Stadt geheult. Das war perfekt und unheimlich zugleich. Ich ahnte, dass sich hinter der sauberen Ordnung noch ein anderer Sinn verbarg, der des Todes und der sekundengenauen Vernichtung, jener schaurige Sinn, den die Erwachsenen im Krieg erfahren hatten und dessen Wiederkehr sie als drohenden Weltuntergang fürchteten. Diese andere Ordnung dröhnten die Sirenen in die Welt hinaus, und weil Opa in ihrem Geheul die Welt verlassen hatte, begann ich an seinem Todestag etwas zu verstehen. Zumindest verstand ich den Schrecken, den die Sirenen meiner Mutter eingejagt hatten. Vielleicht begann ich sogar, mich daran zu gewöhnen.

◇

Bei der Trauerandacht war die Friedhofskapelle rappelvoll. In den Geruch trockenen Staubs mischte sich der feuchte, schwere Duft sterbender Schnittblumen, und es war so heiß und stickig, dass sich nicht unterscheiden ließ, was auf den Gesichtern Schweißtropfen und was Tränen waren. Opa war in allen möglichen und unmöglichen Vereinen, Clubs und Gesellschaften Mitglied gewesen, und vor dem mit Blumen überhäuften Eichensarg lagen die Gebinde und Kränze so drapiert, dass man die Aufschriften auf den Schleifen lesen konnte: Letzte Grüße und Stilles Gedenken, Tiefe Trauer und Untröstlichkeit. Letzte Grüße kamen viermal vor, Tiefe Trauer dreimal. Die Untröstliche war Oma.

Als Richter am Oberlandesgericht sei Opa gewesen, was Pastor Hinrichs in seiner Ansprache einen angesehenen Juristen, verdienstvollen Bürger und guten Christen nannte. Der gute Christ war eindeutig gemogelt, eine fromme Lüge, die Oma dankbar schluchzend als letzte Wahrheit hinnahm. Der verdienstvolle Bürger war eine Phrase, mit der ich nicht viel anzufangen wusste. Wann war einer verdienstvoll? Opa hatte zwar eine gute Pension bezogen und Hanna und mir bei jeder sich bietenden Gelegenheit in den Ohren gelegen, später unbedingt Beamtenlaufbahnen einzuschlagen, Justiz, Verwaltung, Schuldienst, wenn alle Stricke reißen seinetwegen auch Bahn oder Post – Hauptsache verbeamtet. Ohne Beamte sei kein Staat zu machen, und abgesehen vom beruhigenden Pensionsanspruch sei man als Beamter immer auf »der sicheren Seite«, weil der Staat nie Pleite machen könne. Aber verdienstvoll? Verdienstvoll waren doch wohl eher Millionäre wie die Versandhändler Otto und Neckermann oder auch Herr Siefken aus unserer Nachbarschaft, der es in wenigen Jahren vom Maurer zum Bauunternehmer gebracht hatte und sich alle zwei Jahre einen neuen Borgward leistete.

Blieb also noch der angesehene Jurist. Als Pastor Hinrichs *das* aussprach, nickten Oma und meine Mutter dankbar zustimmend, wenn nicht wie erlöst; mein Vater schloss die Augen und zupfte sich am Ohrläppchen, als könne er mit geschlossenen Augen auch nichts mehr hören. Onkel Ernst zog die Augenbrauen hoch, und Onkel Fritz, der neben mir saß, verkniff sich ein Grinsen und flüsterte »de mortuis nihil nisi bene«. Das kannte ich aus dem Lateinunterricht. Wie die merkwürdige Mimik und Gestik zu verstehen war, sollte ich bald erfahren.

Zum Orgelklang von *Jesus meine Zuversicht* wurde der Sarg aus der Kapelle getragen, gefolgt von der näheren Verwandtschaft und, in respektvollem Abstand, von den zahlreichen Freunden, Bekannten und Kollegen Opas. Am offenen Grab hielt Pastor Hinrichs noch ein kurzes Gebet, und dann verschwand der Sarg mittels zweier Taue langsam in der Tiefe. Jeder von uns, Oma zuerst, trat einzeln an den Grubenrand, dachte sich kurz seinen Teil – ich dachte: mach's gut, Opa – und warf mit einem Schäufelchen etwas Erde auf den Sarg. Oma und meine Mutter warfen noch je einen Blumenstrauß hinterher, Hanna eine einzelne Rose, was ich kitschig und irgendwie erbschleicherisch fand. Zum Schluss kamen Tante Grete und Onkel Ernst, der aber das Schäufelchen verpönte und mit der Hand resolut in den Erdhaufen griff.

»Mal wieder typisch«, wisperte mir Onkel Fritz zu, »soll wohl proletarisch sein.«

Onkel Fritz und Onkel Ernst waren derart unterschiedliche Charaktere, dass Opa sich einmal gewundert hatte, wie sie überhaupt in *einer* Familie vorkommen konnten, auch wenn Onkel Ernst nur angeheiratet war.

»Zum Glück«, fand Oma.

»Eher zum Unglück«, korrigierte Opa.

Aber mit ihrem eigenen Sohn Fritz hatten sie natürlich auch so ihre Probleme. Fritz war der ältere Bruder meines Vaters und galt als der Paradiesvogel der Familie, die ihn allerdings so gut wie nie zu Gesicht bekam, weil er in Spanien lebte und nur manchmal an Weihnachten zu Besuch kam. Zum Entsetzen von Oma und Opa hatte er nicht Beamter, sondern Maler werden wollen und auf einer Kunstakademie studiert. Anschließend war er einige Jahre in Paris gewesen und dann Mitte der Dreißigerjahre nach Madrid gegangen. Über seine Motive kursierten drei Versionen. Die erste wollte wissen, Onkel Fritz habe während des Spanischen Bürgerkriegs als Verbindungsoffizier der Legion Condor gearbeitet. Diese Version wurde nicht ohne Stolz kolportiert, und die Tatsache, dass Onkel Fritz sie als haltlose Phantasie und Blödsinn dementierte, galt da eher noch als Bestätigung, weil die Legion Condor ja eine Art Geheimtruppe gewesen war. Die zweite Version wurde hinter vorgehaltener Hand getuschelt. Onkel Fritz sei nämlich »einer vom anderen Ufer«, »ein warmer Bruder«, »ein Hundertfünfundsiebziger«. Und als solcher habe er sich damals in Paris in einen Spanier verliebt und sei ihm nach Madrid gefolgt. Dafür sprach zumindest, dass Onkel Fritz nie geheiratet hatte, was nicht nur meine Mutter »sonderbar« fand, weil der Mann »tadellos« aussehe. Version eins und zwei wurden manchmal auch phantasievoll bis ehrabschneiderisch miteinander vermischt. Version drei war die von Onkel Fritz selbst vertretene. Eigentlich sei er nur der Kunst wegen nach Spanien gegangen, um Velázquez und Goya zu studieren. Ein Zufall habe ihn jedoch an die deutsche Botschaft in Madrid verschlagen, und weil er Deutsch, Französisch und leidlich Spanisch sprach und viel von Kunst verstand, habe man ihn zum Kulturreferenten gemacht, was er immer noch war. Seine eigene Künstlerkarriere habe er zwar opfern müssen, aber das sei ihm allemal lieber gewesen, als sich fürs Vaterland zu opfern. Inzwischen war er fünfundfünfzig, immer noch Junggeselle – meine Mutter sprach das Wort bedeutungsvoll mit gedachten Anführungszeichen aus – und redete davon, demnächst in vorzeitigen Ruhestand zu gehen, sich auf Mallorca eine Finca zu kaufen und wieder zu malen. Was für ein Leben! Hanna und ich waren natürlich von Onkel Fritz fasziniert. Wir sahen in ihm nicht den Diplomaten, sondern nur den unangepassten, weltläufigen Künstler.

Überhaupt nicht fasziniert waren wir von Onkel Ernst, dem Mann von Mamas Schwester Margarete, kurz Grete. Auch Onkel Ernst hatte im Krieg nicht an die Front gemusst, weil er als Schiffbauingenieur in der Rüstungsindustrie unverzichtbar war. Tante Grete hatte er kurz vor Kriegsausbruch während eines Ostseeurlaubs kennengelernt und geheiratet. Sie wohnten seitdem und immer noch in Rostock, und Onkel Ernst arbeitete immer noch auf derselben Werft. Hatte er früher für die Nazis Schiffe gebaut, so baute er jetzt Schiffe für die Kommunisten, und wie er früher angeblich ein überzeugter Parteigänger der Nazis gewesen war, so diente er jetzt mit Leib und Seele dem Aufbau des Sozialismus und spielte eine führende Rolle in der Gewerkschaft. Tante Grete verfügte über keine eigenen Meinungen, oder falls doch, sprach sie nicht darüber. »Falls Grete ausnahmsweise eine eigene Meinung äußern wollte«, hatte Onkel Fritz einmal behauptet, »würde sie erst ihren Gatten fragen, was für eine Meinung das sein soll.« Dass sie zur Beerdigung ihres Vaters anreiste, wurde als selbstverständlich hingenommen; dass auch Onkel Ernst seinem Schwiegervater das letzte Geleit gab, überraschte allgemein. »Will vielleicht den Klassenfeind studieren«, meinte Onkel Fritz und zwinkerte mir zu.

Meine Eltern hatten sich mitten im Krieg während eines Fronturlaubs meines Vaters kennengelernt. Meine Mutter träumte von einem Medizinstudium und arbeitete vorerst als Krankenschwester, und da mein Vater Pharmazie studiert hatte, passten die beiden wohl irgendwie zusammen. Sie verlobten sich gar nicht erst, sondern heirateten Hals über Kopf. Opa war dafür, weil mein Vater Offizier war. Oma war dagegen, weil mein Vater Offizier war und gleich wieder in den Krieg musste. Als Hanna geboren wurde, steckte mein Vater bereits wieder »in Russland in der Scheiße«. Nachdem er unversehrt, körperlich jedenfalls unversehrt, aus dem Krieg heimgekommen war, fand er relativ schnell eine Anstellung in einer Apotheke. Kurz nach meiner Geburt starb der Besitzer, und mein Vater konnte die Apotheke übernehmen. Der Traum meiner Mutter vom Medizinstudium verwehte während der Nachkriegszeit wie der Staub über den Trümmern, und da die Apotheke florierte, fügte sich meine Mutter mehr oder minder klaglos in ihre Rolle als Hausfrau und Mutter. So, befand Oma, gehörte sich das schließlich auch.

Mein Vater hatte auch noch einen jüngeren Bruder gehabt, aber Onkel Eugen war 1944 bei der Schlacht von Monte Cassino gefallen. Hanna und ich kannten ihn nur von Fotos auf Omas Klavier.

Onkel Fritz hatte als Junggeselle keine Kinder, »jedenfalls keine, die wir kennen«, wie Opa einmal angemerkt hatte, vermutlich um anzudeuten, dass Fritz zwar ein Filou, aber unmöglich vom anderen Ufer sein könne. Auch Tante Gretes und Onkel Ernsts Ehe war kinderlos geblieben.

◇

Hanna und ich hatten also weder Vettern noch Cousinen und waren die einzigen Kinder im engeren Familienkreis, der sich nach der Beisetzung im Ratskeller zum Leichenschmaus einfand. Es gab Hühnerbrühe mit Eierstich, gemischten Braten mit brauner Soße, Erbsen und Möhren und Salzkartoffeln und hinterher Vanillepudding mit Schokoladensoße. Wegen der Hitze waren die üppigen Portionen gar nicht zu bewältigen. Nur Tante Grete und Onkel Ernst verschlangen das komplette Menü, als hätten sie seit Tagen nichts zu essen bekommen. Das lag wohl an den Auswirkungen der Planwirtschaft in der Zone.

Oma war zwar, wie schon auf ihrer Kranzschleife schriftlich niedergelegt, untröstlich, hielt sich aber sehr tapfer. Opas Tod war nicht plötzlich gekommen, sondern als »Erlösung von schwerem Leiden«, wie es in der Todesanzeige geheißen hatte. Gestorben war er an Kehlkopfkrebs, zu dem sein unmäßiger Zigarrenkonsum beigetragen haben dürfte. Ich konnte ihn mir gar nicht ohne Zigarre vorstellen, deren Schwaden sein Gesicht wie einen nebligen Berggipfel umlagerten und im ganzen Haus zu riechen waren.

»Dieser Geruch«, sagte Oma melancholisch, »wird mir ab nun fehlen.«

»Sei doch froh«, meinte meine Mutter. »Die Zigarren haben ihn umgebracht.« Sie sagte das mit der zweifelhaften Autorität ihres Wunschtraum gebliebenen Medizinstudiums, mit der sie bei Zipperlein und Kinderkrankheiten eine gewisse Kompetenz simulieren konnte.

Über Opas Todesursache vertrat Oma allerdings eine entschieden andere Theorie. »Unsinn«, sagte sie, »er hat ja immer schon geraucht. Wisst ihr, woran er gestorben ist? Er ist an den Atombomben gestorben. Also natürlich nicht direkt an den Bomben, Gott behüte, aber an den Strahlen. All diese Versuche und Tests, das kann einfach nicht gesund sein. Man weiß es doch auch vom Röntgen. Jetzt gibt es sogar schon so eine Atomfabrik am Rhein.«

»Am Main«, sagte mein Vater, »in Kahl. Das ist aber gesundheitlich völlig unbedenklich und dient ausschließlich friedlichen Zwecken. Vielleicht werden wir demnächst damit heizen.«

»Oh ja, mit einem einzigen Atombrikett durch den langen deutschen Winter«, schmunzelte Onkel Fritz und dachte dabei vermutlich an seine Finca auf Mallorca.

»Wollen wir im Sinne des Weltfriedens und der internationalen Völkerverständigung hoffen, dass eure Atompolitik friedlich ist«, deklamierte Onkel Ernst. Es klang wie auswendig gelernt.

»Wollen wir es hoffen«, echote Tante Grete.

»Wen meinst du denn mit *eure* Atompolitik?«, erkundigte sich Onkel Fritz.

»Die des Westens, des amerikanischen Imperialismus, dessen Steigbügelhalter –«

»Kinder, Kinder«, mahnte Oma, »streitet euch doch nicht. Nicht über Politik. Nicht an diesem Tag. Lasst uns lieber einen schönen Bohnenkaffee trinken.«

Aber es war zu spät. An diesem brütend heißen Sommertag brach der Frost des Kalten Kriegs über unsere Familie herein, und mit ihrer eher harmlosen Bemerkung über die tückischen Atomstrahlen hatte Oma dem eisigen Gast unfreiwillig die Tür zum Ratskeller geöffnet.

»Euer Chruschtschow hat neulich in der Tagesschau mit einer Hundertmegatonnen-Superbombe gedroht«, sagte mein Vater. »Das ist doch wie eine Kriegserklärung. Und in der Presse hieß es, dass der Russe, gegen den ich als solchen überhaupt nichts habe, Truppen nach Berlin verlegt.«

»Wen meinst du mit *der Russe?*« Jetzt wurde Onkel Ernst aber richtig fuchsig. »Die sowjetischen Friedenstruppen in der Hauptstadt der DDR schützen uns vor der Aggression durch revanchistische und militaristische Kräfte in Westdeutschland, die vom amerikanischen Imperia–«

»Die wollen euch nicht beschützen, die wollen euch einsperren«, unterbrach ihn Onkel Fritz. »Die Leute türmen massenweise aus eurer sogenannten DDR. Es gibt doch längst Ausreisebeschränkungen. Fehlt nur noch, dass eine Mauer gebaut wird. Man fragt sich, wieso du und Grete überhaupt noch in den Westen durftet.«

»Und warum ihr nicht hierbleiben wollt«, ergänzte Oma.

»Weil wir am Aufbau des Sozialismus mitarbeiten«, sagte Onkel Ernst. »Außerdem ist die Deutsche Demokratische Republik nicht sogenannt, sondern ein rechtmäßiger Staat, und –«

»Recht mäßig, in der Tat«, höhnte Onkel Fritz.

»Und zweitens hat niemand die Absicht, eine Mauer zu bauen«, sagte Onkel Ernst irgendwie feierlich.

»Niemand«, wiederholte Tante Grete.

»Die Stimme eures Herrn«, spottete Onkel Fritz. »Fehlt nur noch, dass du sächselst.«

»Wir müssen unsere Staatsgrenze gegen revanchistische und faschistische Elemente sichern«, eiferte Onkel Ernst. »Du als Francoknecht solltest wissen, dass der Faschismus immer noch –«

»Möchtest du auch Butterkuchen zum Kaffee, Ernst?«, erkundigte sich Oma.

Onkel Ernst nickte heftig.

»Vom Faschismus würde ich an deiner Stelle aber nicht so laut reden«, setzte Onkel Fritz nach. »Wenn ich mich recht erinnere, warst du bei den Nazis ein ziemlich –«

»Verleumdung«, blaffte Onkel Ernst mit Butterkuchen im Mund. »Westpropaganda.«

Onkel Fritz lachte.

»Ein jeder kehre vor seiner eigenen Haustür«, sagte Tante Grete salbungsvoll und sah dabei Oma dringlich an.

»Was willst du damit sagen?«, mischte sich jetzt meine Mutter ein, die aber offenbar sehr genau wusste, was ihre Schwester sagen wollte.

»Grete will damit sagen«, dolmetschte Onkel Ernst das geflügelte Wort seiner Frau, »dass eure so überaus demokratische Familie –«

»Wieso *eure* Familie? Du gehörst doch auch dazu«, sagte mein Vater.

Das überhörte Onkel Ernst mit einem gewissen Recht; immerhin war er nur angeheiratet. »Dass *eure* Familie und insbesondere das Oberhaupt *eurer* Familie, das wir eben zu Grabe getragen haben, dem Dritten Reich –«

»Um Gottes willen, Ernst. Grete! Versündigt euch nicht.« Und mit Seitenblick auf Hanna und mich: »Nicht vor den Kindern.« Oma schien einen Schwächeanfall zu bekommen, atmete schwer und fächelte sich mit der Serviette Luft zu.

»– dem Dritten Reich als willfähriger Jurist gedient hat und nur mit Ach und Krach seinen Persilschein bekommen hat.« Onkel Ernst leckte sich Mandelsplitter von den Lippen und blickte triumphierend in die Runde, als hätte er soeben sämtliche Klassenkämpfe entschieden und den Kalten Krieg in friedliche Koexistenz verwandelt.

Einen Moment herrschte Stille.

Schließlich sagte Oma matt, aber angewidert: »Du bist ja ein richtiger Bolschewist. Ich glaube, du gehst besser wieder nach drüben.«

»Gewiss«, sagte Onkel Ernst grimmig.

»Ja«, sagte Tante Grete.

Dann wieder Schweigen.

»Ich denke, wir zahlen jetzt«, sagte mein Vater und winkte dem Kellner.

»Was ist denn ein Persilschein?«, fragte ich in aller Unschuld, weil ich das Wort zuvor noch nie gehört hatte.

Mein Vater warf mir einen strengen Blick zu. »Jetzt fang du nicht auch noch an«, sagte er.

Und Onkel Ernst raunte mir ins Ohr: »Das erklär ich dir nachher.«

Was er dann beim Verdauungsspaziergang durch den Schlosspark auch tat. Opa sei bei den Nazis zwar nur ein Mitläufer gewesen, aber mitgelaufen sei er seiner Karriere zuliebe ziemlich zügig, wenn nicht gar rasend. Mit der Judenvernichtung und KZs habe er aber wohl nichts zu tun gehabt, habe auch keine Todesurteile unterschrieben. Deshalb sei er dann entnazifiziert worden, habe den sogenannten Persilschein bekommen und weiter als Richter gearbeitet, und zwar über die Pensionsgrenze hinaus, weil es damals nicht genügend Juristen gegeben habe. Das, sagte Onkel Fritz achselzuckend, nenne man Kontinuität.

Am nächsten Morgen verabschiedeten sich Tante Grete und Onkel Ernst wortkarg und kühl und verschwanden wieder hinter dem Eisernen Vorhang. Trotz des Zerwürfnisses schickten wir ihnen noch ein paar Jahre lang Weihnachtspakete. Begegnet bin ich ihnen nie wieder.

◊ ◊ ◊

Mehr als dreißig Jahre später liest du in der Zeitung, dass ein Landtagsabgeordneter der CDU in Mecklenburg-Vorpommern sein Mandat niederlegen musste. Als ehemaliger SED-Kader und IM der Stasi hatte er jahrelang dasselbe Personal bespitzelt, mit dem er nach der Wende für Marktwirtschaft und Demokratie eintrat. Das war Onkel Ernst.

4

Sommerlager

Fotos sind nicht die Erinnerungen selbst, spannen aber Erinnerungen auf wie Zeltstöcke, über denen der Stoff des Gewesenen hängt.

Das Foto zeigt eine Art Stillleben. Auf einem Felsbrocken liegt eine Brille mit breitem Horngestell. Der rechte Bügel ist verbogen, und das Glas fehlt. Das lässt sich erkennen, weil die Sonne nur auf dem linken Glas reflektiert. Neben dem Fels sieht man den Ansatz einer Lederhose, aus der nackte Oberschenkel herausragen. Im Hintergrund Gebüsch oder Farne. Sommerlager? Die Zelte, deren Stöcke während der nächtlichen Keilerei brechen, die kaputte Brille von – wie hieß er noch gleich? War ein übler Streber. Die Oberschenkel gehören zu – auch dessen Name fehlt. War ein großer, lauter Bursche. Sein Vater war Versicherungsvertreter. Deswegen steht er neben der Brille. Als Zeuge.

Klack.

Findlinge sind während der Eiszeit in riesigen Moränen mitgeschleppt worden, Zentimeter für Zentimeter. Von sehr weit her. Womöglich aus Russland. Und mit solchen Findlingen haben deine Vorfahren Gräber errichtet. Hünengräber. In den Gletschern haben die Findlinge sich unmerklich bewegt wie in einer Superzeitlupe, aber sie haben sich bewegt. Das Foto besitzt nicht den geringsten Drang nach vorn, sondern ist erstarrte Vergangenheit. Es bewahrt das

Dargestellte, das Beweisstück Brille auf dem Findling, als läge es in ewigem Eis.

Jetzt weißt du auch die Namen wieder.

◇ ◇ ◇

Der auf Hochglanz polierte rote Lack der Karosserie und das gleißende Chrom der Stoßstangen wirkten wie Zerrspiegel im Irrgarten auf dem Ostermarkt, stauchten mich zu einem feisten Zwerg oder streckten mich spindeldürr. Die Zierleisten auf der Kühlerhaube und an den Seiten – Blitze. Das in der Sonne funkelnde Rund der Radkappen, umrahmt von weißen und schwarzen Ringen der Weißwandreifen – unbekannte Planeten, zu denen Amis und Sowjets sich ein Wettrennen durchs Weltall lieferten. Die Chromschirme über den Scheinwerfern – Schutzschilde gegen Meteoriten. Die Buchstaben auf den Seiten und am Heck – Signaturen eines Genies. *Borgward Isabella TS de Luxe.* Was für ein Auto! Das Auto des zum Bauunternehmer aufgestiegenen Maurers Siefken, den Oma einen Neureichen nannte. Um sich so ein Auto leisten zu können, musste man ja wohl auch mindestens neureich sein. Ich fuhr mit der Hand andächtig über die sanfte Wölbung des Kotflügels.

»Mach da bloß keine Kratzer dran!«

Ich fuhr zusammen. Siefken hatte mich erwischt, war aber nicht böse, sondern freute sich offenbar über meine Bewunderung für sein Prachtstück und klopfte mir kumpelhaft auf die Schulter.

»Toller Schlitten, was?«, sagte er. »75 PS, 1500 Kubik, 4 Zylinder. Geht ab wie, wie –« Ihm fehlten die Worte.

»Wie ein Sputnik?«

»Genau. Hat aber Platz für fünf. Willst du dich mal hinters Steuer setzen?«

Ich lief so rot an wie der Lack. Siefken öffnete die Fahrertür und ließ mich hinterm Lenkrad Platz nehmen.

»Oh Mann«, staunte ich, »der Tacho geht ja bis 160!«

»Schafft er auch fast«, sagte Siefken, »aber natürlich nicht mit Anhänger.«

»Schon enorm«, sagte ich erfürchtig. »Und sogar Radio.«

»Wat mutt, dat mutt«, sagte Siefken auf Baustellenplatt. »Die Blümchen da in der Vase sind was Nettes für meine Freundin. Und die Liegesitze auch.« Er kniff grinsend ein Auge zu. »Du weißt schon –«

Ich nickte aufgeklärt und nahm an, dass Siefken im Auto mit seiner Freundin das machte, was die Halbstarken mit ihren heißen Bräuten unter den zugeklappten Planen der Raupenbahn machten. Verglichen mit Siefkens heißem Schlitten waren die Liebeslauben der Raupe natürlich kümmerlicher Kinderkram. Eine Erektion bekam ich trotzdem. Hoffentlich merkte Herr Siefken nichts.

»Morgen hänge ich noch den Wohnwagen an. Und dann geht's ab nach Capri.« Er lächelte versonnen. »Bella Italia. Dolce Vita. Ja, ja –«

Dollsche Wieta war vermutlich etwas Schweinisches. »Dufte«, sagte ich. »Da würde ich auch mal gerne hin.«

»Macht ihr dieses Jahr denn gar keinen Urlaub?«, fragte er.

»Doch«, sagte ich. »Meine Schwester ist schon weg. Sprachferien in Frankreich. Wegen der deutsch-französischen Freundschaft.«

»Oh, là, là«, sagte Siefken.

»Meine Eltern fahren für 14 Tage nach Langeoog.«

»Auch schön«, sagte er, aber es klang eher mitleidig. »Und was machst du?«

»Zeltlager«, sagte ich. »Pfadfinder.«

Pfadfinder stimmte nicht ganz, weil ich dem evangelischen Siefken nicht sagen wollte, dass der Bund Neudeutschland, kurz ND, das katholische Konkurrenzunternehmen zur protestantisch dominierten Pfadfinderschaft war. Ich entstammte nämlich einer sogenannten Mischehe. Die Familie meiner Mutter war evangelisch, aber mein Vater war katholisch. Er sagte, dass ihm der Krieg den Glauben genommen habe, und ging auch nicht in die Kirche, obwohl er noch Mitglied war und über die Kirchensteuer murrte. Seine Eltern waren sehr gut katholisch gewesen und 1944 bei einem Luftangriff beide ums Leben gekommen. Das, sagte mein Vater, habe ihn endgültig vom Glauben abfallen lassen, aber trotzdem oder vielleicht gerade deshalb, als eine Geste gegenüber seinen toten Eltern, hatte er Wert darauf gelegt, dass Hanna und ich katholisch getauft wurden und katholischen Religionsunterricht mitmachten. Schaden könne das nicht, meinte er. Ministrant musste ich zwar nicht werden, landete aber statt bei den Pfadfindern beim ND.

◇

Hoch überm grauen Band der Straße griff das Geäst der Chausseebäume ineinander. Die Naben tickten gleichmäßig, die Reifen surrten auf dem Asphalt; die Gepäckträger der Fahrräder waren mit Satteltaschen und Rucksäcken bepackt, und einer von uns hatte die Wimpelstange so hinter dem Sattel befestigt, dass der Fahnenstoff im Fahrtwind knatterte: das Fähnlein Sankt Christopherus des ND. Wir trugen lindgrüne, paramilitärische Hemden mit Achselklappen und aufgesetzten Brusttaschen, Fahrtenmesser an den Gürteln, und manch eines der mitgeführten Kochgeschirre, meins auch, hatte bereits unseren Vätern gedient. In Russland und anderswo. Doch unsere

Fahrt war friedlich und führte ins große Sommerzeltlager, das wir nach einigen Stunden mit schmerzenden Schenkeln, verkrampften Waden und wund gescheuerten Hintern erreichten.

Andere Fähnlein waren bereits da, manche trafen erst nach uns ein. Wir schlugen die Kote auf, ein Rundzelt mit Rauchloch, rollten Luftmatratzen und Schlafsäcke aus. Das Lager gruppierte sich um das gemeinsame Küchenfeuer, über dem in verrußten Hordentöpfen Nudeln, Suppen und Eintöpfe abgekocht wurden, zu denen es Bundeswehrschwarzbrot aus Dosen gab, Panzerplatten genannt. Auch zum Frühstück gab es Panzerplatten mit Mehrfruchtmarmelade aus einem 10-Liter-Eimer, dazu Muckefuck.

Unter Anleitung unseres Oberhirten, eines schneidigen Paters, wurde aus Birkenstämmen ein Lageraltar für morgendliche Messen und abendliche Andachten zusammengezimmert. Die weltlicheren Aktivitäten des Lagers bestanden aus allerlei Leibesertüchtigungen; es gab sogar eine Lagerolympiade. Wichtiger als der Sport war allerdings das Holzsammeln in den umliegenden Wäldern, denn wenn die Dämmerung fiel, fand das Lager im Ritual des Lagerfeuers zu sich selbst. Zu schrammelnden Klampfen und jammernden Mundharmonikas grölten wir uns durch *Wir lagen vor Madagaskar*, beschworen mit *Hava Nagila* unsere Toleranz und Internationalität, pfiffen zackig den *River-Kwai-Marsch* und versanken mit *Wildgänse rauschen durch die Nacht* in einem seelenvollen Wir-Gefühl. Anschließend sprach der Pater noch ein kerniges Nachtgebet, aus dem zum Beispiel hervorging, dass Jesus eine Art Duzfreund von uns war.

Eines Abends sangen wir gerade »Der Globus quietscht und eiert, der Rost sitzt überall, bald ist er ausgeleiert, der –«, als der Pater plötzlich in den Feuerschein trat und mit energischer Geste und lautstark wie ein Feldwebel »Ruhe!« brüllte.

»– alte Erdenball.«

»Ruhe! Jungs! Alle mal herhören. Ich habe eben in meiner Anodenwumme *Das Echo des Tages* gehört. Es ist etwas Schlimmes passiert. Vielleicht habt ihr mitbekommen, dass schon seit einigen Tagen in der Ostzone Grenzübergänge gesperrt worden sind. Heute haben die Kommunisten damit begonnen, an den Grenzübergängen Mauern zu bauen. Richtige Mauern, Jungs. Stellt euch das mal vor.«

Ich versuchte es mir vorzustellen. Richtige Mauern? Ich dachte an den ehemaligen Maurer und heutigen Borgwardbesitzer Siefken, der inzwischen mit seiner Freundin auf Capri Dolce Vita machte.

»Der Eiserne Vorhang«, fuhr der Pater fort, »wird zu einem Vorhang aus Beton. Niemand darf mehr raus. Niemand kann mehr rein. Die Zone wird zum Gefängnis. Wir wollen jetzt für unsere Brüder und Schwestern in der Ostzone ein stilles Gebet sprechen. Aufstehen, Jungs!«

Wir standen ums Funken sprühende Lagerfeuer, manche mit gefalteten Händen, manche mit männlich verschränkten Armen, und mimten stilles Gebet. Mir fiel auch keins ein. Ein *Ave Maria* für Tante Grete, ein *Vaterunser* für Onkel Ernst? Kommunisten waren doch Atheisten. Was nützte denen denn unser Gebet?

Indem er sich räusperte, verkündete der Pater das Ende der Gebetszeit. »Singt weiter, Jungs«, rief er munter, »singt *Wir wollen nicht wanken noch weichen.*«

Das kannte aber niemand außer dem Pater. Und natürlich Harald Deters. Harald war der schleimigste Streber, der mir je im Leben begegnet war, trug Lehrern die

Taschen, ließ nie bei sich abschreiben und war in Sport eine Null.

»Dann singt Dschoschua, Jungs!«, rief der Pater, weil er wohl keine Lust hatte, mit Harald allein zu singen. »Das passt!«

Und jetzt alle: »Dschoschua fitte bättel of Dscheriko, Dscheriko, Dscheriko, Dschoschua fitte bättel of Dscheriko, änd se wolls käm tambling daun.«

Unser Gesang hätte Mauern zum Einstürzen gebracht, aber im Zeltlager gab es zum Glück keine.

Lagerwachen, die unseren Schlaf behüten sollten, wurden jede Nacht eingeteilt. Diesmal herrschte allerhöchste Alarmstufe, hatten unsere Späher doch wenige Kilometer entfernt ein evangelisches Pfadfinderlager ausgemacht, und mit einem Überfall der Protestanten war jederzeit zu rechnen.

»Vertraut auf Jesus und seid wachsam, Jungs«, sagte der Pater, und es klang so, als rechnete er nicht nur mit protestantischen Barbaren, sondern womöglich mit den Russen. Vielleicht waren die Sowjets ja auch mit den Protestanten verbündet?

Wir krochen in unsere Schlafsäcke. Unter manchen zeichneten sich wie jede Nacht unruhige Bewegungen ab, begleitet von unterdrücktem Schnaufen und erlöstem Gestöhne. Harald hatte mehrfach damit gedroht, die Wichsorgien als Verstöße gegen das sechste Gebot Schamhaftigkeit und Keuschheit zu verpetzen, aber Rudi Wiechers hatte gesagt, dass wir Harald nackt ausziehen und ins Brennnesselfeld am Waldrand werfen würden. Weil Rudi der Stärkste von uns war, hielt Harald dann lieber die Schnauze.

Als die Wachen Alarm brüllten, war unsere Kote bereits eingestürzt und der Wimpel vorm Eingang als Trophäe erbeutet. Im Mondlicht ergaben sich noch einige fruchtlose Raufereien, aber der protestantische Feind entkam mit mehreren Wimpeln, drei Dosen Panzerplatten und einem Suppentopf. Morgen Nacht, hoch und heiliger Schwur, würde unser Gegenstoß erfolgen. Denn ein Gesetz der großen Fahrt lautete: Rache ist Blutwurst.

Im Gefunzel von Taschenlampen bauten wir die Kote wieder auf. Kaum war Ruhe eingekehrt, fing Schleimer Harald zu jammern an.

»Meine Brille«, winselte er, »die haben meine Brille kaputt gemacht.«

»Sind deine Eltern nicht versichert?«, erkundigte sich Rudi.

»Weiß ich doch nicht«, greinte Harald.

»Du musst unbedingt ein Foto von der Brille machen«, sagte Rudi versiert. »Für die Versicherung.« Er musste es wissen, weil sein Vater Versicherungsvertreter bei der Allianz war. *Hoffentlich Allianz versichert.*

»Schnauze«, raunzte jemand, »wir wollen schlafen.«

»Ich habe keinen Fotoapparat«, flüsterte Harald.

»Mensch! Schnauze jetzt!«

»Ich hab einen«, sagte ich. »Was krieg ich dafür, wenn ich ein Foto mache?«

Harald schwieg einen Moment. »Ich hab aber kein Geld«, sagte er dann.

»Tarzanhefte?«

»Haben meine Eltern verboten.«

»Schallplatten?«

Er schien nachzudenken. »Ich hab Freddy. Und Caterina Valente.«

»Nö. Hast du Elvis?«

»Den erlauben meine Eltern nicht. Aber ich hab *Babysitter Boogie.*«

»Na gut. Meinetwegen.«

»Schnauze! Oder Brennnesseln!«

Am nächsten Morgen legte Harald seine kaputte Brille auf einen Findling. Ich hob die Kamera vors Auge.

»Stopp!«, rief Rudi Wiechers. »Ihr müsst noch eine Zeitung von heute danebenlegen, damit man das Datum beweisen kann.«

»Wir haben aber keine Zeitung«, sagte ich.

»Schnurzpiepe«, meinte Rudi. »Ich bin ja Zeuge.«

Klack.

◇

Nach den Sommerferien begann das neue Schuljahr. Hanna war jetzt in der 13. Klasse und paukte fleißig fürs Abitur. Ich wurde in die 10. Klasse versetzt, wenn auch nur mit Hängen und Würgen, in Mathe die obligatorische 5, in Latein eine 4 mit scharfer Schräglage zur 5. Auf dem Elternsprechtag hatte mein Klassenlehrer meinem Vater erklärt, man habe noch einmal ein Auge zugedrückt, aber wenn ich so weitermachte, würde ich im nächsten Jahr sitzen bleiben. Die Prognose sollte sich als zutreffend erweisen. Vorerst war ich jedoch gerettet und atmete auf. Es wäre fatal gewesen, ausgerechnet jetzt sitzen zu bleiben, weil es zur Schultradition gehörte, dass die 10. Klasse geschlossen zur Tanzstunde antrat. Und die Tanzstunde versprach, wonach ich mich am meisten sehnte: Mädchen.

Ich lebte in einem von wüsten Stürmen durchschüttelten, schwülen Dauerfrühling, in dem alles tief bedeutsam, aber auch höchst zweideutig zu werden schien. Es mussten im Unterricht nur Worte wie Sack oder Spalte fallen, vom Jadebusen zu schweigen, und in der Klasse begann Gegrinse und verklemmtes Kichern. Mein Schulweg führte mich an zwei Orten vorbei, die als Augenweide und schwellende Quellen meine Phantasien wässerten und zugleich verhärten ließen, nämlich erstens das Alhambra, ein Kino, in das laut Oma »kein manierlicher Mensch geht«. Im Schaukasten hingen Plakate und Standfotos – *Stand*fotos – tief dekolletierter oder bikinknapp bekleideter Damen, deren bewegter Anblick »Freigegeben ab 18 Jahren« und also unerreichbar war; sowie zweitens ein Zeitungskiosk, an dessen der Straße abgewandten Seite Magazine aushingen, auf deren Titelseiten üppige Busen und dralle Schenkel versprachen, was kaum zu denken war.

Mein Klassenkamerad Willy, Sohn eines Staatsanwalts, verfügte freilich über einen Fundus, der Kiosk und Schaukasten weit in den Schatten stellte. In der umfangreichen Bibliothek seines Vaters war er, in zweiter Reihe hinter Gesetzeskommentaren verborgen, auf den Giftschrank gestoßen: eine Sammlung erotischer Literatur. Willy selbst delektierte sich regelmäßig an den Abenteuern der Fanny Hill oder den Bekenntnissen der Josefine Mutzenbacher, ließ sich aber nicht dazu überreden, mir eins dieser Einhand-Standardwerke zur Selbstbedienung zu überlassen. Erst als ich ihm *Jailhouse Rock* von Elvis überließ, »aber nur leihweise« – die Platte hatte ich meinerseits leihweise aus Hannas Album stibitzt –, händigte er mir den Roman *Frauen und Mönche* aus. »Aber nur bis morgen.«

Die Stellen waren schnell gefunden, weil der Seitenschnitt an ihnen verschwitzt abgegriffen war. Die Geschichte spielte in Russland, handelte aber nicht vom Krieg, sondern von Frauen, die ein besonderes Faible für geile Mönche hatten und sich diesen lebenslustigen Gottesmännern nach Belieben hingaben. Als ein Jahr später der Pater, der unsere Jugendbewegtheit im Zeltlager betreut und uns Wachsamkeit gegenüber dem Bolschewismus eingebimst hatte, plötzlich in eine andere Gemeinde versetzt wurde, gab es über die Gründe allerlei Getuschel, das mich an *Frauen und Mönche* denken ließ.

Bevor die Tanzstunde meine Wünsche in Wirklichkeit verwandeln würde, musste jedoch noch eine letzte Hürde genommen werden: der Krawattenknoten. Mein Vater und ich standen vor dem Garderobenspiegel im Flur; er hinter mir, die Arme über meine Schultern gelegt, und seine Hände führten meine Hände, um die komplizierte Verschlingung zustande zu bringen, die da erstmals vor meinem Hals entstehen sollte. Und während er mich ins harmloseste Geheimnis der erwachsenen Männerwelt einwies, erzählte er, dass sein Vater, mein Großvater, den ich nie erlebt hatte, sondern nur aus Erzählungen kannte, ihm seinerseits und seinerzeit auf diese Weise beigebracht habe, wie aus zwei schlaff hängenden Stoffenden ein fester Knoten zu binden war.

»Benimm dich anständig«, gab er mir noch mit auf den Weg und entließ mich mit einem wohlwollenden Lächeln in die Tanzschule Gellermann & Sohn, in der auch schon meine Mutter tanzen gelernt hatte.

Auf einer Seite des Saals saßen die Mädchen in ihren kleinen Schwarzen und Konfirmationskostümen, verlegen kichernd oder demonstrativ desinteressiert ihre Schuhspitzen musternd, auf der anderen Seite wir in schlecht sitzenden Anzügen, weißen Nyltesthemden und den würgend korrekt geknoteten Krawatten, die Hände schweißnass und die Blicke unstet über die Auswahl scheuer Mädchenblüte flackernd.

»Meine Herren«, rief munter der elegante Tanzlehrer, der & Sohn vom alten Gellermann, »bitte fordern Sie auf!«

Wir glitschten stolpernd übers glatte Parkett und schnitten uns gegenseitig die Wege ab, um ja nicht die kleine Pummelige oder die Dürre mit der Brille zu erwischen, sondern die schlanke Blonde, von der gemunkelt wurde, dass sie sich schon öfter habe küssen lassen. Aber als ich sie fast erreicht hatte, verbeugte sich bereits einer meiner Nebenbuhler vor ihr, sodass mir nichts anderes übrig blieb, als der drahtigen Dunklen mein »Darf ich bitten?« anzutragen, was sie mit einem schüchternen Lächeln aus grünen Augen huldvoll annahm.

& Sohn stand am Plattenspieler und legte einen Tango auf, interpretiert von Franz Thon und seinen Solisten, die man auch im Radio zur *Musik zur blauen Stunde* immer mal wieder zu hören bekam. Musik à la Raupenbahn kam bei Gellermann natürlich nicht in die Tüte. »Tango, Ausgangsposition bitte«, erklang das sonore Kommando des Maestros, »und dajammdamdamm, dajammdamdamm, jawohl, und fließend bitte, und links, rechts, vorbei-seit-schluss und Wie-ge-schritt!«

Meine linke Hand in ihrer rechten, ihre linke auf meinem rechten Oberarm, meine rechte Hand auf ihrem Rücken, wo ich die Wärme ihrer Haut durch den glatten Synthetikstoff des Kleids spürte. Beim Wie-ge-schritt berührten sich unsere Schenkel, dajammdamdamm, mein Unterkörper stieß gegen ihren Bauch, meine Dame zuckte nicht zurück. Mir fiel eine Stelle aus *Frauen und Mönche* ein.

»Und gleich noch einmal, meine Herrschaften, und flie-ßend, vorbei-seit-schluss, die Damen graziler bitte, die Herren nicht so steif«, oh ja, nicht so steif, »dajammdamdamm und Wie-ge-schritt!«

Ihr kleiner Busen drückte gegen mein Zwerchfell.

So zog ich hüft- und gliedsteif mit wechselnden Damen meine Kreise, tanzte Tango mit Doris, Walzer mit Renate, Foxtrott mit Sabine und Cha-Cha-Cha mit Gisela. Und Doris begleitete ich nach den Tanzstunden zwei- oder dreimal Händchen haltend zur heimischen

Haustür, musste mich aber ungeküsst und unbefriedigt wieder trollen. Den Abtanzball im Ballsaal der Stadthalle absolvierte ich mit Isabelle. Schöner, irgendwie exotischer Name. Sie war auch sehr hübsch, aber hölzern und so unterkühlt, dass sie mir sogar den trockenen Wangenkuss verweigerte, den ich ihr aufhauchen wollte, als wir in der Walzerwertung den dritten Platz belegten.

Die Tanzstunde war, kein Zweifel, wie Krawatten, schlecht sitzende Anzüge und trockene Wangenküsse, eine saftlos unsinnliche und antiquierte Sache. *Die* Sache, das *eine,* musste etwas ganz anderes sein. Aber das ganz andere war nur ein heißer Wunsch, dessen Erfüllung trotz lebhafter Phantasie- und Lendenleistung ein Ding der Unmöglichkeit blieb.

Am Abtanzball nahmen auch die Eltern teil. Meine Mutter fand Isabelle »ganz entzückend«, und mein Vater tanzte einen Foxtrott mit ihr. Mit Isabelles Mutter tanzte ich einen langsamen Walzer; ich glaube, sie fand mich nicht so entzückend, weil ich ihr dauernd auf die Füße trat. Mein Vater und Isabelles Vater verstanden sich bestens. Isabelles Vater war Offizier bei der Bundeswehr und Kriegsveteran wie mein Vater. Sie standen lange an der Bar, tranken abwechselnd Bier und Underberg, ein als gesundes Elixier geltender Schnaps in Fläschchen, die mit braunem Packpapier getarnt waren. Als ich einmal bei ihnen vorbeischaute, redeten sie über einen gewissen General Paulus, den Isabelles Vater als Schweinehund und Verräter bezeichnete. Mein Vater nickte heftig und sagte, dass er den Kommunismus hasse, allerdings den Russen als solchen durchaus – das kannte ich schon.

◇

Als ich an einem der Tanzstundenabende spät nach Haus gekommen war, später als erlaubt, saßen meine Eltern und Hanna noch bei Oma. Das war ungewöhnlich, weil sie immer früh schlafen ging. Sie hatte den geblümten und gesteppten Morgenrock an und rosa Lockenwickler im grauen Haar. Ich rechnete mit einer Standpauke à la »wo hast du dich denn wieder rumgetrieben?«, aber der Familienrat tagte nicht wegen mir.

»Man fasst es nicht«, sagte meine Mutter, »so ein netter Mann.«

»Wer?«, fragte ich. »Herr Gellermann?«

»Unsinn, Herr Tabbert«, sagte Oma streng. »Aus dem Juchhe.«

»Was ist denn mit ihm?«

»Verhaftet. Die Gesta–, die Polizei hat ihn abgeholt. Man glaubt es einfach nicht.«

5

Tinottis Wagen

Das Foto ist keine Kopie der vergangenen Wirklichkeit, sondern eine Hervorbringung dessen, was wirklich passiert ist, eine Erinnerungsquelle, die, lange vergessen, beim Anblick des Fotos zu sprudeln beginnt. Deshalb, sagt Roland Barthes, sei die Fotografie weniger als Kunst zu verstehen als vielmehr als Magie.

Als du vor Jahren Barthes' *Die helle Kammer* gelesen hast, blieb dieser Gedanke einigermaßen dunkel, doch erhellt er sich immer mehr, je länger du das Bild von Tinottis Eiswagen betrachtest. Wie hingezaubert stand er plötzlich vor dem Schandfleck. Wie etwas Märchenhaftes, Erträumtes, vage Ersehntes, von dem man nicht weiß, was und wie es ist, bis man es vor sich sieht. Also auch wie die Liebe.

Klack.

Der Wagen schien aus einer anderen Zeit gekommen zu sein und trotz des Nummernschilds BO auch aus einem ganz anderen Land. Die senkrechten, grün, weiß, rot angepinselten Bretter. Unter deinem Blick nehmen die verblichenen Grautöne des Schwarz-Weiß-Fotos Farbe an. Es sind aber keine Retouchierungen, sondern die Farben der Erinnerung, die nie verblassen, sondern ins Bild sinken und Tinottis Wagen zum Strahlen bringen.

◇ ◇ ◇

Sonntag wurde wie an jedem Sonntag die Wachstuchschondecke vom Tisch genommen und durch weißes Leinen mit Monogramm aus Mutters Aussteuer ersetzt. Das gute Geschirr, das Silberbesteck und Papierservietten mit buntem Blumenmuster wurden andächtig aufgelegt. Aus dem Radio auf dem Schleiflackbüfett rieselte leise *Das Sonntags-Potpourri unvergänglicher Klassik,* und meine Mutter servierte Rindsrouladen mit Soße, Salzkartoffeln und Rosenkohl. Zum Nachtisch gab es eingewecktes Stachelbeerkompott mit Schlagsahne. Das Glas mit den Stachelbeeren hatte ich aus dem Eichhörnchenvorrat im Keller geholt.

»Erinnere mich daran, dass wir bald wieder auffüllen müssen«, sagte meine Mutter, aber ich nahm mir vor, sie nicht zu erinnern, weil ich Stachelbeeren nicht mochte. Zu sauer. Vielleicht würden wir den Atomkrieg ja auch ohne Stachelbeerkompott überleben.

Oma erzählte zum x-ten Mal von Herrn Tabberts Verhaftung. Die Polizei sei kurz nach acht Uhr erschienen, das wisse sie auf die Sekunde genau, weil in der Tagesschau gerade berichtet worden sei, dass an der Berliner Mauer Häuser geräumt und vermauert worden seien, damit die Leute nicht mehr durch die Fenster in den Westen springen konnten, wobei ja schon einige Unglückliche ums Leben gekommen beziehungsweise erschossen worden seien, weshalb sich auch die amerikanischen und russischen Panzer am Checkpoint Charlie gegenübergestanden hätten und Chruschtschow auf einen separaten Friedensvertrag mit der Ostzone verzichtet –

»Was hat das denn mit Herrn Tabbert zu tun, Mutti?«, fragte meine Mutti ihre Mutti.

Oma ließ sich nicht gern unterbrechen, schon gar nicht von ihrer Tochter, schwieg eingeschnappt und pulte umständlich den Zahnstocher aus ihrer Roulade.

»Vielleicht war Herr Tabbert ja ein Ostspion«, sagte ich.

Mein Vater schmunzelte nachsichtig. »Na, na, wie kommst du denn da drauf?«

»Neulich ist doch dieser Spion verhaftet worden, der für die Kommunisten gearbeitet hat«, sagte ich.

Mein Vater nickte. »Heinz Dings, äh – Felfe, richtig. Gegenspionage und so weiter. Reich mir doch mal den Rosenkohl. Vom BND. Danke. Beziehungsweise vom KGB oder jedenfalls für den KGB. Aber so ein großes Ding traue ich dem Tabbert nicht zu. Der war viel zu unauffällig.«

»Spione müssen doch unauffällig sein«, sagte ich. »Damit man sie nicht erwischt.«

Mein Vater sah mich nachdenklich kauend an. »Tja, wer weiß da schon Genaues. Aber die Rouladen sind gut.«

Da gestern nichts in der Zeitung gestanden und auch Karl-Heinz Köpcke Herrn Tabbert nicht in der Tagesschau erwähnt hatte, tappten wir über den Grund seiner Verhaftung im Dunkeln. Oma, die inzwischen wieder ausgeschnappt war, hatte jedoch von Frau Dr. Niemeyer, der Zahnärztin aus ihrer Doppelkopfrunde, gehört, Tabbert sei ein, Oma schluckte Rosenkohl und dämpfte bedeutungsschwer die Stimme, Heiratsschwindler gewesen. Auf seinen Vertretertouren mit Kurzwaren habe er alleinstehende, einsame Frauen aufgesucht und mit seinem dezenten Charme bezirzt und eingewickelt. »Erst betört«, betören war eins von Omas Lieblingswörtern, »und dann ausgenommen. Wie Weihnachtsgänse.«

»Schöner fremder Mann, du bist lieb zu mir«, trällerte Hanna irgendwie süffisant und sah unsere Mutter an, weil *Schöner fremder Mann* derzeit einer ihrer Lieblingsschlager war.

»Ich fand den Tabbert aber gar nicht so charmant«, sagte meine Mutter.

»Witwen gibt es heutzutage viele«, befand Oma, »und auf jeden Pott passt ein Deckel.«

»Dann wäre er ja ein Pott mit mehreren Deckeln gewesen«, meinte mein Vater.

Hanna und ich kicherten.

»Also bitte«, sagte meine Mutter, »doch nicht vor den Kindern.«

Hanna lachte affektiert. »Kinder?«

»Hört doch mal zu«, sagte Oma und deutete aufs Radio. »Mozart. Immer wieder schön.«

Während Hanna und ich das Geschirr in die Küche trugen, schlug meine Mutter mit dem Schneebesen Sahne fürs Stachelbeerkompott. Hanna verteilte die Bleiglasschälchen auf dem Tisch, Mutter teilte mit dem großen Silberlöffel aus.

»Einfach köstlich«, sagte Oma, »es geht doch nichts über einen eigenen Garten.«

Ich rührte lustlos in meiner Portion herum.

»Man manscht nicht mit Essen«, sagte meine Mutter.

»Ich mag aber keine Stachelbeeren«, maulte ich.

Mein Vater strich sich mit der Serviette Schlagsahne aus den Mundwinkeln und sah mich streng an. Ich wusste, was er sagen würde, und er sagte es auch so zuverlässig wie die Wanduhr im Flur, die soeben ein Uhr schlug: »Was auf den Tisch kommt, wird gegessen.«

»Ich mag aber keine –«

»Kinder, Kinder, ihr seid verwöhnt. Ihr wisst ja gar nicht, wie gut ihr's habt.« Es klang eher resigniert als empört. »Wir hätten damals mit Schweinen aus Trögen gefressen, wenn man –«

»Also bitte«, sagte Oma.

»Wenn man uns überhaupt was gegeben hätte.« Mein

Vater ließ sich nicht beirren. Nicht von seiner Schwiegermutter. »Der Russe überlebte mit einer Handvoll Sonnenblumenkerne. An sich schon imponierend. Wir sollten auch Sonnenblumenkerne einlagern. Und jetzt iss deine Stachelbeeren.«

Während ich mir zwei, drei Löffel, auf die ich mehr Sahne als Kompott platzierte, reinwürgte, kam Oma aufs Thema Tabbert zurück. Wahrscheinlich fürchtete sie, dass mein Vater wieder in einen seiner russischen Monologe verfallen könnte. Beim Friseur sei ihr zu Ohren gekommen, der Mann sei durchaus kein Heiratsschwindler gewesen, sondern ein – sie zögerte. »Ich weiß gar nicht, wie ich's ausdrücken soll. Ein Unhold.«

»Ein was?«, fragte Hanna.

»Es stand sogar in der Zeitung, dass so einer verhaftet worden ist«, sagte Oma, »so ein –, ihr wisst schon.«

»Nein, weiß ich nicht«, sagte ich wahrheitsgemäß, obwohl ich mir bei Omas Herumgedruckse denken konnte, dass es etwas Schweinisches sein musste.

»Mit Unhold meint Mutti«, dolmetschte meine Mutter ihre Mutter, »jemanden, der sich – der sich –«

»Ganz recht.« Oma nickte.

»Der sich zeigt«, murmelte meine Mutter errötend.

»Exhibitionisten«, sagte mein Vater, »hat es immer schon gegeben. Widerlich. Sogar damals im Lager hatten wir einen, der, nun ja –«

»Ich habe in der Schule aber etwas ganz anderes gehört«, sagte Hanna, und ihre Stimme bekam dabei einen auftrumpfenden Ton. »Der Tabbert ist verhaftet worden, weil er ein ganz schlimmer Nazi gewesen ist.«

»Um Gottes willen.« Oma verschluckte sich, hustete und wurde ganz blass.

»Der soll nämlich Aufseher in einem KZ gewesen sein«, sagte Hanna sehr akzentuiert.

»Aber das hätte man doch wissen müssen«, sagte meine Mutter.

»Wusste man ja vielleicht auch, wenn man es wissen wollte«, sagte Hanna. »Die Israelis haben doch neulich auch diesen Eichmann geschnappt. In Argentinien. Und jetzt machen sie ihm den Prozess.«

»Ja, die Juden, furchtbar, furchtbar«, sagte Oma.

»Wenn Tabbert in dergleichen verstrickt gewesen sein sollte, hätte er sich doch bestimmt auch nach Südamerika abgesetzt oder nach China«, mutmaßte mein Vater.

»Ganz recht.« Oma schien erleichtert. »Doch nicht in meinem Haus. Das ist völlig undenkbar. Der Mann war immer überaus korrekt, höflich, sauber und bescheiden. Hätte Buchhalter sein können, vielleicht sogar Beamter. Aber doch kein, kein, also nein! Nicht unter meinem Dach.«

»Und so etwas lernt ihr in der Schule?«, fragte meine Mutter.

»Unser neuer Geschichtslehrer hat im Unterricht auch vom Nationalsozialismus gesprochen, und –«

»Unerhört«, sagte Oma. »Was sind denn das für Lehrer heutzutage?«

»Seid doch mal still«, sagte meine Mutter versonnen und legte den Kopf mit Blick aufs Radio schief. »Vivaldi. Vier Jahreszeiten. Der Frühling. Ach ja, Italien.«

Um das leidige Thema vom Sonntagstisch zu wischen, war diese Volte meiner Mutter zwar sehr gut gemeint, aber Oma runzelte dennoch vorwurfsvoll die Stirn, und meine Mutter biss sich schuldbewusst auf die Lippen. Das hing mit Onkel Eugen zusammen, der in Italien gefallen war. Und das würde Oma den Italienern natürlich nie verzeihen. Im Leben nicht.

◇

Nach dem Mittagessen wünschte mein Vater uns allen eine gute Verdauung, schluckte eine Leo-Pille *(Wie Balsam für den Darm)*, rauchte eine HB *(Warum denn gleich in die Luft gehen? Greife lieber zur HB. Dann geht alles wie von selbst.)* und legte sich dann wohlig seufzend zu einem Nickerchen auf die Couch. Das tat er jeden Tag. Oma zog sich in ihre Wohnung zurück, um zu einem »guten Buch« zu greifen. Das war aber auch nur so eine ihrer Redensarten, weil sie zwar immer irgendein Buch – Werner Bergengruen, Gertrud von le Fort, Luise Rinser, Vicki Baum und dergleichen – dekorativ auf dem Tisch platziert hatte, aber eigentlich lieber Patiencen legte.

Meine Mutter spülte das Geschirr, ich trocknete ab, und Hanna stellte das »gute« Geschirr, »Vorsicht, Porzellan«, wieder zurück in den Prahlhans, eine Vitrine, die noch aus dem Haushalt meiner Urgroßeltern stammte und angeblich frühes Biedermeier war. Bis zum nächsten Sonntag. Das »tägliche« Geschirr, kein Porzellan, stand im Küchenschrank stets zu Diensten.

Vom Küchenfenster blickte ich aufs Flachdach des Schandflecks, das von Herbstlaub, abgefallenen Kastanien und halb verfaulten Birnen bedeckt war, an denen ein paar fette, schwerfällig hoppelnde Tauben ihr Wirtschaftswunder erlebten. Der Birnbaum stand auf der hinteren Grundstücksgrenze, die Kastanie vorne an der Straße. Da niemand mit Sicherheit wusste, nicht einmal Oma, zu welchem Grundstück die Bäume gehörten, gab es seit eh und je eine stillschweigende Übereinkunft, dass die nach Westen in unsere Richtung ragenden Äste uns gehörten und die auf der Ostseite zum Schandfleck.

Ansonsten war der Grenzverlauf zwischen den beiden Grundstücken nicht markiert. Es gab weder Zaun noch Mauer. Zwischen den beiden Bäumen erstreckte sich lediglich ein heckenartiges Gestrüpp aus Stachelbeer- und Johannisbeerbüschen, auf unserer Seite penibel gepflegt und ordnungsgemäß beschnitten. Die Beeren, abgeerntet und zu Marmelade oder Kompott verarbeitet, erwarteten im Keller den Atomangriff der Russen. Auch die Birnen vom westlichen Geäst des Birnbaums hatten wir beizeiten gepflückt und in Gläser eingeweckt, die mit Aufklebern versehen waren.

Beim Beschriften hatte Hanna auf zwei oder drei Gläser nicht *Ernte 1961* geschrieben, sondern *Ernte 23*. Unsere Mutter hatte das erst nur für ein Versehen gehalten, aber als ihr der Witz dämmerte, hatte sie Hanna am Pferdeschwanz gezogen und gesagt: »Mädchen, Mädchen, rauchst du etwa schon?«

Da hätte ich sie übrigens verpetzen können, tat es aber nicht, weil ich mir manchmal eine Zigarette aus dem Geheimversteck in ihrer Kommode stibitzte, wo sie unter Socken und Pullis auch ein noch viel, viel geheimeres Tagebuch aufbewahrte. Allerdings paffte sie heimlich nicht Ernte 23, sondern Peter Stuyvesant. Die hatten nämlich den *Duft der großen weiten Welt*.

Seit Schulenbergs Auszug aus dem Schandfleck war die Beerenhecke in Richtung Osten nicht mehr abgeerntet worden und begann zu verwildern. Auch die Birnen blieben ungepflückt, fielen überreif auf den ungemähten, von Unkraut überwucherten Rasen oder knallten aufs Flachdach. Derlei Verschwendung von Gottesgaben, sagte Oma, breche ihr das Herz. Und wenn meine Mutter die Birnen aufs Dach knallen hörte, zuckte sie jedes Mal zusammen. Wie im Krieg sei das. Wie in den Bombennächten. Während ich die Dessertschälchen abtrocknete, »Vorsicht, Kristall«, fixierte ich eine der wenigen Birnen, die noch am Baum hingen. Sie wirkten so schwer und überfällig, dass ich mir sicher war, sie allein durch meinen durchdringenden Blick zum Fallen bringen zu können, und war enttäuscht, als das misslang.

Und genau in diesem Moment bog in unsere Straße ein blauer Hanomag Kurier ein, im Schlepp einen Bauwagen, der wie eine Holzbaracke auf Rädern aussah. Solche Dinger standen als Pausenbuden oder Klos auf Bauplätzen, aber die Schausteller vom Ostermarkt oder Zirkusleute benutzten sie auch als Wohnwagen. Die senkrechten Planken waren abwechselnd grün, weiß und rot gestrichen, das Tonnendach mit grauer Teerpappe gedeckt wie das Dach des Schandflecks. Und vorm rostigen Gartentor des Schandflecks kam das Gespann zum Stehen. Aus der Fahrerkabine des Hanomags, dessen Kühlergrill wie ein breit grinsendes Fischmaul aussah, stieg ein Mann und ging um den Bauwagen herum, der jetzt den Blick auf den Hauseingang versperrte.

»Ich glaube, nebenan zieht jemand ein«, sagte ich.

Meine Mutter trat neben mich ans Fenster, kniff die Augen zusammen und raffte den Store beiseite, um besser sehen zu können. »Herrje«, sagte sie, »was ist denn das für eine Kasperbude? Sind das etwa – hast du jemanden gesehen?«

»Nur einen Mann, der –«

»Das sind ja Zigeuner!«, flüsterte meine Mutter, und wenn sie die Gewohnheit gehabt hätte, vor Entsetzen die Hände überm Kopf zusammenzuschlagen, hätte sie das jetzt wohl getan. Dass manche Menschen vor Schreck die Hände überm Kopf zusammenschlagen, hatte ich schon öfter gelesen, zum Beispiel bei Karl May, aber im wirklichen Leben kam derlei offenbar gar nicht vor. Wie es aussehen musste, wenn Leute die Hände ringen, wusste ich ebenso wenig. Leider rang meine Mutter auch nicht die Hände.

»Wieso Zigeuner?«, sagte ich.

»Der Wagen! Fehlt nur noch, dass der von Eseln gezogen wird. Oder vom Pferd. Wie beim alten Hermann.«

Wie beim alten Hermann war keine Redensart vom Schlage wie im alten Rom, wie bei Kaiser Wilhelm oder wie beim Gröfaz, sondern bezog sich auf den Schrotthändler Hermann Menken, der vor einigen Jahren steinalt gestorben war. Begleitet von seinem ebenso starken wie schwachsinnigen Sohn, war er mit seinem von einem müden Gaul gezogenen Wagen über die Straßen geklappert. Durchs scharfe Knallen der Hufe auf dem Blaubasaltpflaster sang er dann seine Litanei: Lumpen, Alteisen, Papier, Glas!

Onkel Fritz behauptete, bis Kriegsende hätte Hermann neben Glas, Papier, Alteisen und Lumpen auch noch Knochen im Repertoire gehabt, aber Knochen zu sammeln sei heutzutage wohl sogar dem alten Zausel zu makaber; nach alledem und so weiter. Ich war damals fünf oder sechs Jahre alt, und als ich Onkel Fritz fragte, was makaber sei und wie er das meinte mit trotz alledem und so, schüttelte er den Kopf und sagte leise, das würde ich noch früh genug erfahren.

Wenn der alte Hermann Glück hatte, landete manchmal Gerümpel aus Kellern und Dachböden auf seinem Wagen, und wenn wir Glück hatten, ließ sein Pferd vor unserem Haus ein paar Äpfel fallen. Die sammelte Oma nämlich mit Kehrblech und Strohbesen auf und schwor, dass das erstklassiger Dünger für die Beerenbüsche sei. Pferd und Wagen waren zwar ein Relikt aus Omas Welt, aber geboren aus der Not der Nachkriegszeit, warf diese versunkene Welt noch ein paar späte Echos in meine Kindheit. Bevor Mitte der Fünfzigerjahre in unserem Haus die Ölheizung eingebaut wurde, heizten wir die Öfen mit Torf, weil der viel billiger als

Briketts oder Eierkohlen war. Geliefert wurde der Torf mit einem Pferdefuhrwerk, das aus einem Moordorf kam. Und dann lag ein riesiger, würzig duftender Torfhaufen auf dem Gehweg. Hanna und ich halfen dabei, die Soden in Weidenkörbe zu packen, die mit einem Flaschenzug über dem Dachbodenfenster auf den Speicher gehievt und dort an der Wand zum Juchhe, in dem still und unauffällig der saubere Herr Tabbert hauste, aufgestapelt wurden.

Inzwischen war Heizöl billiger als Torf, und das Juchhe war sowieso nur mit einem Heizlüfter ausgestattet. Strom, meinte Oma, koste ja auch nicht die Welt, und wenn demnächst der Strom aus Atomen angezapft werden würde, gebe es ihn quasi umsonst.

»War der alte Hermann denn ein Zigeuner?«, fragte ich.

»Unsinn.«

»Aber das ist doch gar kein Pferd, sondern ein Hanomag. Hab ich in meinem Autoquartett. Dieselmotor. 50 PS. Zwei Tonnen Nutz–«

»Du holst jetzt sofort Vati«, flüsterte meine Mutter aufgeregt. »Oder nein, weck ihn lieber nicht. Sonst geht er in die Luft und hat den ganzen Tag schlechte Laune.«

»Und erzählt uns dann, wie im Krieg der Iwan auch noch mit Pferdewagen im –«

»Markus! Werd nicht frech«, sagte sie, aber ich konnte sehen, dass sie sich ein Lächeln verkniff. »Lauf schnell runter und sieh dir das an.«

Das hätte sie mir gar nicht zu sagen brauchen, weil der grün-weiß-rote Wagen etwas auszustrahlen schien, das mich anzog und lockte wie etwas Verbotenes.

»Aber sei ganz vorsichtig. Und zieh dir was über, damit du dich nicht ansteckst. Ich meine, damit du dich draußen nicht erkältest«, sagte sie, und als ich schon im

Flur war, rief sie mir nach: »Und nimm deinen Apparat mit und mach ein Foto!«

»Wieso das denn?«

»Zur Sicherheit«, sagte sie. »Man kann ja nie wissen.«

Ich lief mit meinem Anorak gerüstet und der Kamera bewaffnet auf die Straße und ging um das geheimnisvolle Gespann herum. Auf der dem Haus zugewandten Seite des bunten Wagens befand sich eine große, geschlossene Luke, wie ich sie von den Wagen vom Ostermarkt kannte. Heruntergeklappt würde die Luke zu einem Tresen und der Wagen zu einem Verkaufsstand oder fahrbaren Laden. Oberhalb der Klappe war ein weißes Schild angebracht.

Giacomo Tinotti
Original Italienische Eisspezialitäten

Die schwungvollen Buchstaben des Namens waren grün, die anderen rot. Eine Eisbude auf Rädern also. Erfreulich, aber gar nicht geheimnisvoll und auch nicht besonders zauberhaft.

Klack.

»Was machst du da?«, fragte hinter meinem Rücken ein helles Stimmchen.

Ich fuhr herum und sah einen kleinen, vielleicht sechsjährigen Jungen aus der offen stehenden Haustür des Schandflecks auf mich zukommen. Er trug einen grünen Pullover, hatte schwarze Haare und riesige, dunkle Augen. Unter dem Arm hielt er einen abgewetzten Teddybären.

»Hallo«, sagte ich.

»Guten Tag«, sagte er artig und merkwürdig formell, als hätte er das Guten-Tag-Sagen eben erst gelernt.

»Was machst du da?«, wiederholte er und zeigte dabei auf die Kamera.

»Ich –, äh«, wie ertappt versteckte ich die Kamera hinter meinem Rücken, »ich wohne hier.«

»Hier?«, sagte der Junge und drehte sich Richtung Haustür. »Hier wohnen *wir* jetzt aber.«

»Ja, ich meine, ich wohne da.« Ich deutete auf unser Haus.

»Ach so«, sagte der Junge. »Das ist Tonio.« Er hielt mir den Teddybären entgegen. »Und wie heißt du?«

»Ich bin Markus. Und du ziehst hier also ein? Woher kommt ihr denn eigentlich?«

»Aus Bochum«, sagte er.

Obwohl auf dem Nummernschild des Hanomags schwarz auf weiß ein BO-Kennzeichen prangte, hatte ich natürlich nicht mit Bochum gerechnet, sondern mit Rom oder Mailand. Oder Capri. Capri wäre schön gewesen. »Kommt ihr etwa nicht aus It–«

»Enzo?«, rief eine weibliche Stimme, sodass mir »alien« im Hals stecken blieb. »Lorenzo!«

Der Junge drehte sich wieder um. In der Haustür erschien ein Mädchen. Roter, eng anliegender Pulli, unter dem sich ein BH abzeichnete. Schwarzer, knielanger Rock. Schwarze, schulterlange Haare. Sie rief dem Jungen etwas zu, was ich nicht verstand. Das war wohl Italienisch.

»Meine Schwester«, sagte er. »Sie heißt Clarissa. Ich soll sofort reinkommen.«

»Ich habe auch eine große Schwester«, sagte ich. »Sie heißt –«

»Lorenzo! Subito!«

Ich dachte mir, dass Lorenzo-Subito wohl ein italienischer Doppelname wie Karl-Heinz oder Horst-Eberhard sein müsse, und sah ihm nach, bis er neben seiner Schwester in der Haustür stand. Sie strich ihm mit einer erwachsenen, geradezu mütterlichen Geste übers Haar und warf mir aus schwarzen Augen einen abweisenden, misstrauischen Blick zu. Oder war das kein Misstrauen, sondern Neugier?

Zwei kleine Italiener, ach ja –

6

Das einzige Foto ohne Legende. Einem Außenstehenden muss es nichtssagend erscheinen, ein missglückter Schnappschuss, bei dem der Auslöser gedrückt wird, bevor das Objekt vor der Linse erschienen oder bereits wieder aus dem Sucher verschwunden ist. Du aber weißt, was das Bild zeigt. Und weil du auch weißt, was es nicht zeigt, überkommt dich ein Echo der Beschämung, die du damals empfunden hast.

Unscharf zu erkennen sind Wäschestücke auf einer Leine, weiße Hemden, dunkle Socken, gestreifte Handtücher, ärmellose Unterhemden. Darüber ein grauer Himmel. Vom rechten, linken und unteren Rand drängen Strauchwerk und Zweige ins Bild, als wollten sie wie ein Paravent den Gegenstand vor zudringlichen Blicken und dem Voyeurismus der Kamera schützen.

Klack.

Der Gegenstand, dem deine Begierde galt, war aber gar nicht da. Deshalb gibt es auch keine Legende, sondern nur eine peinliche Geschichte.

◊ ◊ ◊

Blechern schepperte der Wecker. Aus der Traum, in dem sie mir übers Haar strich, aber nicht so mütterlich wie ihrem kleinen Bruder, sondern mit einer gierigen Zärtlichkeit. Meine Mutter griff nach meiner Hand und versuchte mich von dieser Berührung wegzureißen, aber ihr fehlte die Kraft, und mein Vater hockte apathisch in einem verschneiten Schützengraben, rauchte eine HB, um nicht in die Luft gehen zu müssen, und blickte starr in die Richtung, aus der gleich die Atombomben fallen würden. Ihre Hand strich mir über Brust und Bauch, bis mir im Halbschlaf dämmerte, dass es meine eigene Hand war, die sich jetzt um meine Erektion schloss, um den Traum im Auf und Ab meiner Phantasie zu erlösen, als –

»Markus! Zehn nach sieben! Du kommst zu spät!« Meine Mutter meinte es ja nur gut mit mir.

Halbsteif schlurfte ich ins Badezimmer, drückte vorm Spiegel an den beiden Pickeln auf meiner Stirn herum, die dadurch erröteten und anschwollen. Zum Frühstück zwei Scheiben Graubrot, eins mit Käse, eins mit Salami. Der Tee war nur noch lauwarm.

Hanna stand bereits vom Tisch auf. »Und tschüss.« Die Streberin kam gern zu früh.

»Nun trödel nicht so herum. Ihr schreibt doch heute eine Lateinarbeit.« Manchmal kannte meine Mutter meinen Stundenplan besser als ich. Leider.

»Aber erst in der zweiten Stunde«, gähnte ich.

»Mach zu, Junge, beeil dich.« Sie stopfte mir die in Papier eingewickelten Pausenbrote in die Schultasche.

Als ich mein Fahrrad aus dem Gartenschuppen holte, sah ich durchs nackte Gesträuch der Beerenbüsche, dass der grün-weiß-rote Eiswagen nicht mehr auf der Straße, sondern im verwilderten Garten hinterm Schandfleck stand. Der Hanomag war nicht mehr da, und von unseren neuen Nachbarn war niemand zu sehen. Musste der Junge nicht in die Schule? Oder ging der noch in den Kindergarten? Und das Mädchen? Auf welche Schule würde sie gehen?

Zwei Minuten vorm Klingelzeichen hechelte ich im Wettlauf mit anderen Verschlafenen auf die massiven Säulen des Portals zu, über denen die in Sandsteinrosetten und Blei gefassten Aulafenster aufragten, sodass die neugotische Backsteinfassade wie eine Mischung aus Kirche und Ritterburg wirkte, hetzte die von Generationen ausgetretenen Stufen hinauf und durch die schwere dunkelbraune Eichenholztür ins Foyer. Geruch nach nasser Kreide, Staub und scharfen Putzmitteln. Im Zwielicht, das hier immer herrschte, dämmerte eine Art Schrein, der in die Wand eingelassen war. Darin ein Gedenkbuch. Pro Seite ein Name. Täglich wurde eine neue Seite aufgeschlagen. Namen ehemaliger Schüler, die in den Kriegen geblieben waren, von der Schulbank eines humanistischen Gymnasiums direkt in den Tod gejagt, bei Mars-la-Tour verheizt, bei Verdun vernichtet, in Stalingrad verreckt. Warum und wieso blieb rätselhaft, weil die Schule, die mir jede Schlachtordnung der Punischen Kriege und jedes Gemetzel des Gallischen Kriegs einpaukte, sich verstockt ausschwieg, wenn von dem Krieg und seiner Vorgeschichte die Rede hätte sein müssen, den die meisten Lehrer noch selbst erlebt hatten. Unter dem Buch ein dunkelgrüner, matt glänzender Lorbeerkranz. Ob es hier um Heldenverehrung oder Mahnung ging, war unklar und sollte wohl unklar bleiben. Fragen waren unerwünscht. Antworten gab es sowieso keine.

Beim Klingelzeichen saß ich außer Atem auf meinem Platz. Deutschstunde. Weil der Lehrer mit Nachnamen Hermann hieß, lautete sein Spitzname »der Cherusker«. Vor einer Woche hatte er uns aufgegeben, Gottfried Kellers *Kleider machen Leute* zu lesen. Ich hatte nur gelangweilt darin geblättert und mich lieber halbherzig auf die drohende Lateinarbeit konzentriert. Offenbar war das den meisten meiner Mitschüler ähnlich gegangen, denn als der Cherusker fragte, was uns der Dichter mit seiner herrlichen Novelle sagen wolle, meldete sich niemand außer Harald Deters, dem Schleimer vom Dienst. Er sagte wie immer, was der Cherusker hören wollte, und wurde dafür gelobt. Manche gähnten, andere blätterten unter der Bank nervös in ihren lateinischen Vokabelheften, um dem drohenden Unheil auf den letzten Drücker noch etwas entgegenzusetzen. Der Cherusker lobte Deters für sein Gesülze, das wahrscheinlich aus *Königs Erläuterungen der Klassiker* stammte, wies uns an, den Text auf einer bestimmten Seite aufzuschlagen, und forderte einen Schüler zum Vorlesen auf.

»Zweiter Absatz. Die Stelle, die mit ei ei ei ei beginnt und –«

Grinsen. Unterdrücktes Gelächter.

»Seien Sie nicht so albern. Also los, lesen Sie vor.«

»Ei ei ei ei!«

Befreites Gelächter.

»Wie betonen Sie das denn, Menschenskind! Es geht hier doch nicht um Hühnereier. Hören Sie zu. *So* ist es gemeint: Ei ei ei ei«, deklamierte der Cherusker schelmisch wie ein Schmierenkomödiant. »Sieh da den Bruder Schlesier, den Wasserpolacken! Der mir aus der Arbeit gelaufen ist, weil er wegen einer kleinen Geschäftsschwankung glaubte, es sei zu Ende mit mir –«

Ich war beim Suchen nach der Stelle versehentlich auf einer anderen Seite gelandet, und während der Cherusker immer selbstverliebter Gottfried Keller spielte, stolperte ich über einen Satz, der mich festhielt. »Er bedeckte ihre glühenden Wangen mit seinen fein duftenden Locken, und sein Mantel umschlug die schlanke, stolze, schneeweiße Gestalt des Mädchens wie mit schwarzen Adlerflügeln, und er verlor in diesem Abenteuer seinen Verstand und gewann das Glück, das öfters den Unverständigen hold ist.« Der Satz umarmte mich, schien mir durchs Haar zu streichen, zärtlich und begierig zugleich, und die schlanke, stolze, schneeweiße Gestalt verwandelte sich in ein Mädchen mit olivfarbener Haut, schwarzen Haaren und einem engen roten Pulli, ein Mädchen wie aus einem Märchen oder Traum, das ich mit den Adlerflügeln meines Anoraks umschlang. Und wenn das Glück den Unverständigen öfters hold war, würde es auch mir –

»Sie haben ja die falsche Seite aufgeschlagen!« Der Cherusker sah mir kopfschüttelnd über die Schulter. »Na, immerhin ist es der richtige Text. Was glauben Sie eigentlich, warum ich Ihnen diesen Text für heute aufgegeben habe? Na?«

Niemand meldete sich, nicht einmal Deters. Alle sehnten sich nach der Pausenklingel.

»Was für ein Landsmann ist denn der Schneider?«, bohrte der Cherusker weiter.

»Ein Schlesier.«

»Sehr gut, Deters. Und was passiert heute in der fünften Stunde?«

»Da singt ein Chor in der Aula.«

»Richtig. Und woher kommt dieser Chor?«

Schweigen. Ahnungslosigkeit. Desinteresse.

»Aus Schlesien, meine Herren. Und warum? Na? Niemand? Weil wir wie jedes Jahr die Woche der Heimatvertriebenen begehen und –«

Die Klingel. Endlich.

»Wir kommen übermorgen darauf zurück«, sagte der Cherusker. »Das Chorkonzert ist übrigens Pflicht. Dass mir niemand schwänzt!«

»Wir schwänzen doch nicht«, sagte Rudi Wiechers, bewegte die geschlossene Faust auf und ab und grinste richtig schön dreckig, während wir uns am Rand des

Schulhofs zu den Rauchern gesellten, die im Sichtschutz der Fahrradschuppen ihrem verbotenen Laster frönten.

»Fluppe?« Rudi hielt mir eine halb volle Schachtel Overstolz hin, die er seinem Vater unbemerkt aus der Tasche gezogen hatte. Overstolz war hart.

»Siehst du die Leichen dort im Holz? Das sind die Opfer von Overstolz«, sagte Rudi.

»Habt ihr schon gehört?«, sagte Detlef Harms, dessen Eltern am Markt ein Schuhgeschäft hatten. »Krögers Kolonialwarenladen bei uns nebenan macht zu. Kann nicht mehr mit dem neuen Supermarkt mithalten. Wird neu verpachtet.«

»Na und?«, sagte Rudi und hustete Rauch.

»Da kommt jetzt 'ne Eisdiele rein«, sagte Detlef. »Original italienisch.«

»Ist ja irre«, sagte Rudi gelangweilt.

Ich wollte Detlef fragen, ob der neue Pächter womöglich Tinotti hieß, aber die Pausenklingel schrillte. Sie klang heute noch durchdringender und Furcht einflößender als die Luftschutzsirenen, weil sie das Unvermeidliche einläutete.

Lateinarbeit. Dr. Schweinitz, genannt Doktor Schwein, unser Klassenlehrer, verteilte den zu übersetzenden Text, der per Matrize hektographiert war. Die Blätter rochen streng nach Spiritus, und Doktor Schwein riss das Witzchen, das er bei jeder Arbeit riss: »Spiritus heißt bekanntlich Geist, und der möge jetzt mit Ihnen sein. Sie haben fünfundvierzig Minuten.«

Ich starrte die bläulich schimmernden Buchstaben an. *Erant omnino itinera duo,* das war eigentlich gar nicht so schwer wie befürchtet, *unum angustum et difficile,* was hatte Doktor Schwein diesmal denn so gnädig gestimmt?, *vix qua singuli carri ducerentur.* Aber was zum Teufel hieß *vix?* Und was *carri?*

Ich stieß Rudi an. »*Vix?*«, raunte ich hinter vorgehaltener Hand.

Er grinste. »Wichsen.«

»Arschloch.«

»Mühevoll«, flüsterte er.

»*Carri?*«

»Wagen. Plural.«

»Schnauze, Wiechers!«, fauchte Doktor Schwein. »Vorgesungen wird erst nachher in der Aula.«

Meine Konzentration brach zusammen. Schuld waren die Worte, die Rudi mir zugeflüstert hatte. Wichsen. Wagen. Rudi, das Arschloch. Wagen. *Carri,* Plural, Singular also *carrus.* Der blaue Hanomag. *Carrus* heißt Karre, logisch. Der grün-weiß-rote Bauwagen. Wohnwagen. Eiswagen. Original italienisch. Das Mädchen. Clarissa. Heute morgen im Halbschlaf. Ihre Hand. *Vix?* Mühevoll? Nein, nicht mühevoll. Zart und fest. Die drei Worte fuhren in meinem Kopf Karussell. Eine Eisdiele in Krögers Laden? Eisdiele Tinotti? Warum eigentlich Bochum? Warum nicht Capri? Und wie sie mich angesehen hatte! Als wollte ich ihrem kleinen Bruder etwas antun. Unterm Pullover der BH. Und unterm BH –

»Noch fünf Minuten«, verkündete Doktor Schwein, und als die fünf Minuten um waren, gab ich eine Übersetzung ab, die unter Umständen eventuell vielleicht allerhöchstens noch eine Vier minus abwerfen würde, wahrscheinlich aber eine glatte Fünf. Und wem hatte ich die zu verdanken? Diesem italienischen Luder. Ich hasste sie jetzt schon.

Die dritte Stunde war fast so schön wie Ferien – Erdkunde beim netten alten Hollmann, genannt Frau Holle. Frau Holle hielt sich grundsätzlich weder an Lehrpläne noch Bücher, sondern pflegte einen assoziativ-improvisierten Unterrichtsstil und ließ sich von den absurdesten

Fragen gern zu Monologen hinreißen, die dann erst mit der Pausenklingel endeten. Eigentlich wären Land- und Forstwirtschaft in den gemäßigten Zonen »dran« gewesen, aber die Frage, die Frau Holle aus der vorausberechneten Umlaufbahn warf, lautete, ob die russischen Kosmonauten aus ihren Sputniks so gute Sicht hätten, dass sie Landkarten vom Globus zeichnen könnten. Nachsichtig lächelnd dozierte nun Frau Holle über Kartographie, kam dann jedoch auf die Schwerkraft zu sprechen, die Erdatmosphäre, die Schwerelosigkeit, die Umlaufbahn der Erde um die Sonne und die des Monds um die Erde, erzählte von den Planeten, verirrte sich schließlich in den Tiefen unserer Milchstraße, und als er schon in der Nähe von Alpha Centauri angekommen war, klingelte es zur Pause.

Noch schöner als Frau Holles Sputnikflug war allerdings, dass die heutige Mathematikstunde dem Konzert des schlesischen Chors zum Opfer fiel. Wir versammelten uns in der Aula, die mit ihrer Balkendecke und den Wandvertäfelungen einem mittelalterlichen Bankettsaal glich, und zwängten uns in die Holzbänke, hart und unbequem wie Kirchengestühl. Auf dem Podium stand ein Rednerpult, verziert mit einem Plakat – Deutschland in den Grenzen von 1937 mit der Parole *Dreigeteilt? Niemals!* Herr Wölk, unser Direktor, trat ans Pult und forderte uns auf, den Jugendchor der Landsmannschaft Schlesien mit einem warmen Applaus zu begrüßen. Wir klatschten begeistert. Immerhin fiel Mathe aus.

Die Aulatür wurde geöffnet. Angeführt von zwei Fahnenträgern mit den Wappen Ober- und Niederschlesiens, marschierte in Reih und Glied der Chor auf, paarweise je ein Mädchen und ein Junge, und nahm auf dem Podium stramme Haltung an. Die Mädchen trugen gelbe Dirndl und weiße Schürzen, die Jungen blaue Bundhosen und gelbe Westen. Den Rücken zum Publikum, das Gesicht zum Chor, schlug der grauhaarige Chorleiter im schwarzen Anzug auf dem Flügel einen Ton an und hob wie segnend die Arme. Dann schmetterten sie los.

Wackre Männer, treu und bieder,
trotzig wie der Teufelsbart,
ros'ge Frau'n im bunten Mieder,
das ist echte Schlesierart.

Die das aus voller Kehle sangen, waren in unserem Alter. In Schlesien geboren war bestenfalls der Chorleiter. Die Trachten waren bescheuert, die meisten Mädchen trotz bunten Mieders graue Mäuse oder dralle Wuchtbrummen, aber zwei oder drei schienen ziemlich dufte Puppen zu sein, besonders die Dritte von links. Wäre ihr schwarzes Haar nicht zu spießigen Zöpfen gebunden gewesen, hätte sie eine gewisse Ähnlichkeit mit Clarissa gehabt. Ach, Clarissa.

Volle Becher fröhlich kreisen
von der Heimat Traubenblut,
Schlesierland, dich will ich preisen,
bis mein Herz in dir einst ruht.

Um nicht vor Lachen loszuplatzen, verzogen wir unsere Gesichter zu schmerzlichen Grimassen und klatschten den verordneten warmen Applaus. Der Chorleiter wandte sich dem Publikum zu, verbeugte sich und kündigte mit öliger Stimme das nächste Lied an, dessen Text vom Freiherrn von Eichendorff stamme, diesem größten aller schlesischen Dichter. Und dann sangen sie vom kühlen Grunde, vom Mühlenrad und der untreuen Liebsten, aber auch von dem Wunsch, als Reiter in die blutige Schlacht zu ziehen und am liebsten sterben zu wollen. Dann war's auf einmal still. Beifall. Warm wie bestellt, aber schon irgendwie ermattet, gespendet wie eine mildtätige Gabe. Und gleich noch ein Lied. Rudi lehnte schwer an meiner Schulter und schien eingeschlafen zu sein. Und noch ein Lied. Ich wäre auch gern eingedöst, doch der Chor sang zu laut.

Dann trat wieder der Direktor ans Pult, um den Festredner anzukündigen, einen Vertreter vom Bund der Vertriebenen. Wieso Redner? Von Reden war gar keine Rede gewesen, nur von Chorgesang. Und wieso Fest? Was denn für ein Fest? Im Saal entstand missvergnügte Unruhe, die der Direktor mit scharfen Blicken dämpfte.

Der Redner hatte keine Tracht an, sondern einen graublau karierten Anzug mit allerdings schlesisch-gelbweiß gestreifter Krawatte. Er begrüßte uns mit »liebe Jungen und Mädel, liebe junge Deutsche«, und das klang ziemlich unknorke. Dann erzählte er umständlich allerlei aus der Geschichte Schlesiens, dieser ur- und kerndeutschen Provinz, auf deren Schönheit und Reichtum es der Slawe schon seit Menschengedenken abgesehen habe. Mit bebender Stimme beklagte er entsetzliche Gräueltaten der Roten Armee, das himmelschreiende, menschenverachtende Unrecht der Vertreibung und das unendliche Leid der Flucht. Die Rückkehr in die angestammte Heimat sei für jeden echten Deutschen und seine Nachkommen ein verbrieftes Menschen- und Völkerrecht. Öffentliche Erklärungen, die immer wieder aus kommunistisch gesteuerten Kreisen vernehmbar seien und in denen Verzicht auf die deutschen Ostgebiete laut würde, müssten als Landesverrat mit Zuchthaus bestraft werden. Wem das nicht passe, der müsse nach drüben gehen. Er beschloss seine kernige Ansprache mit den Worten: »Bleibt wehrhaft gegen Bolschewismus, Marxismus, Leninismus und Stalinismus, bleibt die wachsame deutsche Jugend. Bleibt stark.« Dann wischte er sich Spucke aus den Mundwinkeln und trat unter spärlichem Beifall beiseite. Zum Finale stimmte der Chor *Das Schlesierlied* an.

Kehr ich einst zur Heimat wieder
Früh am Morgen, wenn die Sonn' aufgeht
Schau ich dann ins Tal hernieder
Wo vor einer Tür ein Mädchen steht –

Während das ein paar Strophen lang so dahinging, starrte ich die mit den schwarzen Zöpfen an und dachte an eine andere. Schließlich marschierte der Chor wieder ab, die Reihen fest geschlossen, und auch wir waren endlich entlassen. An der Aulatür standen ein Chormädchen und ein Chorknabe Spalier und drückten jedem von uns eine Anstecknadel in die Hand: das Brandenburger Tor mit der Unterzeile *Macht das Tor auf!*

Auf dem Nachhauseweg plagte mich ein lästiger Ohrwurm: Wo vor einer Tür ein Mädchen steht – doch meine Hoffnung erfüllte sich nicht. Vor der Tür des Schandflecks wartete niemand auf mich, nicht einmal der kleine Bruder. Immerhin stand der bunte Wagen noch im Garten.

◇

Zum Mittagessen gab's Königsberger Klopse mit Kapernsoße und Kohlrabi. Die Klopse mochte ich gern, die Kapern reihte ich am Tellerrand auf.

Mein Vater erkundigte sich, ob man inzwischen Genaueres über unsere neuen Nachbarn wisse.

Meine Mutter seufzte. »Das kann noch heiter werden.«

»Heiter ist doch gut«, sagte Hanna spitz.

»Bislang habe ich nur einen Mann und die beiden Kinder gesehen. Der Junge sieht eigentlich süß aus«, sagte meine Mutter. »Eine Hausfrau und Mutter scheint es aber nicht zu geben. Was das wieder für Sitten sind –«

Ich berichtete, was Detlef Harms mir über Krögers Kolonialwarenladen erzählt hatte. »Da kommt jetzt eine Eisdiele rein. Italienisch. Vielleicht sind das die Leute von nebenan.«

»Dufte«, sagte Hanna.

»In der Stadt wäre das ja noch einigermaßen manierlich«, sagte meine Mutter. »Ich hatte schon Befürchtungen, sie wollten ihr Eis im Garten verkaufen. Mit diesem Zigeunerwagen. Wie sieht das denn aus? Es ist schon so schlimm genug.«

»Wieso schlimm?«, sagte Hanna. »Der Wagen sieht besser aus als die Bruchbude von Haus.«

»Ach Kind«, sagte meine Mutter mit leidender Miene, »wenn's nur der Wagen wäre. Aber was ich vorhin mit ansehen musste, war – man kann es sich gar nicht vorstellen.«

»Was denn?«, sagten Hanna und ich unisono.

»Diese Kinder waren im Garten, haben Turnübungen gemacht. Wie im Zirkus, sag ich euch. Das Mädchen hat Rad geschlagen und dem Jungen Handstand beigebracht.«

»Turnen ist gesund«, sagte mein Vater.

»Turnen mag ja noch angehen«, sagte meine Mutter. »Aber dabei ist dem Mädchen«, meine Mutter räusperte sich, »der Rock hochgerutscht. Und dann konnte man natürlich ihren Schlüpfer sehen. Könnt ihr euch das vorstellen?«

Ich konnte und verschluckte vor hemmungsloser Vorstellungskraft eine Kaper.

»Ja und? Ist doch nichts dabei«, sagte Hanna. »Wenn man Turntrikots anhat, kann man noch viel mehr sehen.«

Meine Mutter schüttelte den Kopf. »Ihr könnt es ja nicht wissen. Ihr ahnt es nicht. Der Schlüpfer –, wie soll ich sagen? Der Schlüpfer war – rot!«

»Wie denn? Rot?«, sagte mein Vater, als habe er sich verhört.

»Knallrot«, sagte meine Mutter angewidert.

Rot, dachte ich, rot, rot rot. Rot wie Rosen? Wie der Lack von Siefkens Borgward? Oder wie Erdbeereis? Wie Wangen, wenn man rot wird, weil man sich schämt? Rot?

»Rot gehört sich einfach nicht«, sagte meine Mutter. »Nicht bei Wäsche. Und schon gar nicht bei einem so jungen Ding. Das ist doch unanständig. Wenn das Mutti wüsste –« Oma schien also zum Glück noch nicht so detailliert im Bilde zu sein.

Mein Vater sagte nichts. Vielleicht meditierte er genau wie ich über diverse Rottöne? Hanna schien zu erröten. Hatte sie etwa selbst so einen Schlüpfer in einem ihrer Geheimverstecke?

»Zirkusvolk eben«, sagte meine Mutter und stapelte lautstark die Teller zusammen. »Das kann noch heiter werden, das sag ich euch.«

◈

Rot, rot, rot rotierte in meinem Kopf. Nachmittags ging ich zum Fußballtraining der B-Jugend. Da wurde es etwas besser. Unsere Vereinsfarben waren ja Blau-Weiß. Wir übten Freistöße. Unser Trainer meckerte immer, wenn wir uns in der Mauer duckten. »Das ist doch keine Mauer, Jungs. Da lacht euch der Ulbricht doch aus!«

Einmal bekam ich einen Ball in den Unterleib, eine richtige Granate voll auf die Eier. Der Trainer klopfte mir auf die Schulter. »Gut so, Markus. Die Mauer muss stehen, auch wenn's wehtut.«

Unter der Dusche wurde es aber wieder ganz schlimm. Rot, rot, rot. Und was da erst drunter sein musste, wo rot drüber war! Selber helfen konnte ich mir nicht, weil der Granateneinschlag noch schmerzte. Dann war es für eine Weile gut. Abends im Bett wurde der Ohrwurm mit dem Mädchen vor der Tür von einem anderen ersetzt. Ein Lied aus dem Kindergarten. *Grün, grün, grün sind alle meine Kleider.* Wie war der Text bei rot, rot, rot? Rot, rot, rot sind alle meine Kleider, rot, rot, rot ist alles was ich hab. Darum lieb ich alles, was rot ist, weil mein Schatz ein – ja, was? Weil mein Schatz einen roten Schlüpfer hat? Aus Italien kommt? Ein Luder ist? Es wurde wieder ganz, ganz schlimm.

◇

Am nächsten Tag in der Schule wusste Detlef Harms Genaueres. Die Leute mit der Eisdiele kämen tatsächlich aus Italien und seien in unsere Stadt gezogen, weil es hier noch keine Eisdiele gab, hätten aber vorher schon seit einigen Jahren irgendwo im Ruhrgebiet gelebt.

»Bochum«, sagte ich.

»Kann sein«, sagte Detlef.

»Weißt du, wie die heißen?«

»Spaghettifresser.«

◇

»Es wird immer schlimmer«, sagte meine Mutter beim Abwasch nach dem Mittagessen. »Jetzt hängen sie sogar schon ihre Wäsche im Garten auf.« Da Oma das Aufhängen von Unterwäsche im Garten für unmanierlich hielt, Oberbekleidung galt als akzeptabel, hängten wir unsere Unterwäsche in der Waschküche auf.

Ich trat ans Fenster, schaute in den Nachbargarten und sah die aufgespannte Leine mit den Wäschestücken. Hing da nicht sogar ein roter Schlüpfer? Ich holte die Kamera, ging nach draußen, drückte mich an der Hecke aus Beerensträuchern entlang, schlug mich in gebückter Haltung durch die Büsche, nahm die Wäscheleine ins Visier und legte den Finger auf den Auslöser. Hemden, Socken, Handtücher, Unterhemden, Pullis. Und nirgends ein roter Schlüpfer. Nicht einmal ein weißer. Nicht einmal eine Herrenunterhose. Den Schuss konnte ich mir sparen.

Ein dumpfer Knall! Atomschlag? Vor Schreck drückte ich auf den Auslöser.

Klack!

Eine der letzten Birnen, vielleicht die allerletzte, war aufs Dach des Eiswagens gedonnert.

Ich schlich über die unsichtbare Grenze zurück in den Westen auf unser Territorium und hatte ein schlechtes Gewissen. Irgendwie war das, was ich getan hatte, nicht erlaubt, gehörte sich nicht, war womöglich ungesetzlich. Wegen der Wäscheleine musste ich an eine Bemerkung denken, die Onkel Fritz mal gemacht hatte: In der Ostzone wird verhaftet, wer seine Wäsche bei Westwind trocknet.

7

Pongo, Perdi, Rocco Granata

Rocco Granata trägt ein dunkles Hemd mit hellem Kragen, das an ein Fußballtrikot erinnert, und für einen Fußballspieler wäre der Name Rocco Granata natürlich ideal gewesen. Welche Trikotfarben, die längst im ausgeblichenen Grau versunken sind, mögen es gewesen sein? Vielleicht Blau und Gelb? Oder Grün und Gelb? Der Hintergrund sieht aus wie eine Fototapete voller Rosen. Sie müssen rosa gewesen sein. Rocco Granata hat dunkles, locker gescheiteltes Haar ohne Pomadeglanz und lächelt offen und zahngesund. Er sieht gar nicht aus wie so mancher ölige Schlagersänger jener Jahre und schon gar nicht so, wie man beim Klang seines Namens befürchten müsste, sondern natürlich und intelligent – Schwiegermutters Liebling. Fünfundzwanzig Jahre später hätte vielleicht der kleine Enzo eine gewisse Ähnlichkeit mit ihm haben können.

Der Name stimmt natürlich misstrauisch, aber erstaunlicherweise ist Rocco Granata kein Künstlerpseudonym, sondern der amtliche Geburtsname des italienischen, in Belgien aufgewachsenen Sängers Rocco Granata, dessen Lied *Marina* zum Welterfolg wurde. Man glaubt es nicht.

Es ist wie mit der Fotografie, die nichts erfindet, sondern reine Bestätigung ist. Wenn Fotografie eine Botschaft vermitteln oder gar Kunst sein soll, bedarf es diverser Kunstgriffe, Tricks und Arrangements. Und dies Foto zeigt tatsächlich ein arrangiertes, so gut wie möglich ausgeleuchtetes Stillleben. Denn auf der Umschlaghülle der Platte liegt neben Rocco Granatas Stirn eine Eintrittskarte, die an der dreieckigen Perforierung abgerissen ist.

Klack!

Weil das Foto nicht bei Tageslicht entstand, ist die Schrift auf der Kinokarte nur mit einer Lupe zu entziffern: Wallstudio. Einheitspreis DM 1,–.

◊ ◊ ◊

Den roten Schlüpfer hatte sie gar nicht zu Gesicht bekommen, sondern kannte das Corpus Delicti nur aus der Alarmmeldung meiner Mutter, aber Oma war über den Sittenverfall jenseits unserer Gartengrenze abgrundtief entrüstet. »Reizwäsche gehört sich nicht, nicht für anständige Frauen, für Mädchen schon gar nicht. Reizwäsche gehört ins, ins Bor–, ins Freuden–, ihr wisst, was ich meine. Und überhaupt, was sind das denn für windige Verhältnisse? Ein Mann und zwei Kinder, aber keine Frau? Wo geht dies leichte Mädchen eigentlich zur Schule? Bei Hanna aufs Lyzeum? Nein? Na also. Eine Eisdiele? Wer kommt denn auf die Schnapsidee, mitten im Winter eine Eisdiele zu eröffnen? Da ist doch was faul. Ich meine, in drei Wochen ist Weihnachten. Da kann man Glühwein verkaufen und Bratäpfel, aber doch kein Eis. Unverantwortlich ist das. Aber mich wundert schon gar nichts mehr. Ich habe vor einem Monat Adenauer doch nicht wieder gewählt, damit bei uns solche Sitten einreißen. Zwangs–, äh, ich meine, Gastarbeiter braucht unser Land vielleicht, unsere Wirtschaft, aber nicht solche Zigeuner. Können die überhaupt Deutsch? Ihr wisst, dass ich keine Vorurteile habe, aber den Italienern ist nicht zu trauen. Das ist ein unzuverlässiges Volk.

Mein armer, kleiner Eugen. Von der Schulbank in die Schlacht.« Oma schnappte nach Luft, und dann seufzte sie schmerzlich.

»Also bitte«, sagte mein Vater, »in Monte Cassino stand unsere Wehrmacht den Amerikanern gegenüber, nicht den Italienern. Das hab ich dir schon mehrfach erklärt.«

»Wenn die Italiener uns nicht im Stich gelassen hätten, wäre es aber erst gar nicht so weit gekommen.« Oma hielt eisern die Stellung ihrer Unbelehrbarkeit. »Armer Eugen. Er war so ein zarter Junge, so musikalisch und –«

»Pst«, machte meine Mutter. »Tagesschau.«

Karl-Heinz Köpcke informierte uns sachlich und objektiv darüber, dass die neue Bundesregierung der Koalition aus CDU, CSU und FDP die Annahme eines Briefs der Regierung der sogenannten DDR verweigert habe, in dem die kommunistischen Machthaber Vorschläge über Gespräche zwischen beiden deutschen Staaten unterbreitet hätten.

»Das wäre ja auch noch schöner«, meinte mein Vater. »Zwei deutsche Staaten gibt es nicht. Darf es auch nie geben. Immerhinque haben wir ja auch noch eine gesamtdeutsche Olympiamannschaft, und –«

»Pst!«, machte meine Mutter.

Herr Köpcke sprach jetzt davon, dass im Schutz schwer bewaffneter Volkspolizei Bauarbeiter weitere Befestigungen an der Berliner Mauer vornähmen. Der eingespielte Film zeigte, wie Stacheldrahtverhaue durch Betonsteine ersetzt wurden, und auf manche Mauerabschnitte kam der Stacheldraht dann wieder oben auf den Mauerrand. Betonstein wurde auf Betonstein gesetzt; man konnte sehen, wie der Mörtel aus den Fugen quoll, und die Vopos hielten Maschinenpistolen in den Armbeugen und rauchten.

»Dass die dabei gar kein schlechtes Gewissen haben«, sagte meine Mutter. »Man fasst es nicht.«

»Und was sind das nur für hässliche Uniformen«, sagte Oma angeekelt. »Die Amerikaner sehen schicker aus. Und unsere Leute sowieso.«

Was unsere Leute betraf, war ich anderer Meinung als Oma, aber die Amis waren echt lässig – ihre Klamotten dufte, ihre Musik toll und die amerikanischen Filme Weltklasse. Im Kino lief jetzt *Die glorreichen Sieben*. Endlich! Beim Friseur hatte ich neulich im Stern gelesen, dass schauspielerische Leistungen, phantastische Landschaftsaufnahmen und die aufregenden Kampfszenen den Film zu einem wahren Wildwest-Meisterwerk machten, und auch die Bravo trompetete schon seit Wochen Lobesfanfaren in die Welt. Sagenhaft toll war natürlich, dass Horst Buchholz zu den *Glorreichen Sieben* gehörte. Er spielte den jugendlichen Heißsporn und Revolverhelden Chico. Ein junger Deutscher also Seite an Seite mit den lässigsten Amerikanern, die sich für arme, ehrliche Dorfbewohner im Kampf gegen skrupellose Banditen aufopferten. Ob Horst Buchholz am Ende zu den Überlebenden gehörte, wurde natürlich noch nicht verraten, aber dass er das Herz der rassigen, glutäugigen Petra gewinnen würde, konnte man sich schon irgendwie denken.

Hanna hatte den Film gleich am ersten Tag gesehen, angeblich zusammen mit Sabine, der doofen Ziege, aber ich war mir sicher, dass sie sich von Dieter Bernholz hatte ausführen lassen. Das war nämlich ihr neuer Boyfriend – natürlich kein Halbstarker mit Schmalztolle, sondern der sauber gescheitelte Sohn von Rechtsanwalt und Notar Bernholz, mit dem ich sie erst neulich Händchen haltend im Stadtpark erwischt hatte. Die Kamera hatte ich leider nicht dabeigehabt. Und ich war mir auch sicher, dass sie sich im Kino von Dieter abknutschen und begrapschen ließ, obwohl sie heimlich in Horst Buchholz verknallt war. Aber wenn der sich die rassige Mexikanerin Petra nahm, blieb für Hanna eben nur der blasse Langeweiler Dieter übrig.

◇

Sonntagnachmittags um drei kosteten die Kinokarten im Wallpalast nur eine Mark fünfzig. Die Schlange vorm Kartenschalter reichte bis auf die Straße und bestand beinah zur Hälfte aus Kindern mit oder ohne Elternbegleitung. Wie das? *Die glorreichen Sieben* konnte unmöglich frei ab 6 Jahren sein. Das wäre erheblich unter meiner Würde gewesen. Aber dann sah ich zu meiner Erleichterung im Schaukasten das Plakat mit Standfotos für den Film, der parallel im kleineren Wallstudio lief. *Pongo und Perdi – Abenteuer einer Hundefamilie*, ein Zeichentrickfilm von Walt Disney, »Zeitlos-köstliche Unterhaltung für Jung und Alt«. Also nicht für mich; ich war ja weder jung noch alt, sondern irgendwo auf der Schwelle.

Die Standfotos der *Glorreichen Sieben* waren enorm. Steve McQueen mit Colt im Anschlag, Yul Brynner mit Winchester, die ganze glorreiche Truppe auf Pferden, Horst Buchholz wiederum mit Colt, sich im Staub wälzend. Ob sich mein Vater im Krieg wohl auch so, mit der rauchenden Waffe in der Hand, in Staub und Schnee gewälzt hatte? Davon erzählte er nie etwas.

Vor mir waren nur noch fünf oder sechs Leute in der Schlange, als mich jemand seitlich am Arm zupfte. Ich drehte mich um. Enzo. Der kleine Italiener von nebenan. Lorenzo. Lorenzo-Subito.

Er strahlte mich von unten an. »Hallo Markus.«

»Oh, hallo, ähm – Enzo, nicht wahr?«

Er nickte. »Gehst du auch ins Kino?«

»Ja klar. Und du? Bist du etwa ganz alleine hier?«

»Nein, nein. Mit Clarissa. Sie steht da hinten in der Schlange. Sie hat gesagt, dass ich schon mal Gummibärchen kaufen soll.«

Ich verrenkte mir den Hals, konnte Clarissa aber nicht sehen. Wahrscheinlich stand sie noch draußen vorm Eingang.

»Guckst du dir auch *Pongo und Perdi* an?«

Ich lächelte halb überlegen, halb nachsichtig. »Natürlich nicht. Ich gehe in *Die glorreichen* –« Aber ich sprach den Satz nicht zu Ende, weil mich die Vorstellung, neben Clarissa in einem dunklen Kinosaal zu sitzen, wie der Blitz aus heiterem Himmel traf. Na schön, der Lütte würde dabei sein, aber trotzdem. Neben ihr! Im Dunklen! Die Knie wurden mir weich, der Penis hart.

»He, junger Mann«, sagte eine Dame hinter mir und tippte mir auf die Schulter. »Wollen Sie hier Wurzeln schlagen? Sie sind dran.«

Die Kartenverkäuferin sah mich hinter der Glasscheibe fragend an. »Bitte?«

»Ein Mal *Die glorreichen – Pongo und Perdi.*«

»Was denn jetzt?«, sagte sie ungeduldig.

»*Pongo*«, sagte ich so leise, dass es außer ihr niemand hören konnte, und legte eine Mark fünfzig auf den Tresen.

Die Verkäuferin schob mir mit der Karte das 50-Pfennig-Stück zurück. »Kindervorstellung kostet nur eine Mark«, sagte sie so laut und deutlich, dass man es bis ans Ende der Schlange hören musste.

Ich spürte, wie mir das Blut ins Gesicht schoss. Am liebsten hätte ich mich noch kleiner gemacht als der kleine Enzo. Oder unsichtbar. Ich starrte die Karte an. Im Wallstudio waren die Plätze nicht nummeriert.

»Einheitspreis«, sagte die Platzanweiserin, »freie Auswahl«, und riss meine Karte ab.

Im Saal drückte ich mich ganz hinten an der Wand herum und wartete auf Clarissa und Enzo. Vor Aufregung schwitzte ich. Dann kamen sie herein und setzten sich vorn in die zweite Reihe, in der sonst noch niemand saß, und außer Kleinkindern wollte auch niemand freiwillig im Rasiersitz sitzen. Ich wischte mir die feuchten Hände an der Hose ab, schob mich von links in die Reihe, weil Enzo rechts von Clarissa saß.

»Ist der Platz noch frei?«, fragte ich mit belegter Stimme, und als sie mich ansah und nickte, sagte ich: »Ach, das ist aber eine Überraschung.«

»Guten Tag«, sagte sie lächelnd. Überrascht schien sie nicht zu sein; wahrscheinlich hatte Enzo ihr gesagt, dass er mich gesehen hatte. Ihr Lächeln war nicht abweisend, eher etwas abwesend, nahezu geheimnisvoll. War das womöglich ein Lächeln, das man unergründlich nannte?

Enzo beugte sich über ihren Schoß in meine Richtung und hielt mir die Tüte mit Gummibärchen hin. »Willst du welche?«

»Nein, danke.« Aber weil ich beim Zugreifen Clarissa unauffällig berühren müsste, korrigierte ich mich hastig. »Ich meine, ja, gern«, fingerte in der Tüte herum, berührte dabei ihre Schulter und steckte mir ein Gummibärchen in den Mund.

»Willst du dir denn nicht den Wildwestfilm angucken?«, fragte Enzo.

Clarissa drehte mir ihr Gesicht zu und musterte mich. Fragend? Misstrauisch? Spöttisch?

Ich tat, als hätte ich mich verschluckt, hustete. Zum Glück ertönte in diesem Moment der Gong, und der rote Vorhang vor der Leinwand wurde aufgezogen.

Mit Reklame ging es los, zumeist Standbilder. *Persil* –

aus Liebe zur Wäsche. Wenn einem so viel Gutes widerfährt, das ist schon einen Asbach Uralt wert. Jacobs Kaffee … wunderbar, in jeder Weise vollkommen. Dann kam aber in bewegten Bildern das HB-Männchen und ging beim Versuch, einen Reifen zu wechseln, in die Luft. Im Kino wurde gelacht. Auch Clarissa und Enzo lachten.

Ich tippte Clarissa mit der Fingerspitze auf den Unterarm. Sie zuckte nicht zusammen und rückte auch nicht von mir ab. »Ist das nicht witzig? So ein Zeichentrickfilm?«

Immer noch lachend sah sie mich an, sagte aber nichts. Was sollte sie auf eine derart bescheuerte Frage auch sagen?

Ich schwitzte heftiger und heuchelte seriöses Interesse an *Fox' Tönende Wochenschau.* Verglichen mit der Tagesschau war es mit der Aktualität der Wochenschau nicht mehr weit her, und sie musste auch ohne die regierungsamtliche Autorität Karl-Heinz Köpckes auskommen, aber das machte die große Leinwand allemal wett, und die Sprecher hatten immer so ein Tremolo in der Stimme, das noch die läppischsten Beiträge hochdramatisch machte.

Beim Besuch des amerikanischen Präsidenten Kennedy in Persien wurde die Delegation der westlichen Führungsmacht vom Schah von Persien, dem Herrscher auf dem Pfauenthron, und seiner schönen und charmanten Frau Farah Diba empfangen. Meine Mutter fand es übrigens betrüblich bis skandalös, dass sich der Schah von Soraya hatte scheiden lassen, nur weil sie keine Kinder gekriegt hatte, räumte aber ein, dass auch Farah Diba betörend schön sei. Allerdings sei Jacqueline Kennedy auch sehr schön und elegant. Hatte Soraya nicht eine gewisse Ähnlichkeit mit Clarissa? Nur dass Clarissa natürlich viel jünger war. Wie alt mochte sie sein? So alt wie ich? Womöglich etwas älter? Kennedy ging es aber natürlich nicht in erster Linie um Soraya oder Farah, sondern um die Entsendung amerikanischer Militärberater, die in Persien eine Armee nach westlichem Vorbild aufbauen sollten, um – jetzt verwandelte sich das bebende Tremolo des Sprechers in kernige Entschlossenheit – den Expansionsgelüsten Sowjetrusslands auch im fernen Morgenland Einhalt zu gebieten.

Wie bitter notwendig die Entschlossenheit Amerikas war, zeigte der nächste Beitrag. Man sah Menschen, die an der Berliner Mauer Blumen niederlegten, weil bei einem Fluchtversuch schon wieder jemand erschossen worden war. Das menschenverachtende Unrechtsregime, raunte düster der Sprecher, gehe über Leichen, aber der Westen – jetzt sah man Bilder amerikanischer Panzer – sei auf der Hut.

Um die Stimmung wieder zu heben, folgte Neues aus der Welt des Sports. Die deutsche Fußballnationalmannschaft, deutsch hieß natürlich westdeutsch, gewann ihr letztes Qualifikationsspiel zur Weltmeisterschaft im nächsten Jahr in Chile. Helmut Haller flankte auf Uwe Seeler, und der Dicke traf zum eins zu null. Trotz tapferer Gegenwehr der wackeren Hellenen schoss Seeler auch das zwei zu null, ein Bombentreffer, weshalb der Sprecher in munterem Schmunzelton den unwiderstehlich bombenden Seeler zur Seele des deutschen Spiels ernannte.

Ich schielte zu Clarissa, ob sie wohl das geniale Wortspiel verstanden hätte, aber sie beugte sich gerade zu Enzo und flüsterte ihm etwas ins Ohr. Fußball war offenbar nicht ihre Leidenschaft, obwohl die Italiener ja tolle Fußballer waren. Hoch bezahlte Vollprofis. Nebenbei wurde mit deutlich hörbarer Genugtuung gemeldet, dass die Mannschaft der sogenannten DDR wie zur

Strafe für die Schandtaten ihres Regimes ihr Spiel gegen Holland kampflos verloren habe. Den Zonenkickern, so der Sprecher mit triefender Häme, sei die Einreise ins Königreich der Niederlande wegen ungültiger Visa verweigert worden.

Zum Schluss gab es einen Abstecher nach Stockholm, wo der schwedische König den Nobelpreis für Physik überreichte, und zwar einem deutschen Mann der Wissenschaften. Der große, dennoch stets bescheidene Forscher namens Mößbauer hatte sich um feinste Energiedifferenz- und Frequenzmessungen bei der Erforschung des M-Effekts verdient gemacht und damit das wachsende Ansehen Deutschlands in der Welt gesteigert. Bundeskanzler Adenauer gratulierte per Fernschreiben.

Von Energiedifferenzen und Frequenzmessungen hatte ich keine Ahnung; im Physikunterricht war derlei jedenfalls noch nicht vorgekommen. Aber ich spürte meine Herzfrequenz rasen, als Enzo mir noch einmal seine Tüte anreichte und ich beim Zugreifen gar nicht anders konnte, als mit dem Ellbogen Clarissas Busen zu berühren. Hatte Clarissa ihrem Bruder womöglich zugeflüstert, mir Gummibärchen anzubieten, damit diese Berührung unvermeidbar wurde? Wenn ja, dann wäre sie ein – wie nannte man so etwas? Ein steiler Zahn? Ein Luder?

Nach der Wochenschau ging die Saalbeleuchtung für einen Moment an, und ich starrte bemüht gelangweilt zur Decke. Erst als zum Klang des Doppelgongs das Licht wieder verdämmerte, schielte ich nach rechts. Was für eine feine, grade Nase, was für sanfte Wimpern. Mit der Zungenspitze leckte sie sich Mundwinkel und Oberlippe. Unwillkürlich tat ich das Gleiche. Gummibärchengeschmack.

Pongo ist ein Dalmatiner mit Herrchen, Perdi eine

Dalmatinerin mit Frauchen. Beim Gassigehen lernen sie sich kennen. Weil Pongo sich in Perdi verliebt, sorgt er dafür, dass sich auch sein Herrchen in Perdis Frauchen verliebt. Das klappt alles reibungslos, denn schon bald werden Pongo und Perdi Eltern von 15 Dalmatinerwelpen. Bis dahin war das Ganze doch sehr unter meinem Niveau, und obwohl ich mich freute, wenn Clarissa lächelte und kicherte, sehnte ich mich manchmal in *Die glorreichen Sieben.* Als jedoch die exzentrische und richtig fiese Cruella de Vil auftaucht, die von einem Mantel aus Dalmatinerfell träumt und die Welpen von zwei trotteligen Ganoven entführen lässt, wurde es so lustig, dass auch ich lachen musste, und dann sogar so spannend, dass Clarissa auf den Fingernägeln kaute. Pongo und Perdi suchen mithilfe drolliger Hunde aus der Nachbarschaft nach ihren Welpen, und als sie die gemeine Cruella aufspüren, stellt sich heraus, dass diese insgesamt 99 Dalmatiner aus allen Landesteilen entführt hat. Cruella erinnerte mich an Oma in jüngeren Jahren, obwohl sie Hunde gar nicht mochte. Aber auf ihrem Klavier stand ein Foto, das auf einem Offiziersball gemacht worden war. Oma trug da eine mondäne Pelzstola und rauchte in einer langen Spitze eine Zigarette. Und das tut Cruella auch. Die entführten Welpen werden von Pongo und Perdi befreit und auf abenteuerlichen Umwegen nach Haus gebracht, wo sie von Herrchen und Frauchen erwartet werden. Manchmal stellte ich mir vor, Pongo zu sein, und Clarissa war Perdi, weil das mit der Liebe bei Hunden offenbar ganz unproblematisch, reibungslos und natürlich war, aber am Ende war Clarissa eher Frauchen und ich Herrchen.

Enzo klatschte in die Hände.

Nachdem wir unsere Sachen an der Garderobe abgeholt hatten, zog Clarissa ihrem kleinen Bruder den Mantel an, und mir fiel ein, dass man uns in der Tanzschule Gellermann & Sohn eingeschärft hatte, ein Kavalier helfe seiner Dame stets in den Mantel. Als ich ihr den Mantel abnehmen und aufhalten wollte, sah sie mich giftig an. Vielleicht dachte sie, ich wollte ihr den Mantel klauen? Aber ob sie nun wollte oder nicht, wir hatten den gleichen Heimweg.

Draußen schneite es. Warum hatte ich keinen Schirm dabei? Den hätte ich ihr jetzt wie ein wahrer Kavalier über den Kopf halten können, und sie hätte dann ihre Hand in meine Armbeuge gelegt, wie meine Mutter das bei meinem Vater machte. Enzo hüpfte uns ein paar Schritte voraus, und wir gingen wie Frauchen und Herrchen einträchtig nebeneinander her. Gern hätte ich ihre Hand gehalten, traute mich aber nicht, danach zu greifen. Mit dem Mantel war das ja auch schon schiefgegangen.

»Eigentlich wollte ich *Die glorreichen Sieben* sehen«, sagte ich, »aber dann –« Ich wusste nicht weiter.

»Was dann?«, sagte sie.

»Och, nix dann. *Pongo und Perdi* wollte ich natürlich auch gern sehen. Zeichentrick ist schon toll. Aber wir könnten ja vielleicht mal zusammen –, ich meine, du und ich, wir könnten uns doch *Die glorreichen Sieben* ansehen, ohne deinen Bruder, meine ich.« Dass mir bei einem Kinobesuch mit Clarissa in Horst Buchholz ein Konkurrent entstehen konnte, musste ich wohl oder übel in Kauf nehmen.

»Das geht nicht«, sagte sie. »Ich weiß nicht, ob mein Vater das erlauben würde. Und außerdem muss ich auf Enzo aufpassen.« Sie nahm den Kleinen jetzt an die Hand, als müsste sie beweisen, was sie gesagt hatte. Immerhin hatte sie »das *geht* nicht« gesagt und nicht »das *will* ich nicht«. Ein Hoffnungsschimmer.

»Wieso erlauben? Der Film ist doch frei ab zwölf. Und du bist doch mindestens schon sechzehn.«

Sie kicherte geschmeichelt. Das hatte ich ja gut hingekriegt. »Ich bin fünfzehn«, sagte sie.

»Ich auch«, sagte ich und ärgerte mich, nicht sechzehn gesagt zu haben. »Und wieso musst du immer auf Enzo aufpassen. Wo ist denn eigentlich eure Mutter?«

Sie gab keine Antwort, kaute auf ihrer Unterlippe.

»Mamma ist gestorben«, sagte Enzo. »Schon vor vier Jahren.«

Schneeflocken sanken auf Clarissas Wimpern und sahen wie Tränen aus. Vielleicht weinte sie wirklich?

»Oh«, sagte ich. »Das tut mir aber leid«, weil man das wohl so sagen musste, »ich meine –«

»Ist schon gut«, sagte Clarissa und berührte sanft meinen Unterarm. Freiwillig. Absichtlich. Ein Stromschlag.

Schnell das Thema wechseln! »Wo geht ihr eigentlich zur Schule?«

»Ich bin auf der Mittelschule Brahmsweg, und Enzo ist in der 1. Klasse auf der Volksschule.«

»Ach so –«

»Ja.«

Schweigen.

»Und was machst du sonst so? Ich meine, hast du Hobbys oder so was?«

»Ich gehe gern schwimmen«, sagte sie.

»Ich auch«, sagte ich. Das stimmte aber gar nicht.

»Und ich spiele Mandoline.«

Das war natürlich sehr italienisch.

»Und Papa spielt Gitarre«, sagte Enzo. »Manchmal spielen sie zusammen. Das klingt schön.«

»Gitarre würde ich auch gern spielen«, sagte ich. Das stimmte.

»Kann Papa dir ja beibringen«, sagte Enzo.

Clarissa lachte.

»Meinst du wirklich?«, sagte ich.

»Klar«, sagte Enzo.

»Ich weiß nicht recht«, sagte Clarissa. »Papa hat so wenig Zeit. Er verbringt den ganzen Tag damit, den Laden für die Eisdiele zu renovieren.«

»Macht er fast ganz allein. Papa kann alles«, sagte Enzo stolz.

»Tja dann –«, sagte ich.

»Ja«, sagte sie. Es klang traurig.

Und dann schwiegen wir wieder im dichter fallenden Schnee, bis wir zu Hause ankamen. Wir standen unter der Straßenlaterne zwischen dem Schandfleck und unserem Haus. Die Laterne galt auch als eine Art Grenzmarkierung zwischen den Grundstücken. Was jetzt? Sie umarmen? Ein Kuss auf Stirn und Wimpern? Ich zitterte. Sie gab mir die Hand. Ihre Hand war kalt, und ich hätte sie gern so lange festgehalten, bis sie warm geworden wäre, aber meine Hand war genauso kalt.

Enzo lief schon auf den Eingang zu und rief: »Tschüs Markus!«

»Ja, tschüs«, sagte ich, während sie mir ihre Hand entzog.

Sie sah mir in die Augen, sagte »ciao«, drehte sich um und folgte ihrem Bruder. Die Haustür öffnete sich. Ich sah ihren Vater als dunkle Silhouette vor dem Lichtschein, der durch den Schnee fiel.

◇

Als ich mir im Hausflur den Schnee aus den Schuhsohlen trat, öffnete Oma ihre Wohnungstür. »Markus«, sagte sie streng, »ich habe alles genau gesehen.«

»Was denn?«

»Du weißt, was ich meine. Gib dich nicht mit diesem Gesindel ab. Das gehört sich nicht.« Dabei sah sie wie eine greise Cruella de Vil aus, auch wenn sie keine Zigarettenspitze im Mund hatte und keine Pelzstola trug, sondern den wattierten, geblümten Bademantel. »Hast du mich verstanden?«

Ich nickte, dachte »alte Hexe« und ging wortlos an ihr vorbei nach oben.

Beim Abendessen fragte mich Hanna, wie mir *Die glorreichen Sieben* gefallen hätte.

»Schon klasse«, sagte ich.

»Das ist alles?«

»Ganz toll.«

»Was ist denn mit dir los?«, sagte sie.

»Ach, lass den Jungen in Frieden«, sagte meine Mutter. »Das ist so ein schwieriges Alter.«

Das angeblich schwierige Alter hing mir zwar längst zu den Ohren raus, aber diesmal war ich meiner Mutter irgendwie dankbar dafür. In meinem Zimmer blätterte ich auf der Suche nach irgendetwas italienisch Klingendem durch meine Schallplattenalben und stieß auf Rocco Granata. *Marina.* Hatte Hanna mir geschenkt, weil sie »die Schnulze nicht mehr hören konnte«. Für geschenkt hatte ich der Scheibe Asyl gewährt. Ich legte sie auf den Plattenteller. Der Tonarm ruckte und zuckte, die Nadel knisterte auf der Anfangsrille.

Bei Tag und Nacht denk ich an dich, Marina,
du kleine, zauberhafte Ballerina,
o wärst du mein, du süße Caramia,
aber du, du gehst ganz kalt an mir vorbei.

Wieso Schnulze? Das war doch die Wahrheit. Als ob das Lied für sie und mich geschrieben worden wäre. Caramia Clarissa, so kalt an mir vorbeigegangen, aber nicht ganz hoffnungslos.

> Doch eines Tages traf ich sie im Mondschein,
> ich lud sie ein zu einem Glase Rotwein,
> und wie ich fragte, Liebling, willst du mein sein?
> Gab sie mir einen Kuss und das hieß: Ja!

Zum Rotwein würde ich sie beim nächsten Mal einladen, nach den *Glorreichen Sieben.* Wenn man uns Rotwein denn ausschenken würde. Und dann der Kuss und das Ja wie bei Frauchen und Herrchen aus *Pongo und Perdi.* Der Blick, mit dem sie mich angesehen hatte, war ja schon wie ein Kuss gewesen. Wie tausend Küsse.

> Marina, Marina, Marina,
> dein Chic und dein Charme, der gefällt.
> Marina, Marina, Marina,
> du bist ja die Schönste der Welt.

> Wunderbares Mädchen, bald sind wir ein Pärchen,
> komm und lass mich nie alleine, oh nononono no.
> Wunderbares Mädchen, bald sind wir ein Pärchen,
> komm und lass mich nie alleine, oh nononono no.

Oh nononono no rotierte in meinem Kopf wie die *Wilde Maus* auf dem Ostermarkt. Oh nononono no! Was war mit mir los? War das, was ich fühlte, das ominöse Verliebtsein? Wahrscheinlich. Oh nononono no. Wie konnte man so ein Gefühl beschreiben? Wie festhalten für alle Ewigkeit? So ein großartiges Lied würde ich nie im Leben komponieren können, nicht einmal, wenn mir Clarissas Vater Gitarrenunterricht geben würde. Aber dann hatte ich *die* Idee. Ich legte die Kinokarte auf die

Plattenhülle, schob sie in den Lichtkegel der Schreibtischlampe, knipste zusätzlich das Deckenlicht an, von wegen unterbelichtet, und griff zur Kamera.

Klack!

8

Weihnachten 1961

Es gibt keine reinen Fakten der Erinnerung. Sie bleibt immer eine Konstruktion, ein Mosaik aus Beobachtungen, Reflexionen, Sprache, Bildern, Klängen, Reizen und Gefühlen, eine sich ständig verändernde, instabile Collage, die sich modifiziert, indem sich neue Teilchen an sie ansetzen, während alte abgestoßen werden ins Vergessen. Da Sprache für sich selbst nicht bürgen kann, sondern ihrem Wesen nach Erfindung ist, sind erzählte Erinnerungen ungewiss und neigen zu Märchen und Legende. Vielleicht ist diese Unzuverlässigkeit allen Erzählens ein Grund dafür, dass uns Fotos manchmal mit ihrer Gewalt des »So war es wirklich« überfallen.

Das Foto ist also wahr. Aber es ist nur so wahr wie der flüchtige Augenblick, in dem es entsteht, so wahr wie dieser: Dein Vater trägt eine Strickjacke mit Norwegermuster, darunter ein weißes Hemd, über dem sich Hosenträger spannen. Onkel Fritz hat einen hellen Leinenanzug an, unterm Jackett einen leichten Pullover mit V-Ausschnitt. Sie stehen vor dem bereits aufgestellten, aber noch ungeschmückten Weihnachtsbaum, lächeln in die Kamera und schütteln sich die Hände, als hätten sie soeben gemeinsam eine enorme Leistung vollbracht, eine Freundschaft besiegelt oder einen Handel abgeschlossen.

Klack!

Sie posieren in einer Haltung, die dem Augenblick gar

nicht angemessen ist. Daraus resultiert der Witz oder Humor des Bildes, aber dieser Witz zündet nur, wenn du dem Foto die Erinnerung beimischst. Oder steigt Erinnerung aus dem Bild wie ein unsichtbarer Rauch? Wie Atem?

◊ ◊ ◊

Ob Oma mit einem Zollstock zu Werke gegangen war oder sich auf ihr ebenso bewährtes wie gesundes Augenmaß verließ, blieb unklar. Jedenfalls behauptete sie mit der ihr sehr eigenen, keinen Widerspruch duldenden Selbstgewissheit, der Wagen der Tinottis stünde mit seinem Heck keine zehn Zentimeter von der Grundstücksgrenze entfernt, und die überstehende Traufe des Wagendachs rage in westlicher Richtung mindestens zwei, wenn nicht drei Zentimeter in den Luftraum unseres Grundstücks hinein. Aber damit nicht genug! Neben dieser Zirkuskutsche lägen mitten in den Johannisbeeren irgendwelche rostigen Metallstangen, und zwar gleichfalls bereits auf unserem Grund und Boden. Verboten sehe das aus. Was die Nachbarschaft sich da wohl denken müsse? Ganz zu schweigen von den Konsequenzen für die kommende Beerenernte.

Mein Vater verdrehte die Augen zur Decke und steckte sich eine HB an. »Wenn dich das so stört, rede doch einfach mit den Leuten«, meinte er friedliebend.

»Reden? Mit denen? Was das wohl für ein levantinisches Gefeilsche würde! Und selbst wenn. Solche Leute halten sich nicht an Verabredungen oder Verträge. Italiener sind von Natur aus unzuverlässig. Denk doch nur mal an den Krieg. Erst mit Adolf Siege feiern, und wenn's heikel wird, in Deckung gehen. So geht es nicht. Mein armer Eugen.«

»Ach Mutti«, seufzte meine Mutter.

»Nein, nein«, sagte Oma resolut, »da muss jetzt ein Zaun her. Die werden sich noch wundern, die Nottis.«

»Sie heißen nicht die Nottis, sondern Tinotti«, sagte ich.

»Du schweigst mal lieber ganz still.« Oma blitzte mich an. »Mit wem du dich so rumtreibst. Jugend von heute.«

»Wir wissen doch gar nicht genau, wo die Grundstücksgrenze verläuft«, machte mein Vater einen letzten, matten diplomatischen Vorstoß zu friedlicher Koexistenz.

»Du vielleicht nicht«, sagte Oma, »aber ich weiß es genau. Da braucht es erst gar keine geodätischen Vermessungen durchs Katasteramt. Die Grenzmarkierungen sind hinlänglich bekannt, seit dies schöne Haus und der Schandfleck gebaut wurden. Die Grenze verläuft in grader Linie vom Birnbaum zur Kastanie, und die fluchtet mit der Straßenlaterne. Die kennt Markus übrigens bestens.«

»Pst«, sagte meine Mutter, »Echo des Tages«.

Damit war Ruhe, und die Korrespondenten im Radio warteten ausnahmsweise auch mit keinen neuen Schreckensmeldungen von der Front des Kalten Kriegs auf, aber derart fuchsig, wenn nicht gar heimtückisch, hatte ich Oma noch nie erlebt. Cruella de Vil zum Quadrat.

◇

Zwei Tage später erschien Bauunternehmer Siefken, ließ sich von Oma den Grenzverlauf zeigen, erklärte zwei mitgebrachten Arbeitern, was sie zu tun hätten, und verschwand mit seinem todschicken Borgward. Morgen wollte er mit seiner Freundin in den Weihnachtsurlaub aufbrechen, Skifahren in Südtirol. Theoretisch schon Italien, aber man spreche dort einwandfreies Deutsch.

Unterdessen machten sich seine Männer ans Werk. Ich beobachtete die Demarkationsmaßnahmen vom Fenster aus. Das Metallgestänge, das wohl zum Aufbau einer Markise vor dem Wagen diente, wurde in den Ostteil verschoben. Der Wagen selbst blieb, wo er war; mit der Dachtraufe würde man sich irgendwie arrangieren müssen. Im durch Omas Augenmaß festgelegten Grenzverlauf zwischen Birne und Kastanie wurden die Johannisbeer- und Stachelbeerbüsche auf Bodenniveau gekappt, was der kommenden Ernte auch nicht sonderlich zuträglich sein konnte. Von meinem Beobachtungsposten sah die Schneise wie ein Schussfeld im Miniaturformat aus. Dann gruben Siefkens Truppen zwischen den beiden Grenzbäumen einige Löcher, in die sie etwa ein Meter fünfzig hohe Holzpfosten setzten. An der Oberkante und in der Mitte der Pfähle spannten sie schließlich je eine Reihe Stacheldraht.

Nach getaner Arbeit inspizierte Oma die Grenzbefestigung und war mit dem Ergebnis offenbar zufrieden, weil sie den Arbeitern je eine Flasche Germania-Pils in die Hand drückte. Sie rauchten filterlose Junos *(Aus gutem Grund ist Juno rund),* setzten sich die Flaschen an den Hals, packten ihr Werkzeug zusammen und entschwanden mit dem dreirädrigen Transporter Tempo Hanseat unter Fehlzündungen in Richtung Feierabend.

Der Schnee, der vor einigen Tagen noch weiße Weihnachten versprochen hatte, war zu schmutzigem Matsch getaut. Nieselregen tanzte wie ein Schleier im Lichtkegel der Straßenlaterne, und plötzlich platzte auch Licht aus den Wintergartenfenstern des Schandflecks, und die Tür wurde geöffnet. Zusammen mit ihrem Vater näherten sich Clarissa und Enzo durch den dunklen Garten dem Zaun. Ich lief nach draußen, bahnte mir einen Weg durchs verschont gebliebene Strauchwerk und stand dann den dreien gegenüber. Es war so dunkel, dass ich ihre Gesichter kaum erkennen konnte.

»Guten Abend«, sagte ich beklommen und fröstelnd.

»Hallo Markus«, rief Enzo fidel.

»Buonasera«, sagte Herr Tinotti.

Clarissa sagte nichts, und mehr fiel auch mir nicht ein.

Schweigen. Nur ein paar Sekunden lang, aber endlos und unendlich peinlich.

»Wofür Zaun?«, sagte schließlich Herr Tinotti, was die Peinlichkeit nur noch schlimmer machte, weil ich keine Antwort wusste.

Ein unwiderstehlicher Impuls trieb mich dazu, den oberen und unteren Draht so weit wie möglich auseinanderzudrücken und mich durch die Lücke zu zwängen, nach drüben zu gehen und mich auf ihre Seite zu schlagen, Clarissa nahe zu sein. Der Stacheldraht riss mir im Schritt ein Loch in die Hose.

»Willst du mit uns einen Tee trinken?«, fragte Clarissa.

»Tee?« Ich wunderte mich. Tranken Italiener nicht Kaffee? Oder Wein? »Ja, gern.« Ich nickte heftig.

»Avanti allora«, sagte Herr Tinotti und ging uns durch den Wintergarten voraus.

Da der Grundriss des Hauses identisch mit unserem war, kam mir alles vertraut und heimisch vor, und dennoch war es eine andere Welt. Auch von innen machte der Schandfleck seinem Namen alle Ehre. An den Zimmerdecken gab es braune Wasserflecken, an manchen Stellen wölbten sich die Tapeten von den Wänden, an Lichtschaltern und Steckdosen fehlten die Verkleidungen. Die Küchentür lehnte ausgehoben an der Flurwand. In der Küche standen außer der Steingutspüle und dem Gasherd nur ein wackeliger Resopaltisch, vier Hocker mit Binsengeflecht und das altersschwache Gründerzeitbüfett, das wohl Schulenbergs bei ihrem Auszug hinterlassen hatten, weil es zu sperrig war.

So demontiert und trostlos das alles wirkte, so sauber war es. Auf dem Tisch stand in einem Gurkenglas ein Strauß Strohblumen. An der Wand über dem Spülbecken hingen zwei Plakate. Das eine zeigte eine rote Flagge mit Stern, Hammer und Sichel in gelber Farbe, unterlegt mit einer grün-weiß-roten Fahne. Darunter stand in Großbuchstaben P.C.I. AVANTI POPOLO. Rote Fahne, Hammer und Sichel? Das war doch das Symbol des Kommunismus! Au weia, wenn Oma *das* wüsste! Ich biss mir auf die Unterlippe. Das andere Plakat zeigte einen aufwärts gereckten Arm mit geballter Faust. Der Daumen war wie ein L geformt, und die vier Fingerknöchel bildeten die Buchstabenfolge OTTA. Auf dem Arm stand CONTINUA. An der gegenüberliegenden Wand hingen eine Landkarte Italiens und das gerahmte Schwarz-Weiß-Foto eines Hauses.

Herr Tinotti, den ich vorher noch nie aus der Nähe gesehen hatte, trug einen mit Farbspritzern übersäten Blaumann, und auch an seinen Händen klebten Farbreste. Ob die sich womöglich auch wie LOTTA lasen, was immer das bedeuten mochte? Er war wohl eben erst von der Renovierungsarbeit seiner Eisdiele aus der Stadt zurückgekommen. Sein schwarzes Haar war in der Stirn schon gelichtet und an den Schläfen ergraut, weshalb ich sein Alter auf mindestens 50 schätzte, obwohl er vermutlich erst Anfang 40 war.

»Benvenuto«, sagte er, deutete auf einen Schemel und nahm selbst Platz, während Clarissa in einem Blechkessel Wasser auf den Herd setzte. Sein Deutsch war nicht besonders gut, aber man konnte leicht verstehen, was er sagte, auch wenn ihm manchmal die richtigen Worte fehlten, und das, was ich sagte, verstand er offenbar problemlos. Erst einmal wusste ich aber gar nicht, was ich sagen sollte. Ihm war wohl nicht entgangen, dass ich mich in Wintergarten, Flur und Küche umgeschaut hatte. Er nickte mir freundlich zu und sagte, das sei kein schönes Haus, das wisse er wohl, aber es sei ja auch nur –

»Come si dice, provvisoriamente?«

»Vorübergehend«, sagte Clarissa.

Er nickte. Das Haus habe er nur für ein Jahr gemietet.

»Limitato temporalmente.«

»Befristet«, sagte Clarissa.

Danach, habe man ihm erklärt, werde das Haus nämlich abgerissen. Deshalb habe sich auch so lange kein Mieter gefunden. Für ihn sei das aber eine gute Gelegenheit, weil die Miete sehr niedrig sei und er in der Zwischenzeit in aller Ruhe die Eisdiele einrichten und sich nach einer besseren Wohnung umschauen könne. Dann werde alles gut.

Clarissa stellte derbe weiße Steinguttassen ohne Untertassen auf den Tisch und schenkte Tee ein. Er roch nach Jasmin. Statt Zucker gab es Honig. Der sei von ihren Nachbarn daheim in Italien. Herr Tinotti nippte nur kurz an seiner Tasse, stand auf und sagte, er müsse jetzt erst einmal duschen, und verließ die Küche. Enzo lief ihm nach.

Da saß ich nun allein mit Clarissa am Tisch und rührte verlegen in der Teetasse. Ich traute mich nicht, ihr in die Augen zu sehen, wusste nicht, was ich sagen sollte, glotzte die Plakate an.

»Lotta?«, sagte ich schließlich. »Ist das ein Name?«

Sie lachte. »Das auch, ja.«

»Ach so.«

Schweigen.

»Und von wo kommt ihr her? Ich meine, wo genau in Italien?«

Sie stand auf und stellte sich vor die Landkarte. »Schau mal.«

Ich stellte mich hinter sie.

Mit der Fingerspitze fuhr sie langsam den italienischen Stiefel abwärts und tippte ganz unten am Absatz auf einen schwarzen Punkt. »Da«, sagte sie.

Ich blickte ihr über die Schulter, berührte dabei wie zufällig mit der Brust ihren Rücken, sog den Duft ihres Haars ein, Lavendel, Jasmin, hoffte, dass sie meine Erektion nicht spürte, fürchtete und hoffte zugleich, sie möge sie spüren, dort, wo der Stacheldraht meine Hose aufgerissen hatte. Ob ihr Schlüpfer wohl so blutrot war wie die Fahne mit Hammer und Sichel? Ich starrte auf den hell schimmernden, schmalen Nagel ihres Zeigefingers, der das Wort neben dem schwarzen Punkt unterstrich.

»Fasano«, sagte sie, ohne von mir abzurücken, »in Apulien.«

Ich berührte mit der Hand ihre Schulter.

»Nicht«, sagte sie sanft. »Mein Papa –« Durch die Küchenwand, hinter der sich das Badezimmer befand, hörte man das Rauschen der Dusche. »Und schau mal hier.« Sie zeigte auf das eingerahmte Foto. Ein mit schadhaften Ziegeln gedecktes Haus aus groben Natursteinen, dunkle Fensterhöhlen, deren Rahmen weiß gestrichen waren. Davor Oleanderbüsche und Zypressen. »Da wohnen Nonna und Nonno, meine Großeltern, die Eltern von Mamma. Sie haben Schafe und Ziegen und Olivenbäume. Auch Zitronenbäume. Es riecht so gut, wenn sie blühen. Und Orangen. Der Honig ist aber von den Nachbarn. Die machen auch Wein. Wenn man vorm Haus steht, kann man das Meer sehen. Da ist es wunderschön.«

»Das kann ich mir denken.«

»Wir besuchen sie in den Weihnachtsferien«, sagte sie. »Übermorgen fahren wir los. Ich freu mich schon. Da ist es wärmer als hier.«

»Übermorgen?« Ich verzog das Gesicht, als hätte ich in eine Zitrone gebissen. »Du, ich meine ihr fahrt übermorgen nach Italien?«

Sie nickte, setzte sich wieder an den Tisch und lächelte mir zu, mütterlich fast, als müsse sie mich trösten. »Möchtest du noch Tee?«

»Ich, nein, danke. Aber wir wollten doch noch – ich meine, du und ich, wir wollten zusammen *Die glorreichen Sieben* –«

Sie rührte Honig in die Tasse und gab keine Antwort.

Schweigen.

Ich suchte krampfhaft nach etwas, mit dem ich sie hier hätte halten können, oder etwas, das mich bei ihr hätte bleiben lassen. »Du hast doch gesagt, dass du Mandoline spielst? Und dein Vater Gitarre? Und dass er mir das vielleicht beibringen kann?«

»Ich weiß nicht«, sagte sie. »Papa hat wenig Zeit. Aber viel Arbeit. Vielleicht später.«

Schweigen.

»Ich glaube, ich muss jetzt gehen«, sagte ich schließlich. »Abendessen. Dann sehen wir uns also erst im nächsten Jahr wieder?« Im nächsten Jahr klang wie in einer Ewigkeit.

»Natürlich, im neuen Jahr.«

»Ja, also dann auf Wiedersehen«, murmelte ich.

»Wiedersehen, Markus. Und fröhliche Weihnachten. Auguri!«

»Fröhliche Weihnachten. Und gute Reise.«

Ich verließ den Schandfleck durch den Vordereingang und ging aufrecht, ein Komplize und Liebhaber der Farbe Rot, im Lichtschein der Straßenlaterne durch den grauen Nieselregen. Obwohl aus den Fenstern Licht brach, kam mir unser Haus düster, kalt und drohend vor.

»Wie konnte das denn nur passieren?«, sagte meine Mutter kopfschüttelnd und zeigte auf den Riss in meiner Hose.

Ich tat so, als hätte ich das Malheur noch gar nicht bemerkt, zuckte mit den Schultern. »Keine Ahnung.«

»Und ausgerechnet an *der* Stelle. Na ja, das lässt sich noch flicken.«

»So sind Jungs nun mal.« Mein Vater schmunzelte. Wenn er daran denke, was er in meinem Alter mit seinen Brüdern so alles angestellt habe, damals, vorm Krieg, Äpfel geklaut und quer durch die Brombeeren, da hätte seine Mutter auch immer alle Hände voll zu tun gehabt. Und dann erst im Krieg! Im Lager habe es einen Russen gegeben, der von Beruf Schneidergeselle gewesen sei. Der habe sich aus Holz- und Knochensplittern Nähnadeln gebastelt und damit wahre Wunderdinge vollbracht. Der Russe sei bekanntlich ein Improvisationsgenie, gebe sich mit primitivsten Mitteln zufrieden. Wenn er daran denke, woraus die sich da Suppen gekocht hätten, Löwenzahn, Kartoffelschalen, Ratten und –

»Also bitte«, sagte meine Mutter und nahm meinem Vater damit den Faden aus der Hand beziehungsweise aus dem Sinn. »Aber da du gerade von Fritz geredet hast – wann kommt der eigentlich an?«

◇

Onkel Fritz kam zwei Tage später zu einem seiner sporadischen Weihnachtsbesuche. Hanna und ich holten ihn am Bahnhof ab. Er war von Mallorca nach Madrid geflogen und von Madrid nach Hamburg, von wo er dann mit der Bahn weiterreiste. Mallorca! Madrid! Mit einem Flugzeug! Hanna und ich waren begeistert. Das war die große weite Welt, die wir selbst nur aus der Peter-Stuyvesant-Reklame kannten. Onkel Fritz wiegelte zwar ab und behauptete, Fliegen sei unbequem, aber das sagte er wahrscheinlich nur aus Bescheidenheit. Aus Lässigkeit. Und lässig gekleidet war er auch, trug einen kakifarbenen Trenchcoat, der mit Pelz gefüttert war, einen breitkrempigen Hut wie James Coburn in *Die glorreichen Sieben* und einen Leinenanzug ohne Bügelfalten. Statt eines Koffers hatte er eine Leinentasche mit einem Bügelverschluss aus Metall. Er sah aus wie einer, der Heimaturlaub von einem abenteuerlichen Leben machte und jederzeit bereit war, die Heimat fürs Abenteuer wieder zu verlassen. Meine Bewunderung für ihn war so grenzenlos wie das Leben, das er zu führen schien.

Und auch Hanna war fasziniert. Irgendwie versuchte sie sogar mit ihm zu flirten, verhielt sich jedenfalls noch koketter als sonst, obwohl oder weil sie wusste, dass er vom anderen Ufer war, und Onkel Fritz flirtete zurück, charmant und harmlos, weil Hanna seine Nichte und Frauen nicht sein Fall waren.

Als unser Haus in Sicht kam, sang er halblaut vor sich hin. »Le memorie del pretto riaccendi, ci favella del tempo che fu –« Er grinste. »Verdi«, sagte er, »Chor der Gefangenen. Heißt auf Deutsch: Nur die Erinnerung gibt uns Kraft zu erdulden, was uns hier bedroht. Na ja, ganz so schlimm wird's schon nicht werden.«

»Kannst du etwa auch Italienisch?«, staunte ich.

»Nur Opern«, sagte er. »Solo un piccolo poco.« Er

stutzte, blieb stehen und deutete auf den Stacheldrahtzaun. »Was ist denn hier passiert? Nachbarschaftsfehden?«

»Das hat auch was mit Italien zu tun«, sagte ich, »weil nämlich –«

Aber in diesem Moment erschien Oma in der Haustür, rief »Sei mir gegrüßt, du lieber Junge!« und breitete theatralisch die Arme aus. Onkel Fritz küsste sie auf beide Wangen und nahm für die Zeit seines Besuchs Quartier in Omas Gästezimmer, das früher auch mal ein Kinderzimmer gewesen war.

◈

Die Beschaffung des Tannenbaums galt als Männersache, und ich war stolz, meinen Vater und Onkel Fritz begleiten zu dürfen. Mein Vater wollte wie jedes Jahr eine stinknormale Fichte für 10 Mark kaufen, aber Onkel Fritz bestand auf einer Blautanne. »Wenn schon heimatliches Brauchtum, dann bitte mit Stil«, sagte er und bezahlte die Differenz aus eigener Tasche.

Aufgestellt wurde das kostbare Stück bei uns im Wohnzimmer; Oma hatte als Weihnachtsdekoration schon seit Jahren nur noch eine große Blumenvase mit einem Tannenzweig, zwei Strohsternen und etwas Lametta auf dem Klavier stehen, neben dem Foto von Onkel Eugen.

Meine Mutter beobachtete amüsiert unsere mehr oder minder fachmännischen Bemühungen, den Baum einzustielen und halbwegs ins Lot zu bringen. »Wie drollig«, kicherte sie, »drei Männer kämpfen mit einem Baum. Markus, mach doch mal ein Foto. Ist doch einfach zu schön.«

Ich holte die Agfa Clack, und als ich wieder ins Wohnzimmer kam, stand der Baum kerzengerade. Onkel Fritz und mein Vater stellten sich in Positur, lächelten in die Kamera und reichten sich wie zwei Staatsmänner, die nach langer Feindschaft soeben einen Friedensvertrag unter Dach und Fach gebracht haben, die Hände.

Klack!

Das Schmücken des Baums war Frauensache und wurde von Hanna und meiner Mutter erledigt. Hanna wollte dieses Jahr nur weiße Kerzen und Lametta anbringen. Das gelte heutzutage als dezent und schick, aber meine Mutter bestand auch auf den bunten Kugeln. »Weihnachten muss nicht schick sein, sondern besinnlich.« Was an den bunten Kugeln besinnlich sein sollte, blieb mir rätselhaft, aber sie setzte sich durch. »Wenn du deinen eigenen Haushalt führst«, sagte sie zu Hanna, »kannst du deinen Tannenbaum so schick machen, wie du willst. Bei uns bleibt alles so, wie es immer war. Gemütlich, friedlich und besinnlich.«

Hanna zog einen Schmollmund und verdrehte die Augen.

Mein Vater hatte in der Zeitung einen Aufruf des Kuratoriums Unteilbares Deutschland gelesen, an den zur Sicherheit auch noch einmal Das Echo des Tages sowie Karl-Heinz Köpcke in der Tagesschau erinnerten. Unter dem Motto »Denk an drüben« wurde die westdeutsche Bevölkerung dazu aufgefordert, an Heiligabend und Silvester Kerzen in die Fenster zu stellen. Die Kerzen seien ein Symbol unserer tiefen Verbundenheit mit unseren Brüdern und Schwestern in der Ostzone.

»Da werden sich Grete und Ernst in Rostock aber freuen«, meinte Onkel Fritz, als meine Mutter Stearin-Haushaltskerzen auf leere Germania-Bierflaschen pfropfte und auf den Fensterbänken verteilte. »Ob sie die Kerzen wohl sehen können?«

»Ach, Fritz«, seufzte meine Mutter, »sei doch nicht immer so zynisch.«

Im Schandfleck blieben die Fenster natürlich dunkel, was Oma unerhört fand. »Na ja«, sagte sie, »Brüder und Schwestern in der Zone werden *die* ja gewiss nicht haben.«

Ich verriet aber nicht, dass Familie Tinotti auf Heimaturlaub in Apulien war, und auch nicht die rote Fahne an der Wand. Ich konnte Geheimnisse für mich behalten. Oh ja –

Neben den symbolischen Kerzen hatten wir wie in jedem Jahr auch diesmal ein handfestes Weihnachtspaket nach Rostock geschickt: Jacobs Bohnenkaffee, Onno Behrens Ostfriesentee, Nylonstrümpfe, Sprengel Schokolade, Erfrischungsstäbchen, Gummibärchen, Nürnberger Printen, eine Flasche Asbach Uralt, zwei bügelfreie Dralonhemden und eine Perlonbluse.

»Mangelernährung gibt es da drüben wohl nicht mehr«, meinte mein Vater, »dafür hat der Russe gesorgt. Aber nach solchen Luxusartikeln lecken sie sich die Finger.«

»Im Grunde ist das perfide Westpropaganda«, sagte Onkel Fritz. »Wir zeigen denen, was wir alles für tolle Sachen haben, die sie auch haben könnten, wenn sie zu uns kämen. Anstiftung zur Republikflucht.« Onkel Fritz lachte. »Aber einer wie Ernst ist damit natürlich nicht zu ködern. Der lässt sich nicht anstiften, sondern stiftet den Asbach Uralt seinen SED-Kadern.«

»Ach, Fritz«, sagte meine Mutter, »jetzt lass zumindest an Heiligabend die Politik beiseite.«

Zum Abendessen gab es wie in jedem Jahr roten Heringssalat nach einem Rezept, das angeblich noch von Omas Großmutter stammte, dazu Pellkartoffeln. »Das Schlichte«, befand Oma, »ist der wahre Luxus.« Gänsebraten würde es erst morgen geben.

Zum Heringssalat hatte mein Vater eine Flasche lieblichen Moselwein aus dem Keller geholt. Hanna bekam ein ganzes, ich ein halbes Glas vorgesetzt. Onkel Fritz lehnte dankend ab und hielt sich zum Hering an Bier. »Was das Schlichte betrifft, hat Mama ausnahmsweise recht«, sagte er.

Dann steckte mein Vater die Kerzen am Baum an, und damit niemand auf die abseitige Idee verfiel, an Weihnachten ginge es nur um Geschenke, musste vor der Bescherung gesungen werden. *Oh Tannenbaum* und *Leise rieselt der Schnee,* obwohl es bei etwa sechs Grad plus regnete, *Es ist ein Ros entsprungen,* bei dem Onkel Fritz immer *Ross* sang, als sei ein Pferd geflohen, *Vom Himmel hoch,* weil es von Luther war, und schließlich *Stille Nacht,* wobei Onkel Fritz mir zuzwinkerte und ich mir das Lachen verkneifen musste. Onkel Fritz hatte mir nämlich heute Nachmittag erzählt, der Vorname von Jesus laute Ohwie: »Gottes Sohn, *oh wie* lacht.«

Damit war die Bescherung hinlänglich ins dekorative Papier der Besinnlichkeit eingewickelt, um sich guten Gewissens dem Auspacken der materiellen Geschenke widmen zu können. So wie meine Eltern vor einigen Jahren noch schlank, wenn nicht hager gewesen waren, inzwischen aber stattliche Wohlstandswampen vor sich herschoben, waren auch die Bescherungen ins überaus Üppige gewuchert. Früher hatten Hanna und ich das Notwendige zu Weihnachten bekommen, Socken, Hosen, Mäntel, dazu vielleicht noch das eine oder andere bescheidene Spielzeug, und die Erwachsenen hatten sich mit Frotteehandtüchern, Krawatten und Bettwäsche glücklich gemacht. Aber inzwischen kamen unter Seidenpapier und Samtschleifen Schmuck und Parfüm *(Schenke von Herzen, doch was es auch sei, 4711 immer dabei)* zum Vorschein, elektrische Kaffeemühlen, Handmixer und Kartoffelschälmaschinen, Nerzmützen, Krokotäschchen und Kaschmirschals. Früher hatte meine Mutter das benutzte Geschenkpapier noch sorgfältig geglättet und gefaltet, die Bänder zusammengerollt und später aufgebügelt, um sie im kommenden Jahr erneut zu verwenden, aber jetzt landete alles im Müll. Uns ging es, wie Oma sagte, wieder gold, und alles war einfach wirtschaftswunderbar.

Die Gitarre lag im Glanz der Kerzen unterm Weihnachtsbaum. Mein größter Wunsch war in Erfüllung gegangen, und das war gar nicht so selbstverständlich. Oma hatte nämlich gesagt, eine Gitarre sei eigentlich gar kein richtiges Musikinstrument, zwar nicht so unmanierlich wie eine Mandoline, die etwas für Zigeuner sei, oder so primitiv wie ein Akkordeon, das als Quetschkommode etwas für Vagabunden oder als Schifferklavier etwas für Seemänner sei, aber eben doch bedenklich unseriös. Hatte nicht auch dieser Elvis Pressluft oder wie auch immer er hieß eine Gitarre um den Hals hängen, wenn er vor hysterischen Backfischen mit den Hüften wackelte? Nein, seriös waren Streichinstrumente, und seriös war vor allem das Klavier, das sie, ererbt von ihrem Vater, als Summe ihres ästhetischen Empfindens mit in den Hausstand gebracht hatte. Oma konnte gar nicht Klavier spielen und war komplett unmusikalisch, hegte aber wohl das Gefühl, dass es einfach »dazugehörte«, für musikalisch gehalten zu werden. Das zugeklappte Musikding, von dem der Staub immer besonders streng gewischt wurde, repräsentierte und ersetzte ihr die Musikalität. Hanna hatte vor ein paar Jahren sogar mal Klavierunterricht bekommen und gelegentlich auf Omas gutem Stück geübt, war aber unbegabt und verlor schnell die Lust. Und so diente das Klavier inzwischen wieder als reines Schau- und Prunkobjekt mit einem Spitzendeckchen auf dem Deckel, auf dem die in Silber und Mahagoni gerahmten Familienfotos drapiert waren.

Das Instrument, eine schlichte Wandergitarre aus Fichtenholz aus der Musikalienhandlung Brandner, hatte ich mir natürlich deshalb gewünscht, weil es mich Clarissa näher bringen sollte. Vielleicht ahnte Oma das, denn sie runzelte angesichts der Gitarre die Stirn, sagte aber nichts, vorerst jedenfalls nichts, zu dieser musikalischen Unmanierlichkeit, weil sie den Weihnachtsfrieden wohl nicht stören wollte. Es reichte ja schon, dass Onkel Fritz ständig seine despektierlichen Bemerkungen machte.

◇

Zwischen Weihnachten und Neujahr reiste er wieder ab, um Silvester auf seiner Finca in Mallorca zu verbringen, »in besserem Klima und unter Freunden«. Da er Klima statt Wetter sagte, konnte man das auch auf andere Bedingungen als die nasse Kälte Norddeutschlands beziehen, und das Wort von den Freunden betonte er so, als sei Freundschaft etwas Wichtigeres als Familie.

Oma verabschiedete ihn zwar so theatralisch, wie sie ihn empfangen hatte – »So lebe dann wohl, mein geliebter Junge«, tremolierte sie und winkte ihm mit einem Taschentuch nach –, schien aber nicht sonderlich betrübt zu sein, dass er verschwand.

Umso betrübter waren Hanna und ich. Mit Onkel Fritz verließ uns einer, der uns wie der Botschafter eines weiteren, freieren, besser ausgelüfteten Lebens erschien, ein Mann von jener Welt, die für uns so unerreichbar war wie eine ferne Galaxie.

Ich brachte ihn zum Bahnhof. Weil bis zur Abfahrt des Zugs noch genügend Zeit blieb, lud er mich zu einer

Bluna und sich selbst zu einem Kaffee mit Weinbrand im Bahnhofsrestaurant ein.

»Als ich angekommen bin, hast du zu mir gesagt, der neue Gartenzaun habe etwas mit Italien zu tun«, sagte er. Dass er das nicht vergessen hatte! »Wie hast du das gemeint?«

Und dann erzählte ich ihm alles, was ich über die Familie Tinotti wusste, die Ablehnung dieser Leute durch Oma und meine Eltern, die Aussicht, Gitarrenunterricht zu bekommen, und als ich von Clarissa stotterte und mir alle Mühe gab, möglichst gleichgültig zu klingen, musste er wohl meine Verliebtheit gewittert haben.

»Sieh an«, sagte er nämlich, »eine kleine Mignon.«

Mien Jong? War das einer von Onkel Fritz' hintersinnigen Witzen? »Nein, sie heißt Clarissa.«

»Auch ein schöner Name«, schmunzelte er.

Auf dem Bahnsteig wartete ich, bis der Zug abfuhr, während er sich aus dem geöffneten Abteilfenster lehnte. Als der Pfiff ertönte und die Dampfschwaden der Lok den Bahnsteig einnebelten, fiel mir noch etwas ein.

»Was heißt eigentlich PCI? Und Lotta Continua?«

»Großes Geheimnis«, lachte er, während der Zug anfuhr. »Das darf Oma nie erfahren. Sonst baut sie im Garten noch eine –« Seine letzten Worte verschluckte das Fauchen der Lokomotive.

9

B-Jugend Vizemeister Saison 61/62

An diesem Sommertag ist die Mannschaft Vizemeister der B-Jugendliga geworden. Im Vereinsheim gab es Zitronensprudel statt Sekt. Er würde, hat der Trainer gesagt, auch gern eine Kiste Bier springen lassen, aber dann käme er in Teufels Küche, von wegen Alkohol an Jugendliche ausschenken und so weiter. Also wurde brav der Sprudel getrunken, und dann bist du mit deinen Freunden, aber ohne Trainer, in eine Eckkneipe gezogen, in der man es mit dem Alter nicht so genau nahm. Die Mannschaft hat sich vor dem Eingang aufgebaut. Die hintere Reihe steht, die vordere Reihe kniet, alle haben eine Flasche Bier in der Hand, und Mannschaftsführer Willi Meisner hält den Pokal im Arm.

Klack!

Überm Eingang erkennt man deutlich das Schild *Sportklause*, aber deine Erinnerungen an diese Kneipe entzünden sich nicht an dem sonnigen Augenblick, den das Foto festhält, sondern tasten sich zurück durch die Nebel eines frostigen Wintertags. Manchmal gleichen Erinnerungen einem schadhaften Dach, aus dem der Sturm der Jahre Ziegel gerissen hat. Man dichtet die Lücken mit Steinen, deren Tönung sich dem Material um die leeren Stellen anpasst. So sind dann Erinnerungen nie mit dem identisch, was wirklich geschehen ist, sondern Erzählungen, die aus isolierten Momenten Zusammenhänge bilden.

Zu glauben, man könne Erinnerungen fotografieren, ist genauso dumm wie die Vorstellung, man könne Orte fotografieren, die in Romanen beschrieben werden.

◇ ◇ ◇

Am ersten Schultag im neuen Jahr brachten Hanna und ich gleichlautende, hektographierte, nach Spiritus müffelnde Briefe nach Hause, die an unseren Schulen verteilt worden waren.

An die Eltern der Schülerinnen und Schüler der städtischen Gymnasien

Sehr geehrte Damen und Herren!

Wie Ihnen aus Presse, Funk und Fernsehen bekannt sein dürfte, gibt es seit geraumer Zeit auf politischer Ebene intensive Bemühungen um eine deutsch-französische Annäherung. Um die angestrebte Verständigung zwischen Deutschland und Frankreich im Geiste der Völkerfreundschaft auch auf kulturellem Gebiet zu fördern und zu vertiefen und Bande zwischen der Jugend beider Länder zu knüpfen und zu verstärken, plant die Schulbehörde an unseren Gymnasien die Einführung von Französischunterricht als Pflicht- bzw. Wahlpflichtfach. Zu diesem Zweck entsendet das französische Ministerium für Erziehung einen Emissär, der in Zusammenarbeit mit den hiesigen Behörden und qualifizierten Lehrkräften entsprechende Lehrpläne entwerfen wird. In einer Erprobungsphase soll dann an ausgewählten Gymnasien bereits im kommenden Schuljahr 1962/63 Französischunterricht erteilt werden.

Zur Unterbringung des Emissärs des französischen Ministeriums, Herrn Jean-Pierre Lemartin aus Straßburg, wird eine kleine Wohnung oder ein möbliertes Zimmer in einem gepflegten Haushalt gesucht. Da sich die Suche wegen der immer noch angespannten Situation auf dem Wohnungsmarkt als schwierig erweist und die Zeit knapp ist (Herr Lemartin nimmt seine verantwortungsvolle Tätigkeit bereits am 15. Januar auf und ist derzeit noch in einer Pension untergebracht), ersuchen wir Sie hiermit um Ihre Hilfe. Sollten Sie eine entsprechende Unterbringungsmöglichkeit zur Verfügung stellen können, wenden Sie sich bitte schnellstmöglich an eins der Sekretariate der beteiligten Schulen.

Mit einem herzlichen »Merci infiniment«

gez. Wölk (Oberstudiendirektor)

»Französisch also«, sagte mein Vater, nachdem er den Brief gelesen hatte, »dagegen lässt sich im Prinzip nichts einwenden. Dieser de Gaulle scheint ja noch einen gewissen Respekt vor Deutschland zu haben. Immerhinque. Versteht sich auch gut mit Adenauer. Aber was heißt *infiniment?*«

»Wenn ich Französisch statt Latein hätte, wüsste ich's«, sagte ich.

»Latein muss sein«, befand mein Vater. »Latein ist die Basis von allem, sogar die Basis meiner Apotheke. Aber wie gesagt, nichts gegen Französisch.«

»Hätte ich auch gern gelernt«, sagte Hanna, »aber jetzt ist es zu spät.«

»Und dieser Brief kommt auch reichlich spät«, sagte meine Mutter. »Zum 15. Januar? Das ist ja schon in einer Woche.«

»Aber das Juchhe steht doch leer«, sagte ich. »Herr Tabbert sitzt im Knast.«

Es hatte sich nämlich herausgestellt, dass der verhaftete Juchhebewohner kein Ost-Spion, Heiratsschwindler oder Kinderschänder und schon gar kein ehemaliger KZ-Aufseher war; auf seinen Vertretertouren hatte er sich lediglich in den Pensionen und Hotels, in denen er wohnte, unter falschem Namen angemeldet und dann systematisch die Zimmer- und Restaurantrechnungen geprellt. Jetzt beglich er die Zeche mit einer Gefängnisstrafe. Die Miete fürs Juchhe hatte er allerdings immer pünktlich bezahlt.

»Das Juchhe?«, überlegte mein Vater. »Mh mh mh –«

»Warum denn nicht?«, sagte ich. »Oder hat Oma etwa auch was gegen Franzosen?«

»Was heißt hier auch?«

»Dieser alberne Zaun im Garten. Der sieht doch aus wie die Zonengrenze. Nur weil Tinottis –«

»Jetzt werd mal bloß nicht unverschämt.« Mein Vater zog warnend die Stirn kraus.

»Pst«, machte meine Mutter. »Tagesschau.«

Karl-Heinz Köpcke informierte uns, dass die in der Nähe des Berliner Checkpoint Charlie stationierten Panzer abgezogen würden –

»Wenn das mal gut geht«, sagte meine Mutter.

– und dass die Ostzone einen Visazwang für Ausländer einführe, da, so Walter Ulbricht, das Völkerrecht gegenüber der sogenannten DDR geachtet werden müsse.

»Da lachen ja die Hühner«, sagte mein Vater. »Was sich der Spitzbart wieder herausnimmt.«

◇

Oma hatte nichts gegen Franzosen, jedenfalls im Prinzip nicht, obwohl die in Berlin einen Sektor kontrollierten. Franzosen seien ein Volk mit Stil und Kultur, wenn auch in Fragen der Moral allzu lässig. Gegen Elsässer hatte sie rein gar nichts, weil eine ihrer Tanten aus Colmar stammte. Und weil es sich um den Emissär eines Ministeriums handelte, unterstellte Oma dem Kandidaten »von Natur aus« eine gewisse Seriosität und Solvenz, weswegen man den Mietpreis von bisher 80 Mark zuzüglich 5 Mark für den Stromverbrauch des Heizlüfters bedenkenlos auf 90 Mark anheben konnte. Im Übrigen gab es in Sachen laxer Moral im Mietvertrag einen einschlägigen Paragraphen, der Damenbesuch nur bis 20 Uhr gestattete. Und so wurde ich beauftragt, morgen früh im Schulsekretariat Meldung zu machen, dass wir bereit seien, Herrn Lemartin unter unserem Dach willkommen zu heißen.

Am nächsten Nachmittag erschien er, um sich vorzustellen und das Zimmer in Augenschein zu nehmen. Man hätte ihn für einen Pastor halten können, weil er ganz in Schwarz gekleidet war – Mantel, Hut, Anzug, Rollkragenpullover, Schuhe, Aktenmappe, alles schwarz. Vermutlich trug er auch schwarze Unterhosen und benutzte schwarze Taschentücher. Dunkelblond waren allerdings sein Bürstenhaarschnitt und der scharf ausrasierte, dünne Bartstreifen, der sein Gesicht umrahmte und wie aufgemalt aussah. Oma begrüßte ihn mit einer französischen Floskel, die sie vorher wohl auswendig gelernt hatte. Er lächelte zuvorkommend und erklärte in akzentfreiem Deutsch, man möge sich keinen Zwang antun, er sei zweisprachig.

»Wie es sich für einen Elsässer gehört«, sagte Oma.

»Ganz recht, Madame.«

Ich konnte Oma ansehen, dass ihr der Mann gefiel. Madame sagte schließlich nicht jeder zu ihr. Madame ging ihr runter wie Öl.

»Mein Enkel Markus zeigt Ihnen jetzt die Räumlichkeiten«, sagte Oma salbungsvoll, als sei ich ihr Lakai. Fürs Juchhe war Räumlichkeiten natürlich ein ziemlich aufgeblasenes Wort, aber wenn Omas preziöse Ader schwoll, kannte sie kein Pardon. »Und anschließend kommen Sie zu mir auf eine Tasse Tee und wir regeln die Formalitäten.«

»Mit Vergnügen, Madame.«

Ich ging mit Herrn Lemartin die Stiege hinauf. Er sah sich im Juchhe flüchtig um, drückte mit der Hand prüfend die Bettmatratze zusammen, warf einen Blick aus der Dachluke, zuckte mit den Schultern und lächelte etwas schief. »Für ein halbes Jahr wird es gehen«, sagte er. »So lebt man ja wohl auch in der Pariser Boheme, nicht wahr?« Er zwinkerte mir zu, als wüsste ich, was er meinte.

»Natürlich«, sagte ich, obwohl ich durchaus nicht wusste, was er meinte.

Pariser Boheme klang aufregend versaut und irgendwie verrucht. Ich grinste und dachte an die Pariser, die man in Herrentoiletten aus Automaten mit der Aufschrift *Fromms* ziehen konnte. Ich wusste, welcher Verwendung sie dienten, wünschte mir dringend, sie endlich an mir selbst erproben zu können, und dachte an Clarissa. Rudi Wiechers hatte neulich seinem großen Bruder so ein schweinisches Gummiding entwendet, mit in die Schule gebracht und in der großen Pause unter dem Trinkwasserhahn mit Wasser gefüllt, bis das Ding wie ein gurkenförmiger Ballon aussah. Ich sah fasziniert zu, dachte an Clarissas roten Schlüpfer und wurde selber knallrot, weil ich mich für den Gedanken schämte. Rudi kicherte verschwörerisch und meinte, solche Präser müsse man immer in der Tasche haben, weil man ja nie wisse, wann man sie brauchen würde. Sein Bruder sei jedenfalls allzeit bereit. Dann verknotete er das offene Ende, warf das Ding als Wasserbombe aus einem Fenster im dritten Stock und rief:

»Volle Deckung! Atomschlag!« Die Bombe schlug ein paar Meter vor Frau Holle ein, der auf dem Schulhof Pausenaufsicht hatte, während wir kichernd das Weite suchten.

Pariser Boheme also. Gut, dass Oma das nicht gehört hatte. Die Formalitäten regelte sie ohne mich mit Herrn Lemartin bei Tee und Spritzgebäck. Anschließend schwärmte sie in den höchsten Tönen von diesem charmanten und gebildeten, polyglotten Menschen, der Pfeifenraucher sei und zudem höchst musikalisch sein musste, hatte er doch angesichts von Omas Klavier eine dezente Andeutung gemacht, selber gern in die Tasten zu greifen. Oma hatte ihm in Aussicht gestellt, sein Talent gelegentlich unter Beweis stellen zu dürfen, obwohl das Klavier wahrscheinlich hoffnungslos verstimmt war. Jedenfalls zog Herr Lemartin am nächsten Tag ins Juchhe, und schon bald sollte sich erweisen, dass das Klavier noch stimmte – und Hanna plötzlich wieder unerwartetes Interesse an Klavierunterricht entwickelte.

◊

Clarissas Rückkehr aus Italien hatte ich sehnsüchtiger erwartet als an Heiligabend die Bescherung. Am letzten Abend der Weihnachtsferien gingen im Schandfleck wieder die Lichter an, aber Clarissa bekam ich nicht zu Gesicht, obwohl ich vom Fenster aus stundenlang Garten und Hauseingang beobachtete. Einfach an der Tür zu klingeln, traute ich mich nicht. Wenn meine Eltern oder Oma das sehen würden, hätte es Ärger gegeben. Und was sollte ich überhaupt sagen, wenn Clarissa dann öffnen würde? Bei Tag und Nacht denk ich an dich, du zauberhafte, kleine Ballerina? An dich und deinen roten Schlüpfer? Kommst du mit in *Die glorreichen Sieben?*

Und wenn ihr Vater öffnen würde? Wurden Italiener nicht fuchsteufelswild, wenn man ihren Töchtern nachstellte? Familienehre? Blutrache und so? Würde ich dann um den heißen Brei herumreden? Guten Tag, Herr Tinotti, ich habe zu Weihnachten eine Gitarre bekommen und hätte jetzt gern Unterricht bei Ihnen? Oder gleich tollkühn aufs Ganze gehen? Guten Tag, Herr Tinotti, ich liebe Ihre Tochter und halte hiermit um ihre Hand an? Vielleicht würde ja auch nur Enzo öffnen. Dann wäre es leicht. Hallo Enzo, war's schön bei Oma und Opa in Italien? Ja? Ist deine Schwester zu Hause? Nein? Dann zeig mir doch mal, wo ihre Unterwäsche liegt?

O nononono no! So ging es nicht. Wo mochte Clarissa stecken? Vielleicht sehnte sie sich ja auch genauso heftig nach mir, und aus dieser gemeinsamen Sehnsucht entstand ein telepathischer Kontakt? Wunderbares Mädchen, bald sind wir ein Pärchen. Konnte sie jetzt also meine Gedanken lesen und versteckte sich deshalb vor mir und meinen schmutzigen Phantasien? Pariser Boheme? Ob sie wohl wusste, dass in den Fromms-Automaten keine Zigaretten steckten, sondern – Lass mich nie alleine, o nononono no!

◇

Das schmuddelige Regenwetter der Jahreswende war klirrender Kälte gewichen. Trotzdem fuhr ich mit dem Fahrrad zum Fußballtraining, um mich von meinen ebenso geilen wie unfruchtbaren Grübeleien abzulenken. Sport sollte in solchen Fällen angeblich hilfreich sein. Der Frost hatte den Schlamm der Trainingsplätze in Eiswüsten verwandelt. Fußball, erklärte unser Trainer, sei was für harte Männer, aber er könne es nicht verantworten, wenn sich einer von uns verletzte. »Da komm ich in Teufels Küche. Geht nach Hause, Jungs. Training fällt aus.«

Detlef Harms, Rechtsaußen, Rudi Wiechers, Mittelfeld, Ralf Eilert, Vorstopper, und ich, halb links, kehrten auf dem Heimweg in der *Sportklause* ein, einer schummrigen Eckkneipe, deren Hauptattraktionen zwei Spielautomaten von Monarch und Merkur, eine Musikbox, Modell Rock-Ola von Wurlitzer, und vermutlich auch der einschlägige Automat auf der Herrentoilette waren. Die gutmütige Wirtin hatte ein Herz für Sportler wie uns, fürchtete Teufels Küche unserer Elternhäuser nicht, fragte nicht nach Aussehen, Alter noch Ausweisen, sondern höchstens nach der Lieblingsmannschaft, und schenkte uns ohne Weiteres Bier aus. Das gerahmte *Gesetz zum Schutz der Jugend* hing auf dem Klo neben dem Fromms-Spender.

Am Tresen hockten drei Frührentner, rauchten Eckstein und tranken Paderborner Pils aus 0,2-Gläsern. Als wir eintraten, dudelte die Jukebox gerade die letzten Takte *Vier Schimmel, ein Wagen* vom Trio Kolenka, und dann kam *Ein Schiff wird kommen* von Caterina Valente. Jemand hatte wohl 50 Pfennig für drei Titel geopfert. Wir setzten uns in die Ecke direkt neben die Box, um bei nächster Gelegenheit die Musikhoheit an uns reißen zu können, und bestellten eine Runde Pils. Mit der forschen Bemerkung, die Gurke zu fegen, investierte Ralf eine Mark in den Monarch, gewann im zweiten Spiel gleich eine Superbonusserie, verlor dann aber alles wieder und murmelte etwas von Betrug. Ich studierte die Titelliste der Jukebox, die so chromglänzend funkelte wie Bauunternehmer Siefkens Borgward, und warf einen Fünfziger ein. *Telstar* von den Tornados.

Detlef hielt uns eine halbvolle Schachtel HB hin. Wir griffen zu, sogen den Rauch ein, husteten, tranken Bier.

»Siehst du die Leichen dort im Schnee? Das sind die Opfer von HB«, sagte Rudi.

Die bislang leise murmelnden Tresenhocker wurden plötzlich lauter. Offenbar stritten sie sich.

»Ist doch nur gut, wenn die Russen und Chinesen sich ihre Atombomben gegenseitig auf den Kopf schmeißen. Dann haben wir hier endlich Ruhe«, sagte einer.

»Ruhe? Ha!«, dröhnte ein anderer. »Friedhofsruhe vielleicht. Wenn's Atomkrieg gibt, egal wo, egal ob in Berlin oder China, wisst ihr, was dann übrig bleibt von der Welt?«

»Die *Sportklause«*, sagte der Dritte. »Elli, mach uns mal noch drei Kleine.«

»Ja, Pustekuchen. Die wird genauso pulverisiert wie alles. Und wisst ihr, was dann kommt?«

»Lilo Pulver?«

Die Wirtin lachte gackernd.

»Euch wird das Lachen schon noch vergehen. Dann kommt nämlich die Weltherrschaft der Ratten, Kakerlaken und Silberfischchen!«

»Mir doch schnurzpiepe«, sagte der Erste. »Ich bau mir im Garten 'nen Bunker und lagere da mindestens 20 Kisten Paderborner ein.«

Jetzt lachten alle. Wir auch.

»Meine Eltern wollen sich auch einen Bunker bauen«, erzählte Ralf. »Im Keller. Da werden Betondecken eingezogen. Wassertank. Lokus. Kühlschrank. Habt ihr eigentlich Schiss vor'm Dritten Weltkrieg?«

»Ach was.«

»Quatsch.«

»Ich auch nicht.«

Wir logen alle und wussten, dass wir logen, und inhalierten lässig HB-Rauch. Wer würde denn gleich in die Luft gehen?

Der Automat wechselte die Platte. Im Bauch der Box klickte es, surrte suchend hin und her, schnappte, rastete ein, knisterte in der Leerrille, und dann fetzte Dion *Sweet Little Sheila.* Ganz neu. Der Hammer! Wir hörten verzückt zu.

»Hat mein Bruder auch«, sagte Rudi. »Hat ihm seine Freundin zum Geburtstag geschenkt. Ihr wisst schon, diese Doris, für die er die Präser braucht. Hä, hä. Die hat solche Möpse.« Er bewegte beide Hände 20 Zentimeter vor seiner Brust.

Wir lachten wissend und grinsten schmachtend.

»Mit der würd ich auch gern mal«, sagte Ralf.

»Da träumst du aber auch nur von«, sagte Rudi. »Die ist fast 20. Außerdem haut dir dann mein Bruder den Arsch voll.«

Wir bestellten noch eine Runde Pils, das Glas für 50 Pfennig.

»Wisst ihr, mit wem ich mal gern würde?«, fragte Detlef.

»Mit Markus' Schwester?«, gluckste Ralf.

Mich für Hanna starkzumachen, wäre mir ansonsten nie eingefallen, aber das ging nun doch entschieden zu weit. »Pass auf, was du sagst, du Arschgeige. Sonst –«

»Ach was.« Detlef winkte desinteressiert ab. »Aber der Itacker, der sich da neben unserem Schuhgeschäft seine Eisdiele zusammenbastelt, der hat 'ne Tochter. Ganz, ganz heiße Braut, Leute. Die vernasch ich bald mal.«

Ich schnappte nach Luft. Für Hannas Ehre hatte ich mich eben noch mannhaft in die Bresche geworfen, und jetzt ging es um die Ehre meiner – ja, was? Meiner Geliebten? Meines Traums? Meiner zauberhaften kleinen Ballerina? Ich starrte Detlef fassungslos an.

»Was glotzt du denn so?«, sagte er und trank einen Schluck.

Ich hätte ihm gern mein Bier ins Gesicht gekippt, ihn gewürgt und geprügelt und in die Eier getreten, ihn pulverisiert; hätte für Clarissa kämpfen und mich zerreißen müssen wie Horst Buchholz als Chico für seine glutäugige Petra. Aber ich nahm nur einen Bierdeckel vom Stapel, zerriss ihn langsam und sorgfältig in kleine Stücke und kam mir schwach und schäbig vor. Ein Feigling. Ein Verräter. Die Jukebox wechselte innerlich ruckend, bebend und zuckend zur dritten Platte meiner Wahl. *The Lion Sleeps Tonight.* Der Löwe in mir musste so tun, als schliefe er, durfte nicht aufspringen, um den Schweinehund Detlef Harms zu zerreißen, durfte nicht für seine Liebe kämpfen. Wenn ich meinen drei Freunden gestehen würde, dass ich Clarissa verfallen war, im Gedanken an sie jeden Abend zu Bett ging und jeden Morgen erwachte, dann – ja, was dann? Ich wusste es nicht, aber ich fürchtete mich davor. Wir wussten ja auch nicht, wie der Atomblitz im Dritten Weltkrieg aussehen würde, aber wir fürchteten uns davor und taten lässig so, als ließe uns die Angst kalt.

»Nichts«, sagte ich, »gar nichts. *The Lion Sleeps Tonight.*«

»Echt gutes Stück«, sagte Rudi. »Kauf ich mir vom nächsten Taschengeld. Elli, mach mal noch 'ne Runde.«

Nachdem jeder von uns eine Runde geschmissen hatte, waren wir ziemlich angesäuselt. Detlef Harms hätte ich zum Abschied gern eine Ohrfeige gegeben, gab ihm aber nur die Hand. Immerhin hatte er mich, wenn auch unfreiwillig, auf die Fährte gebracht, wo Clarissa zu finden wäre. Dass ich da nicht selbst drauf gekommen war! Zum Glück wohnte Detlef nicht in dem Haus, in dem das Schuhgeschäft seiner Eltern war, sodass wir in entgegengesetzter Richtung schwankend davonradelten.

Es war schweinekalt und dämmerte bereits. Die gefrierenden Wölkchen meines Atems verschluckte der Nebel, aber ich trat so heftig in die Pedale, dass ich ins Schwitzen geriet, raste bei Rot über eine Ampel, wurde fast von einem Ford Taunus gerammt, der mir empört nachhupte, und kam außer Atem am Markt an. Über der Ladentür hing noch das alte Schild *Kolonialwaren – Feinkost – Obst – Siegfried Kröger,* aber die Türverglasung und das Schaufenster waren von innen mit alten Zeitungen verklebt. Zwischen den Seiten gab es an einigen Stellen Spalten, durch die Licht aus dem Inneren brach. Zwischen den Schlagzeilen *Graf Berghe von Trips tödlich verunglückt* und *Massenflucht aus SBZ verursacht 30 Milliarden Mark Schaden* drückte ich die Nase ans Fenster, konnte aber nichts erkennen, weil mein Atem die Scheibe beschlug und gefror.

Ich drückte die Klinke und öffnete vorsichtig die Tür. Die Ladenklingel schepperte. Mit Ausnahme des alten Verkaufstresens aus dunklem Holz war der Raum leer, der Fußboden mit Zeitungen ausgelegt. Ich trat auf *Westdeutscher Journalist von Vopos erschossen* und machte einen Schritt über *Werder Bremen Pokalsieger* hinweg.

Herr Tinotti stand auf einer Leiter, kratzte mit einem Spachtel alte Farbe von der Decke und schaute überrascht auf mich herab. »Ciao, Marco! Come va?« Er drehte sich in Richtung der offen stehenden Lagertür. »Clarissa!«

Sie kam, Enzo im Schlepptau, in den Laden. Sie trug eine dunkelblaue Hose und ein mit Farbflecken übersätes blaues Herrenhemd, das ihr bis zu den Knien reichte, und hatte auf dem Kopf einen aus Zeitungspapier gefalteten Dreispitz, unter dem das zu einem Zopf geflochtene Haar wie eine schwarze Schlange über ihren Rücken fiel.

Sie lächelte mich an. Ihre kleinen Zähne blitzten weiß, und die dunklen Augen strahlten. »Hallo Markus, was machst du denn hier?«

»Ich, ich wollte nur mal –, ich meine, ich bin hier zufällig vorbeigekommen und dachte –«

»Willst du uns helfen?«, fragte Enzo, der ebenfalls einen Zeitungshelm aufhatte.

»Ich –, ja, genau.«

»Das ist aber nett von dir«, sagte Clarissa und kam näher.

Als ich fast schon den Duft ihres Haars zu riechen glaubte, fiel mir ein, dass ich eine furchtbare Bierfahne haben musste, trat einen Schritt zurück, rutschte auf dem Deckel eines Farbeimers aus und fiel vor Clarissa auf die Knie.

Enzo lachte. Clarissa schlug sich die Hand vor den Mund und zog eine Grimasse, um nicht auch lachen zu müssen. »Hast du dir wehgetan?«

»Nein, nein.« Ich rappelte mich auf.

Enzo zeigte auf die Farbflecken auf meinen Knien und lachte noch mehr.

Clarissa sagte zu ihrem Vater etwas auf Italienisch. Er kletterte die Leiter herunter, sah mich skeptisch an, als hätte er durchschaut, dass ich nicht zum Helfen, sondern einzig wegen seiner, mit Rocco Granata gesprochen, »zauberhaften« Tochter gekommen war, und nickte bedächtig. Ja, er könne Hilfe sehr gut gebrauchen, aber heute nicht mehr. Für heute sei nämlich Feierabend. Aber wenn ich morgen kommen wollte oder übermorgen? Arbeit gebe es noch genug. Er deutete auf die Decke und die kahlen Wände, in deren Putz Kabel und Steckdosen offen lagen. »Aber jetzt fine del lavoro.«

Gemeinsam verließen wir den Laden, gemeinsam gingen wir nach Hause. Ich schob mein Fahrrad. Enzo hielt

Clarissas Hand. Es sei kalt in Deutschland, sagte Herr Tinotti, viel zu kalt, und vergrub das Kinn in Schal und hochgeschlagenem Mantelkragen. In Apulien sei es tagsüber noch so warm gewesen wie hier manchmal im Sommer nicht.

»Das muss schön sein«, sagte ich.

»Ist auch schön!«, sagte Enzo.

Bei unseren Häusern blieben wir unter der Straßenlaterne stehen, die wie ein Schlagbaum aus Licht den Nebel zerteilte. Wie viel, fragte Herr Tinotti und machte mit Daumen und Zeigefinger die Geste des Geldzählens, ich denn für meine Hilfe haben wolle.

»Nichts«, sagte ich.

»Nichts?«, fragte Clarissa.

Und dann erzählte ich von der Gitarre, die ich zu Weihnachten geschenkt bekommen hatte. Und ob mir Herr Tinotti, statt mich zu bezahlen, nicht vielleicht ein paar Griffe zeigen könne?

Er lachte, nickte und sagte, dass er mir einen Stundenlohn von drei Akkorden zahlen würde, und gab mir die Hand, und Clarissa lächelte mir zu.

◇

»Um Gottes willen, was hast du denn wieder angestellt?« Meine Mutter deutete kopfschüttelnd auf die Farbflecken an meiner Hose. »Und wie riechst du denn? Sag mal, hast du etwa getrunken?«

»Ein Alsterwasser«, sagte ich. »Nach dem Training.«

»Das wird ja immer toller«, sagte meine Mutter.

»Nun lass mal gut sein«, sagte mein Vater. »Ein Alster ist doch keine Sünde.«

Ich schloss mich im Badezimmer ein, ließ die Wanne volllaufen, zog mich aus und legte mich ins heiße Wasser. Clarissas Haarschlange. Ihre Zähne. Die glänzenden Lippen. Ich war groß und wurde größer. Ich war stark und wurde stärker. Ich umarmte Clarissa, küsste sie, streichelte mit der linken Hand die Schlange und spürte in meiner rechten, wie ich wuchs.

10

Die Gitarre

Nackt, aber noch fast unberührt, liegt sie auf dem Bett. Ihr schlanker Hals teilt das Kissen, ihr Körper glänzt auf dem matten Weiß des Lakens. Du weißt bereits, an welchen Stellen sie zu berühren, zu greifen ist, wie über sie zu streichen ist, um das zu wecken, was in ihr träumt. Es sind deine eigenen Träume. Wie bei einer Acht sind zwei Kreise miteinander verbunden; der obere, kleinere bildet die Brüste, der untere die Hüften; dazwischen das dunkle Loch, geschützt durchs Gitter aus sechs Saiten.

Klack.

Das Foto weiß nichts vom Geruch des Zimmers, der vom Schlaf leicht säuerlich gewesen sein muss, schal wie das winterliche Morgenlicht, und kennt auch nicht den Klang des Körpers, den es zeigt. Das Bild zeigt nur den Gegenstand, die ungeheure Sache, die auf dem Foto immer bleibt, was sie war.

Auch später, noch als Erwachsener, hast du gern, aber nicht gut Gitarre gespielt, hast das Instrument nie beherrscht, sondern bist Amateur geblieben. Ein Liebhaber, kein Liebender. Wenn du fleißiger geübt hättest, könntest du vielleicht besser spielen – aber lernen kannst du es nie wieder. Es gibt nur ein erstes Mal. Die alte Gitarre, die das Foto als deine erste Liebe zeigt, steht immer noch in irgendeiner Ecke, verstaubt, die Decke rissig, und sie hat keine Saiten mehr. Von manchen Dingen kann man sich wohl so wenig trennen wie von Erinnerungen.

Und du fragst dich, was aus Clarissa geworden ist.

◇ ◇ ◇

Zu meiner Enttäuschung war Clarissa nicht da, als ich nachmittags in der Eisdiele erschien, aber ich traute mich nicht, ihren Vater nach ihr zu fragen. Er dachte sich sicher seinen Teil dabei, als ihm so plötzlich ein freiwilliger Hilfsarbeiter ins Haus schneite. Der Vorwand mit dem Gitarrenunterricht war ja so windig wie das Sturmtief über der Nordsee. Wir kratzten eine Stunde lang Tapetenreste von den Wänden und strichen Gips über Löcher und abgebröckelten Putz, wobei Herr Tinotti kaum etwas sagte, sondern halblaut vor sich hin pfiff und sang. Dann verabredeten wir uns für acht Uhr zum Gitarrenunterricht, und ich hoffte inständig, dass Clarissa daran teilnehmen möge. Sonst hätte ich nämlich mein Opfer für nichts als G-Dur und D-Dur gebracht.

Meiner Vernarrtheit opferte ich sogar die sechste und letzte Folge des Serienkrimis *Das Halstuch* von Francis Durbridge, der seit zwei Wochen das fernsehende Deutschland in Atem hielt. Kein Mauertoter war so populär wie die erwürgte Journalistin Diana Winston alias Eva Pflug, kein Politiker des freien Westens so seriös und scharfsinnig wie Heinz Drache als Kriminalinspektor Harry Yates, kein Kommunist durchtriebener als Albert Lieven in der Rolle des zwielichtigen Clifton Morris, kein russischer Panzer beklemmender als der Anblick des Halstuchs im Geigenkasten, kein Rüstungswettlauf erregender als die Suche nach dem Mörder, der heute, in der letzten Folge, endlich entlarvt werden musste.

Wenn die Sowjets einen Einmarsch nach Westdeutschland planten, wäre dieser Abend mit seinen leer gefegten Straßen der ideale Zeitpunkt gewesen. Man hätte es erst gemerkt, nachdem der Halstuchmörder gefasst worden wäre, und die Explosion einer Atombombe hätte man bestenfalls als lästige Bildstörung beklagt.

Ich hatte die ersten fünf Folgen zusammen mit Detlef und Rudi in Peter Klinges Elternhaus gesehen, weil Peters Eltern sich die Serie nebenan in Gesellschaft von Nachbarn ansahen. Hanna saß mit Sabine im Haus einer anderen Freundin vor der Glotze – jedenfalls behauptete sie das. Da sie sich jedoch immer auffällig zurückhielt, wenn am nächsten Tag die Rede auf die neueste Folge kam, hatte ich Hanna im Verdacht, mit Dieter Bernholz jene Dinge zu treiben, die ich nur allzu gern mit Clarissa getrieben hätte, während der unheimliche Mörder sein grausiges Unwesen trieb. Und auch meine Eltern verfolgten *Das Halstuch* in sogenannter geselliger Runde, indem sie sich wechselseitig mit zwei befreundeten Ehepaaren trafen – Teil eins bei Dittmanns, Teil zwei bei uns und wieder von vorne. Mit dabei waren Langners; die Ärmsten hatten noch gar keinen eigenen Fernseher.

Der letzte Vorhang hob sich heute vor unserem Gerät, verschließbarer TV-Schrank, doppeltürig, echt Eichenfurnier, Telefunken. Meine Mutter hatte alles fürs gemeinsame Mörderraten vorbereitet, Schnittchenplatte mit Gewürzgürkchen, Mettigel und Käse-Trauben-Spieße, dazu Salzletten und Erdnussflips, Bier und Alten Hullmann für die Herren, Liebfrauenmilch und Verpoorten Eierlikör für die Damen. Hanna hatte sich bereits aus dem Staub gemacht. Während die Erwachsenen sich wie aufgeregte Kinder vorm Fernseher versammelten, schob ich mir in der Küche schnell noch ein paar Schnittchen von der Nachschubplatte rein, wartete auf den Tagesschau-Gong und stahl mich dann, die Gitarre unterm Arm, aus dem Haus.

◇

Die Klingel des Schandflecks war defekt. Auf mein Klopfen öffnete Enzo. Clarissa und ihr Vater saßen am Küchentisch. Unter dem Lotta-Continua-Plakat lehnte eine Gitarre, und auf dem Tisch lag eine Mandoline. Clarissa trug einen engen roten Acrylpullover mit Rollkragen, einen schwarzen Rock und an den nackten Füßen Hausschuhe aus geflochtenem Bast. Die Zopfschlange ringelte sich um ihren Hals und in der Mulde zwischen ihren Brüsten abwärts. Ich starrte sie an. Mein Blick war wohl das, was man Stielaugen nannte.

Aus einer Korbflasche schenkte Herr Tinotti Rotwein in Senfgläser, mischte für Clarissa und mich Wasser dazu. Sogar Enzo bekam ein winziges Schlückchen Wein, aufgegossen mit Wasser. Mein Herz raste, mein Mund war so trocken, dass meine Worte wie Glassplitter klingen mussten, aber mir fehlten sowieso die Worte. Ich trank einen Schluck, nahm eine Olive von einer Untertasse, weil Clarissa das auch tat. Das beruhigte mich etwas. Ich glaube, dass Clarissa mich fragte, ob ich irgendein bestimmtes Lied lernen wolle. Mir fiel keins ein.

Herr Tinotti zupfte ein paar Töne auf seiner Gitarre, lächelte Clarissa zu, und sie begann zu singen, leise erst, kindlich, wie nach Ausdruck suchend, dann jedoch fast feierlich und bestimmt, als ob sie mich auf etwas Sonderbares aufmerksam machen, als ob sie mir etwas Wichtiges mitteilen wollte. Beim Refrain wurde ihre Stimme dumpfer, wie verdüstert, geheimnisvoll – eine unwiderstehliche Sehnsucht, die bald bittend und dringend, bald treibend und fordernd klang. Sie hatte als Kind zu singen begonnen, aber mit jedem Ton schien sie erwachsener und reifer zu werden. Ich verstand kein einziges Wort, hatte aber das Gefühl, dass jedes einzelne mir galt, weil es aus Clarissas Mund kam. Sie endete mit einem lang ausgehaltenen A, dem ihr Vater noch ein paar Zupfer nachschickte, und sah mir in die Augen. Streng? Tief?

»Kennst du das Lied?«

Ich schüttelte den Kopf. »Es ist wohl italienisch?«

»Ja, natürlich italienisch«, sagte sie, »was dachtest du denn?«

»Nichts.«

»Willst du es lernen?«

Ihr Vater lachte. Das Lied sei für einen Anfänger zu schwer. Ich könne ja noch nicht einmal einen Akkord greifen. »Guckst du hier«, sagte er und zeigte mit der rechten Hand auf die Finger seiner linken, die auf dem Griffbrett lagen. »Machst du nach. Ist so.«

»So ist G«, sagte Clarissa.

Ich setzte meine Gitarre so aufs Knie und die Finger so aufs Brett, wie er es vormachte.

»Mit Daumen streichen«, sagte er und strich mit dem Daumen über die Saiten.

Ich machte es nach. Es klang schräg.

Er nahm mir die Gitarre aus der Hand, stimmte sie und gab sie mir wieder zurück. »Ancora«, sagte er.

Es klang noch schräger.

»Dein Zeigefinger«, sagte Clarissa, beugte sich vor und drückte meinen Zeigefinger energisch und sanft zugleich an die richtige Stelle.

Die Berührung jagte mir Schauer über Brust, Bauch und Rücken. Es war das erste Mal, dass sie mich berührte. Ich hatte es schon zweimal getan, einmal im Kino und dann noch einmal vor der Landkarte, als sie mir Fasano gezeigt hatte. So einfach war das also. Ich musste nur die Finger dorthin setzen, wo sie nicht hingehörten.

»Jetzt streich mal«, sagte sie.

Mein Daumen glitt zaghaft und zittrig über die Saiten. Es klang irgendwie richtig.

»Bravo«, sagte Herr Tinotti. »Und jetzt so.« Er griff einen anderen Akkord und schlug ihn an. »Re.«

»Re ist D«, sagte Clarissa und half meinen tastenden Fingern noch einmal, ihr Ziel zu finden. Ich spürte ihren Atem an meinem Ohr, strich über die Saiten, als wären sie ihr Schlangenzopf.

»Bene, ancora so.« Er griff wieder auf G um.

Meine Finger stolperten übers Griffbrett, aber diesmal half Clarissa mir nicht. »Sieh Papa zu. So.«

Nachdem ich es einige Male versucht hatte, traf ich die Saiten richtig. Herr Tinotti nickte anerkennend und sagte, ich solle diesen Wechsel immer wieder zu Hause üben, bis ich ihn »a memoria« könne. »Come se dice a memoria?«

»Auswendig«, sagte Clarissa.

So. Re. A memoria, sagte ich zu mir selbst. So. Re. A memoria. Das klang fast wie ein Lied.

»Ist leicht«, sagte Herr Tinotti, und um mir zu beweisen, wie einfach das alles war, spielte er jetzt schmissig mit So und Re und einem dritten Akkord und pfiff dazu. Es war die Melodie von *Marina*. Ich erschrak. Konnte er meine Gedanken lesen? Die zauberhafte kleine Ballerina summte mit. Wunderbares Mädchen, bald sind wir ein Pärchen. Wenn er meine Gedanken lesen konnte, wusste er, dass ich gleich eine Erektion bekäme. Um Gottes willen. Blut schoss mir ins Gesicht.

»Das kenne ich«, murmelte ich mit trockenem Mund und griff zum Senfglas mit Wasser und Wein.

»Canzoncina italiana«, sagte er.

»Das gibt es auch auf Deutsch.«

»So ist es aber schöner«, sagte Clarissa.

So. Re. Clarissa, Clarissa, Clarissa, du bist ja die Schönste der Welt. A memoria. Komm lass mich nie alleine, o nononono no. So. Re. A memoria.

◇

Aus dem Wohnzimmer drangen Gelächter und Geplauder meiner Eltern und ihrer Gäste. Der Halstuchmörder musste inzwischen entlarvt und verhaftet worden sein, aber er interessierte mich nicht. Ich lag im Bett und drückte mir die Finger der linken Hand aufs rechte Handgelenk, als sei es ein Gitarrenhals, So und Re, Re und So, a memoria, spürte Clarissas Berührung und den Duft ihres Atems an meinem Ohr. Und wie ich fragte, Liebling, willst du mein sein? Gab sie mir einen Kuss und das hieß: Ja! Dies Ja hallte nach wie das lang ausgehaltene A des Lieds, das sie für mich gesungen hatte, wie das A in memoria. Das kannte ich aus dem Lateinunterricht. Memoria, ja, Gedächtnis. Oder Erinnerung.

Beim Aufwachen fiel mein Blick auf die Gitarre. Mit schlankem Hals und üppigen Rundungen lag sie neben meinem Bett wie eine Geliebte. Ich stand auf, strich über ihren glatten Körper, drückte meine Lippen auf die Stelle ihres Halses, die Clarissa berührt hatte, und bettete sie auf mein Kissen. Unter dem Kissen lag das Taschentuch mit den über Nacht getrockneten Spuren meiner Sehnsucht. Ich versteckte es vor meiner Mutter zwischen verschwitzten Sportsachen im Wäschebeutel. Ich nahm die

Agfa Clack vom Garderobenhaken und richtete sie auf die Gitarre.

Klack!

◇

Im Raucherwinkel des Schulhofs war der Halstuchmörder Tagesgespräch. Zur allgemeinen Verblüffung handelte es sich um den Maler Hopedean alias Dieter Borsche. Mit dem hatte niemand gerechnet – niemand außer Rudi. Der behauptete nämlich, schon vorgestern sei in einer Berliner Zeitung eine Annonce erschienen, gezeichnet von einem angeblichen Genossen Münchhausen, die den Täter verraten hätte.

»Seit wann liest du denn Berliner Zeitungen, du Angeber?«, fragte Peter ungläubig. »Und wieso hast du das gestern Abend noch nicht gewusst?«

»Wollte euch den Spaß nicht verderben«, sagte Rudi generös. »Außerdem steht's heute auch in der BILD.«

»Heute ist aber zu spät«, sagte Detlef.

Peter sah mich an. »Warum bist du eigentlich gestern Abend nicht zu uns gekommen?«

»Ich hab's mir mit meinen Eltern angeschaut«, log ich. »War erst spät zu Hause und hätte sonst den Anfang verpasst.«

»Spät zu Hause, ach ja? Wisst ihr, warum Markus erst so spät zu Hause war?« Detlef blickte triumphierend in die Runde. »Weil er der kleinen Spaghettifresserin nachläuft.«

Mir blieb die Luft weg. Die anderen grinsten.

»Halt die Fresse, du Arschgeige«, fauchte ich ihn an.

»Wieso? Stimmt doch, oder nicht?«, höhnte Detlef. »Als mein Vater neulich das Schuhgeschäft abgeschlossen hat, hat er dich gesehen. Du bist mit den Spaghettifressern aus dem Laden gekommen und mit ihnen weggegangen.«

»Du hältst jetzt das Maul. Und wenn du noch einmal Spaghettifresser sagst –«

»Spaghettifresser! Markus fickt Spaghetti –«

Ich drückte ihm die noch glühende Kippe meiner Ernte 23 gegen die Stirn und stieß ihn mit der anderen Hand vor die Brust, dass er zurücktaumelte. Er senkte den Kopf und rammte ihn mir wie ein Stier in den Brustkorb. Wir gingen zu Boden. Er riss an meinen Haaren, ich knallte ihm das angewinkelte Knie in die Eier, er würgte mich am Hals, ich drehte ihm die Ohren um, er kratzte mich im Gesicht, ich schlug ihm die Faust in die Magengrube, und um uns herum hatte sich innerhalb von Sekunden ein johlender Kreis gebildet, der plötzlich verstummte.

»Was ist denn hier los?«, donnerte Dr. Schwein. »Sofort aufhören!«

Wir ließen voneinander ab und rappelten uns hoch.

»Name, Klasse, Klassenlehrer!«, herrschte Dr. Schwein uns an, obwohl er unsere Namen kannte, weil er selbst unser Klassenlehrer war. Aber Name, Klasse, Klassenlehrer war bei ihm ein bedingter Reflex. Vermutlich hatte er im Krieg so ähnlich gebrüllt. Name, Dienstgrad, Vorgesetzter! Wenn Dr. Schwein nach Name, Klasse, Klassenlehrer fragte, folgte unweigerlich ein schriftlicher Tadel im Klassenbuch.

»Wer hat angefangen?«, fragte er.

»Der da.« Detlef zeigte auf mich und rieb sich die Brandwunde an der Stirn.

»Der da.« Ich zeigte auf Detlef und wischte mir das Blut von der geschwollenen Oberlippe.

»Umso besser«, sagte Dr. Schwein süffisant.

◇

Wir bekamen beide einen Eintrag ins Klassenbuch und eine schriftliche Benachrichtigung ans Elternhaus, dass wir uns a) geprügelt und b) auf dem Schulgelände geraucht hätten.

»Und warum hast du dich mit Detlef Harms geprügelt?«, erkundigte sich meine Mutter. »Das ist doch ein Freund von dir.«

»Er hat mich beleidigt.«

»Wie denn?«

»Sag ich nicht.«

Was sollte ich auch sagen? Dass ich mich für die Ehre Clarissa Tinottis geschlagen hatte wie ein wahrer Kavalier? Für sie gekämpft wie Chico Buchholz um seine Petra? Um sie gerungen wie Fanfan, der Husar, um seine »entzückend zigeunerhafte« (O-Ton Oma) Adeline?

Mein Vater verkniff sich ein Lächeln. »Lass gut sein. So sind Jungs nun mal.« Und was Beleidigungen unter Männern angehe, müsse er ja nur daran denken, wie er damals an der Ostfront von einem gewissen Oberst zusammengeschissen worden sei, während schon die T-34 vorrückten und die Stalinorgeln pfiffen. Am schlimmsten beleidigt habe aber ihn und die ganze Wehrmacht General Paulus, ein Drecksack, dem nicht in den Arsch getreten zu haben er sich bis heute nicht verzeihen könne. Erst habe der Stalingrad versaut, sei dann zu den Kommunisten übergelaufen und und und –

◈

Während der nächsten Tage ließ ich mich lieber nicht in Tinottis Laden blicken, übte aber hingebungsvoll Re und So. Meine Mutter pflegte mein blaues Auge und die geschwollene Lippe mit Eisbeuteln, und mein Vater schrieb einen Entschuldigungszettel, dass ich wegen einer Sportverletzung dem Unterricht drei Tage fernbleiben müsse. Wie ich später erfuhr, hatten auch Detlefs Eltern entsprechende Einsicht gezeigt. Es herrschte Waffenstillstand, aber kein Friedensvertrag, und unsere Eltern agierten als Schutzmächte.

11

Karneval 1962

Fotos sind Dokumente des Tatsächlichen, die Erinnerungen auslösen. Diese mischen sich dann in die Fotos ein, reichern sie an und lassen wie unsichtbare Fingerabdrücke der Vergangenheit noch nachträglich Nuancen und Details herauslesen, die auf den Bildern gar nicht zu sehen sind, Details, die sonst längst vergessen wären – zum Beispiel, dass die Weinflasche, die das Foto zeigt, in einer Plastiktüte von C&A versteckt war. Dass die Flasche aus dem Keller stammt, in dem auch der Eichhörnchenvorrat eingelagert ist. Dass Hanna mit ihrem Zorro in den Keller gestiegen ist, als sie vom Barfuß-Ball nach Hause kamen. Und ab ins Juchhe.

Klack!

Diese Weinflasche auf dem Mülleimer erinnert auch an den Karnevalsschlager, der für den 30. Mai den Weltuntergang vorhersagte, an die Schunkelgemütlichkeit, die nicht nur zum Karneval in Köln, Düsseldorf oder Mainz herrschte, sondern das ganze Land erfasst hatte, an die von halbtrockenen Weinen und Eierlikör besoffene Wirtschaftswunderseligkeit, die nichts als die dümmlich grinsende Karnevalsmaske war, hinter der sich das Ende der Welt verbarg, der Veitstanz auf dem atomaren Vulkan.

◊ ◊ ◊

Karneval galt bei uns Norddeutschen als rheinische Kuriosität, eine bemitleidenswerte Albernheit, die mit einer Mischung aus Achselzucken, Befremden und nachsichtigem Unverständnis zur Kenntnis genommen wurde. Der Frohsinnsausnahmezustand schien dennoch eine gewisse, bis zu uns reichende Ausstrahlungskraft zu besitzen, häuften sich in den Tagen vor Rosenmontag doch diverse Bälle und Feste. Meine Eltern gingen wie in jedem Jahr auf den Ball der Industrie- und Handelskammer sowie eine Woche später auf den Apothekerball.

Am selben Abend organisierte der Sportverein, in dessen B-Jugend ich kickte, stets eine große Tanzveranstaltung, den Barfuß-Ball. Er fand in der vereinseigenen Turnhalle statt. Der Fußboden, der früher wie in einer Reithalle aus einer Mischung aus Sand und Sägemehl bestanden hatte, war erst kürzlich durch Parkett ersetzt worden, und um das teure Holz zu schonen, mussten alle Teilnehmer ihre Schuhe an der Garderobe abgeben und bekamen im Gegenzug je ein Paar grau melierte Wollsocken. Kostümierungen waren willkommen, aber selten. Manche riskierten einen Frack aus der Mottenkiste oder ein quer gestreiftes Seemannshemd, andere leisteten sich eine rote Pappnase, aber die meisten kamen sich in ihren Socken närrisch genug vor. Wer sich dem Frohsinn noch hemmungsloser hingeben wollte, nahm den Namen ernst, verschmähte die Socken und lief barfuß. Es gab keine offizielle Altersbeschränkung, aber eine unausgesprochene Übereinkunft, dass Jugendliche unter 16 Jahren nur Zutritt hatten, wenn sie bereits die Tanzschule absolviert hatten und ihre Eltern zustimmten.

Meine Eltern stimmten zu, nachdem ich hoch und heilig versprechen musste, spätestens um elf Uhr wieder zu Hause zu sein. Da sie auf den Apothekerball gingen, konnten sie meine Rückkehr nicht selbst kontrollieren, aber ich sollte pünktlich Meldung bei Oma erstatten, die sich in unserer Wohnung die Prunksitzung des Kölner Karnevals im Fernsehen anschauen wollte.

Hanna fand das unerhört. »Als ich so alt war wie Markus, musste ich schon um zehn zu Hause sein«, maulte sie. »Wenn ich überhaupt weg durfte.«

»Du bist ja auch ein Mädchen«, sagte mein Vater.

Darauf wusste Hanna keine Antwort, biss sich nur wütend auf die Unterlippe und flüsterte mir zu: »Aber bleib mir bloß vom Leibe.«

»Das sowieso«, grinste ich. »Du mir auch.«

◇

Sosehr ich dem Ball entgegenfieberte, so betrübt war ich, ohne Clarissa gehen zu müssen. Nach meiner dritten oder vierten Gitarrenstunde, in der ich mich an C-Dur, G-7 und F-Dur versucht hatte, ergab sich eine Situation, in der ich für einige Minuten mit ihr allein in der Küche saß. Wir sahen uns fragend an, wandten dann aber beide den Blick schnell wieder ab, als hätten wir uns gegenseitig bei etwas Verbotenem ertappt. Sie stand auf, ging an die Spüle und hielt Gläser unter den Wasserhahn, obwohl die Gläser bereits abgespült waren.

Zitternd vor Aufregung zupfte ich an den Strohblumen auf dem Tisch herum, wusste genau, *was* ich sie fragen wollte, wusste aber nicht, *wie* ich sie fragen sollte, nahm meinen Mut zusammen und holte tief Luft. »Willst du mit mir auf den Barfuß-Ball gehen?« Die Worte fielen wie Kieselsteine auf den Tisch.

Sie gab erst keine Antwort, drehte sich auch nicht zu mir um, wischte das Glas in ihrer Hand mit einem Tuch aus. »Barfuß-Ball?«, sagte sie schließlich. »Was ist das?«

Ich erklärte es ihr hastig. Dabei nickte sie vor sich hin,

als wollte sie zustimmen, flüsterte dann aber: »Das erlaubt mein Vater nicht.«

Und wie zur Bekräftigung ihrer Worte erschien einen Moment später, während ich noch nach einer Antwort suchte, nach einem Widerspruch, Herr Tinotti wie ein leibhaftiges Nein in der Küche. Abgewiesen, niedergeschlagen, vernichtet klemmte ich mir die Gitarre unter den Arm und zog Leine.

◈

Um mein Elend vollkommen zu machen, erspähte mich meine Mutter durchs Küchenfenster, als ich aus dem Schandfleck schlich. Was um alles in der Welt ich dort zu suchen hätte? Gitarrenunterricht? Bei diesen Leuten? Das sei ja wohl die Höhe! Von Gesindel wolle sie zwar nicht reden, aber in der Nachbarschaft werde schon so allerlei gemunkelt. Ob ich etwa diesem Flittchen auf den Leim gegangen sei? Gitarrenunterricht? Mit der? Bei denen? So weit komme das noch. Gegen Gitarrenunterricht sei im Prinzip nichts einzuwenden, trotz Omas schwerer Bedenken. Aber dann bitte, wie es sich gehöre, in der Jugendmusikschule, Gruppenunterricht mit ordentlicher Anmeldung. »Nach drüben«, sie deutete über den Zaun, »gehst du mir nie wieder. Hast du mich verstanden?«

Ich hasste meine Mutter. Ich hasste meinen Vater. Ich hasste Oma. Hanna hasste ich sowieso, weil sie meine große Schwester war und Dinge durfte, die mir verboten waren. Um die Welt meinen Hass spüren zu lassen, verzog ich mich ohne Abendessen auf mein Zimmer, griff zur Gitarre, spielte die drei Akkorde von *Marina* und heulte dazu so laut es ging »O nononono no, o nononono no!«. Jugendmusikschule war ja wohl das Allerletzte! Warum nicht gleich Blockflöte, Triangel oder Kirchenchor? »O nononono no!«

Als sich niemand beschwerte, nicht einmal Oma von unten ans Heizungsrohr klopfte, grübelte ich darüber nach, wie ich meine grausame, spießige Sippe bestrafen konnte. Auswandern? Zu Onkel Fritz nach Mallorca fliehen? Der würde mich natürlich verstehen, aber wohl auch umgehend wieder nach Hause schicken. Behalten würden mich aber vielleicht Tante Grete und Onkel Ernst in Rostock, und meine Eltern wären fassungslos, dass ich zu den Kommunisten übergelaufen wäre. Aber in der Zone verkümmern und auf Weihnachtspakete von zu Hause warten? Kam nicht infrage.

Was also blieb mir noch? Selbstmord? Jawohl. Selbstmord! Erst dann würden sie merken, was sie an mir gehabt hatten. Sie würden heulen und jammern und ihre Worte bereuen, sie würden sich wünschen, dass Clarissa und ich zusammen glücklich geworden wären – aber dann wäre es zu spät, weil ich dann tot sein würde. Wie ließ sich das anstellen? Am Dachbalken neben dem Juchhe erhängen? Erhängen tat wahrscheinlich ziemlich weh und würde eine Weile dauern. Sich auf Bahngleise legen und von der rauchenden, fauchenden Lokomotive überrollen lassen? Dann war man wahrscheinlich Matsch und würde vielleicht gar nicht mehr identifizierbar sein. Mir am Stacheldraht des Grenzzauns zum Schandfleck die Haut ritzen, Dreck in die Wunde reiben und dann als ein Mauertoter der Liebe an Blutvergiftung verrecken? Oder Hungerstreik? Langsam, vor aller Augen, immer weniger werden und elendig dahinsiechen? Keine leichte Entscheidung. Zu bedenken war auch, dass ich als Toter gar nicht mehr die Genugtuung über den Schmerz, die bittere Reue und das schlechte Gewissen meiner Familie auskosten konnte und somit mein Selbstmord seinen Sinn verfehlen würde. Als Toter musste ja auch meine Liebe zu Clarissa unerfüllt bleiben, noch unerfüllter, als sie es bereits war. Vielleicht war es besser, einstweilen auf Selbstmord zu verzichten. Vielleicht würden ja auch morgen oder übermorgen die Atombomben fallen, und dann wäre sowieso alles egal. Nur noch Kakerlaken und Silberfischchen.

Clarissas Worte drehten sich in meinem Kopf, aber je länger sie sich drehten, desto freundlicher wollten sie mir vorkommen. »Das erlaubt mein Vater nicht« war ja etwas ganz anderes als ein schlichtes »Nein« oder »Will ich nicht« oder »Hab keine Lust«. »Das erlaubt mein Vater nicht« konnte im Grunde nur heißen: »Ja, mein Geliebter, wie gern würde ich mit dir kommen, wenn ich nur dürfte.« Oder schob sie ihren Vater vor, um mir einen Korb geben zu können? Raffiniertes Flittchen!

So konnte es auch nicht mehr weitergehen, weil ich ihr nicht näherkam, keinen Millimeter. Ein paarmal schüchtern berührt, ha, aber noch kein einziger Kuss. Da hatte ich in der Tanzstunde schon größere Erfolge, engere Umarmungen, geradezu intime Erfahrungen gesammelt, und von den Mädchen aus der Tanzstunde würden einige garantiert auf dem Barfuß-Ball erscheinen. Wieso verschwendete ich meine Zeit mit Clarissa? Mädchen gab es genug. Sie warteten nur auf mich.

◇

Aber ach, sie warteten nicht. Auf dem Barfuß-Ball musste ich verbittert feststellen, dass meine Tanzstundendamen von deutlich älteren Herren umschwärmt wurden, von A-Jugendlichen und Abiturienten. Meine Abtanzdame Isabelle ignorierte mich blasiert und gezielt, die drahtige Doris gab mir einen Korb, als ich sie zum Foxtrott aufforderte, und Brillenschlangen und Mauerblümchen wie die dicke Ulla waren unter meinem Niveau. Mädchen, die jünger als ich waren und zu mir hätten aufblicken können, gab es nicht.

Ich stand mit einer Sinalco in der Hand am Rand der Tanzfläche, nuckelte am Strohhalm und hörte missgelaunt der Kapelle zu. Fünf ältere Herren in weinroten Samtanzügen mit Rüschenhemden und reichlich Pomade in den Halbglatzen spulten routiniert ein Repertoire aus abgestandenen Schlagern wie *Tanze mit mir in den Morgen, tanze mit mir in das Glück* und öder Tanzmusik à la *Elisabethserenade* herunter. Kein Elvis, kein Del Shannon, kein Chuck Berry, kein Buddy Holly, nicht einmal Peter Kraus oder Ted Herold, und trotzdem wurde getanzt, dass die Socken qualmten.

Als die Combo *Am Sonntag will mein Süßer mit mir segeln gehen* anstimmte, sah ich mitten im Getümmel Hanna. Sie tanzte mit Zorro – schwarze Hose, schwarzes Hemd, schwarze Augenmaske, aber der akkurate Bartstreifen um sein Kinn verriet mir, dass Zorro in Wirklichkeit Monsieur Lemartin aus Straßburg beziehungsweise aus dem Juchhe war. Na sieh mal einer an! War das etwa bloß Nachbarschaftspflege, bloß platonische, deutsch-französische Freundschaft? Hannas Boyfriend Dieter Bernholz war nirgends zu sehen, und der französische Schulemissär schäkerte mit Hanna so hemmungslos herum, als sei sie inzwischen seine Flamme. Und Hanna schien sich köstlich zu amüsieren. Zu blöd, dass ich meinen Fotoapparat nicht dabeihatte.

Bevor ich noch länger darüber nachdenken konnte, sah ich plötzlich – aber das war doch unmöglich! – einen im Cha-Cha-Cha-Rhythmus auf und ab wippenden schwarzen Zopf, an dessen Ende eine rote Schleife baumelte. Clarissa? Tanzende Paare versperrten mir die Sicht.

Ich stieg auf einen der an der Hallenwand aufgereihten Turnkästen, ließ den Blick übers Gewoge der Tanzfläche schweifen, suchte mit pochendem Herzen nach einem schwarzen Zopf mit roter Schleife und allem, was dazugehören musste. Clarissa! Kein Zweifel! Schwarzes, kurzärmeliges, hochgeschlossenes Kleid mit bravem weißem Kragen. Clarissa! Wie war das möglich? Tanzte Cha-Cha-Cha mit einem Kerl, den ich nicht kannte und der mindestens drei Jahre älter war als ich. »Das erlaubt mein Vater nicht« war also eine Ausrede gewesen, eine miese kleine Lüge, um mich abzuwimmeln.

Auf dem Turnkasten überkam mich plötzlich Schwindelgefühl, als stünde ich auf einem Kirchturm. Eine unsichtbare Kraft zog mich abwärts. Ich stürzte, raste dem Boden entgegen, würde zerschmettert liegen bleiben, öffnete die Augen, stieg vom Kasten und setzte mich darauf. Was für ein Luder! Erbärmliches Flittchen! Hatte ich mich nicht für sie mit Detlef Harms blutig geprügelt? Hatte ich aus Liebe zu ihr nicht stundenlang alte Farbe von den Wänden gekratzt? Mir mit Do, Re, Mi die Finger verrenkt? Hatte ich wegen ihr nicht dem Selbstmord ins Auge geschaut? Dem Atomkrieg gar? Und sie? Tanzte Cha-Cha-Cha mit so einem Lackaffen. Vermutlich hatte der schon ein eigenes Auto, einen Messerschmidt Kabinenroller, in dem man sich hauteng aneinanderpressen musste, wenn man zu zweit einstieg. Vielleicht war das ein Student mit eigener, sturmfreier Bude in einem Souterrain oder Juchhe und einem Päckchen Fromms im Jackett. Und Clarissa hatte unter ihrem kleinen Schwarzen bestimmt den roten Schlüpfer an.

»Was hockst du denn hier so kümmerlich rum?« Jemand trat mir mit besocktem Fuß aufmunternd ans Schienbein. Ich sah auf. Rudi Wiechers. »Bist du etwa besoffen?«

Jetzt galt es, Haltung zu bewahren. »Schön wär's«, sagte ich betont lässig. »Bier gibt's aber erst ab sechzehn.«

»Ach was«, sagte er und hob die Bierflasche in seiner Hand. »An der Bar im Geräteraum steht Helmut von den Handballern. Unter Sportsfreunden fragt doch kein Mensch nach deinem Alter.«

Handballer Helmut hatte offenbar schon selbst einige Bierchen intus und schob ohne Ansehen von Person oder Alter lauwarme Pilsflaschen über den als Tresen dienenden Sprungtisch. Rudi bot mir eine Peer Export an. Ich sah mich um, ob wir von irgendwelchen sogenannten Erziehungsberechtigten beobachtet wurden.

»Scheißegal«, sagte Rudi, »hier raucht doch jeder.«

Das lauwarme Bier und die hastig gepaffte Zigarette stiegen mir schnell zu Kopf, leichter Schwindel wurde von Leichtigkeit, wenn nicht gar Schwerelosigkeit abgelöst. Bei der zweiten Flasche schäumte Bedenkenlosigkeit auf. Um Clarissa zu erobern, würde ich jetzt einfach auf die Tanzfläche marschieren, würde Clarissa meinem Nebenbuhler entreißen in jenem Handstreich, den ich in der Tanzschule als Abklatschen gelernt hatte: Vor dem Herrn, den man aus dem Feld schlagen wollte, baute man sich einfach auf, klatschte in die Hände und griff sich die nunmehr freie Dame. Und falls sich dieser Lackaffe, der Clarissa bescherzte, durchs Händeklatschen nicht verscheuchen ließ, würde ich ihm eine Ohrfeige verpassen. So einfach war das.

So einfach wäre es vielleicht gewesen, hätte die Kapelle nicht in dem Moment, da ich mich besäuselt und bedenkenlos ans Parkett heranpirschte, eine Tanzpause verkündet. Die Paare zerstreuten sich und drängten zu den Bars und Büfetts an den Rändern und Seitentrakten der Turnhalle. Auf der Suche nach dem Traum meiner schlaflosen Nächte irrte ich durch die Menge und wurde schließlich im Flur, der zu den Umkleidekabinen führte, fündig. Clarissa saß, eine Flasche Bluna in der Hand, auf einer Bank und plauderte mit zwei Mädchen, die ich nicht kannte, Klassenkameradinnen wohl, aber ohne den Schnösel, mit dem sie getanzt hatte.

Mit dem Mut, den ich mir angetrunken hatte, baute ich mich vor dem Mädchentrio auf und verschränkte die Arme vor der Brust. »Ich dachte, das erlaubt dein Vater nicht.« Das sollte beiläufig und lässig klingen, troff aber nur weinerlich aus mir heraus.

Clarissa blickte auf, lächelte. »Da bist du ja«, sagte sie, als hätte sie auf mich gewartet, und tuschelte dann mit ihren Freundinnen, die kichernd abzogen. »Setz dich doch.« Sie deutete auf den freien Platz neben sich.

Ich hätte mich gern dicht an sie geschmiegt und ihr den Arm um die Schultern gelegt, setzte mich aber einen halben Meter von ihr entfernt, um kühle Distanz zu mimen. »Du hast zu mir gesagt, dein Vater erlaubt nicht –«

»Mein Vater«, unterbrach sie mich, »hätte es nie erlaubt, dass ich mit einem *Jungen* auf den Ball gehe. Und schon gar nicht mit *dir.* Aber mit meinen Freundinnen durfte ich.«

Der Bleiklumpen, zu dem mein Herz mutiert war, schmolz innerhalb von Sekunden und verwandelte sich in einen Atomblitz glühender Inbrunst. Ich rückte näher, roch Lavendelduft und fürchtete, eine Bierfahne auszudünsten.

»Wie meinst du das: schon gar nicht mit mir?«

Auf ihren Wangen erblühte es rötlich. Sie gab keine Antwort, wandte den Blick ab, zuckte mit den Schultern und sog in kleinen Schlucken Bluna durch den in Vereinsfarben blau-weiß geringelten Plastikstrohhalm.

Schon gar nicht mit *mir.* Clarissas Vater hatte mich also durchschaut, hatte *uns* durchschaut, wollte verhindern, dass ich, dass wir –

Eins, zwei, drei, eins, zwei, drei. Jetzt setzte die Kapelle wieder ein. Langsamer Walzer. In Walzer war ich gut.

»Wollen wir tanzen?«

Sie nickte stumm, stellte die Bluna unter die Bank und ließ es zu, dass ich ihre Hand in meine nahm und sie auf die Tanzfläche führte. Vor Erregung bebend, legte ich meine rechte Hand oberhalb ihres Hinterns in die Rückenmulde, während meine linke ihre rechte fand und ich mit weichen Knien versuchte, den Rhythmus zu halten, was mir nicht gelang, weil ich durch den Stoff ihres Kleids den Saum ihres Schlüpfers zu ertasten glaubte und vom süßesten, stärksten, geheimnisvollsten Gefühl, das ich je erlebt hatte, wie von einer Welle durchpulst wurde, einem Gefühl, das in seiner daunenweichen Zärtlichkeit nichts zu tun hatte mit den handfesten Phantasien, die ich unter der Bettdecke in meine Taschentücher verströmen ließ. In diesem Rausch verzweifelten, aussichtslosen Verlangens torkelte ich mehr, als zu tanzen, trampelte Clarissa steifbeinig auf die Füße und wusste nicht vor noch zurück, bis ich plötzlich spürte, dass meine zauberhafte kleine Ballerina die Führung übernahm und wir beide im selben Takt und Rhythmus schwebten.

»Du hast wohl schon Tanzstunden gehabt?« Ich brachte mein Gesicht dicht an ihre Wange.

Sie schüttelte den Kopf. Ihr Zopf schwang hin und her.

»Aber wie hast du Tanzen gelernt?«

Sie lächelte. »Wozu gelernt? Es geht doch einfach so.«

»Einfach so?«

»Wenn man mit dem Richtigen tanzt.«

Mit dem Richtigen! Das war also ich! Musste ich ihr nicht jetzt, in diesem Augenblick, sagen, dass ich sie liebte? Oder wusste sie das längst? Einfach so? Es ihr zu sagen, konnte nicht schaden. Aber wie? Einfach sagen: Clarissa, ich liebe dich? War das nicht allzu plump? Ich rang jetzt nicht mehr mit der Schrittfolge, sondern nach Worten, aber bevor sich Worte fanden, die der Unaussprechlichkeit meines Glücks gerecht geworden wären, endete der Walzer schon.

»Für unsere jungen Sportsfreunde«, rief der Sänger und Hammondorgelspieler ins Mikrofon, »riskieren wir jetzt mal etwas ganz Gewagtes. Die Älteren drücken ein Auge zu oder machen mit. Ist ja Karneval. Twist!«

Ich hätte die komplette Combo erwürgen können. Ausgerechnet Twist! Das bedeutete nämlich, dass Clarissa und ich uns nicht mehr selig in den Armen liegen durften, sondern uns voneinander lösen mussten, um albern mit den Hüften zu kreisen und in die Knie zu gehen. Warum kein Foxtrott oder Tango? Warum so etwas Pubertäres, Unreifes wie Twist? Aber die Kapelle machte ihre Drohung wahr.

Das ist der Popocatepetl-Twist,
bei dem Pepito alle Mädchen küsst
und seinen alten Muli ganz vergisst,
den alten Muli vor dem Tor.

Clarissa mit den Hüften wackeln und kreisen zu sehen, war zwar herrlich, aber ich wollte gar nicht Pepito sein und alle Mädchen küssen, sondern nur die Richtige, nur sie.

Das ist der Popocatepetl-Twist,
bei dem Pepito Hahn im Korbe ist,

wenn er den alten Muli auch vergisst,
der alte Muli hat Humor.

Clarissa lachte, drehte sich, schüttelte die Beine. Der Zopf mit der Schleife flog wie ein kleiner roter Vogel um ihre Schultern.

Ih, ih, ah! So schreit der Muli,
bleib noch da, so schreit der Muli,
ih, ih, ah! Ich hab ja so viel Zeit.

Der humorvolle Muli hatte die Zeit, die Clarissa nicht hatte, denn als wir uns außer Atem gegenüberstanden und ich nach ihrer Hand greifen wollte, weil jetzt ein Slowfox angestimmt wurde, schaute sie auf ihre Armbanduhr und zog die Stirn kraus. Auf ihrer Nase und Oberlippe glänzten ein paar Schweißtropfen wie Perlen.

»Mein Papa holt mich hier ab«, sagte sie. »Um zehn. Ich muss gehen.«

Ich hätte schreien mögen, schreien wie der Muli. Ih, ih, ah! Bleib noch da! Aber ich sagte nur: »Jetzt schon?« und griff nach ihrer Hand.

»Wenn ich nicht um zehn vorm Eingang bin, lässt mich Papa nie wieder auf so ein Fest. Manchmal ist er sehr streng.«

»Jetzt sofort?« Ich hatte Clarissa ja noch nicht einmal meine Liebe gestanden.

Sie nickte, löste sanft ihre Hand aus meiner und ging Richtung Damenumkleide, in der die Garderobe untergebracht war. Ich half ihr in den Mantel, wie ich es in der Tanzstunde gelernt hatte.

»Ich bring dich vor die Tür.«

»Lieber nicht«, sagte sie, sah mir in die Augen, hauchte

mir einen Kuss auf die Wange und lief, bevor ich etwas sagen konnte, durch den Flur zum Ausgang.

Ich stand da wie einbetoniert. Der Kuss war trocken und flüchtig, erschien mir aber wie ein Versprechen. Ich strich mit zwei Fingern über die Stelle, an der sie mich geküsst hatte, als könnte ich die Berührung ihrer Lippen von meiner Wange lösen und wie ein Souvenir nach Hause tragen.

Ich ging noch einmal in die Halle zurück und sah den Tänzern zu. Hanna lag schon wieder oder immer noch in den starken Armen Zorros, der sich aber inzwischen seine Gesichtsmaske auf die Stirn geschoben hatte und für alle Welt sichtbar Monsieur Lemartin aus Straßburg war, während der orgelnde Sänger ölte:

Schöner fremder Mann,
einmal kommt die Zeit,
und dann wird mein Traum
endlich Wirklichkeit,
schöner fremder Mann,
dann fängt für uns die Liebe an.

Weil das nicht von Connie Francis, sondern von einem Mann im roten Samtanzug gesungen wurde, klang es nicht nur kitschig, sondern irgendwie auch schwul, aber Hanna, die solchen Schnulzen angeblich längst zugunsten von Elvis und Buddy Holly entsagt hatte, zog ein derart verzücktes Gesicht, als hätte sie das Lied eigens für sich und ihren Zorro bestellt. Hatte sie ja vielleicht sogar?

Dann setzte ich mich noch auf ein Bier und eine Zigarette zu Rudi in den Geräteraum.

»Bist du etwa hinter der kleinen Spaghetti her?«

»Halt's Maul, sonst kriegst du was drauf.«

»War nicht so gemeint. Süße Krabbe irgendwie.«
»Mh –«
»Lässt sie dich ran?«
»Klar, was denkst du denn?«
»Schon mal flachgelegt?«
»Mh mh –«
»Was heißt mh mh?«
»Nix. Ich muss los. Elf Uhr Zapfenstreich.«
»Zapfenstreich ist gut«, grinste Rudi und rieb mit der um die Flasche geschlossenen Faust auf und ab.

◇

Oma schnarchte im Fernsehsessel vor sich hin, während auf dem Bildschirm eine Mädchenriege in komischen Uniformen zu Schunkelmusik über eine Bühne hüpfte. Auf einem Podium im Hintergrund saßen Männer, ebenfalls uniformiert und mit Kasperlekappen auf dem Kopf. Sie sahen nicht sonderlich amüsiert, sondern eher schläfrig, vielleicht auch nur angetrunken, den Mädchen zu, die ihre Beine in die Luft warfen, sodass man unter den kurzen Röckchen die Schlüpfer sehen konnte.

Ich tippte Oma auf die Schulter. Sie schreckte auf, blickte zum Fernseher und schüttelte den Kopf. »Was für ein Unfug«, murmelte sie, »und alles erwachsene Menschen. Man fasst es nicht.« Dann schaute sie auf die Uhr, kurz vor elf, und nickte anerkennend. »Na, du bist aber pünktlich.« Und damit rappelte sie sich aus dem Sessel hoch und ging nach unten in ihre Wohnung.

Vor den gelangweilten alten Männern standen jetzt zwei als drollige Vagabunden kostümierte Komiker auf der Bühne, die Witze erzählten. »Treffen sich Chruschtschow und Kennedy. Kennedy stellt sich vor: Gestatten, Kennedy. Sagt Chruschtschow: Nee, ich kenn di net.«

»Tätä! Tätää!! Tätäää!!!«, trompetete eine Blaskapelle. Vermutlich war das eine Aufforderung zum Lachen.

Ich ging aufs Klo und ließ Bier ab. Als ich zurückkam, schmissen die drallen Mädchen wieder ihre Beine in die Luft. Die Blaskapelle intonierte einen zackigen Marschrhythmus, und die beiden Witzbolde sangen dazu.

Wie schön ist doch das Leben
auf dieser bunten Welt.
Wir können einen heben,
sooft es uns gefällt.
Die lieben holden Frauen
vergessen wir ja nie,
wenn wir ins Glas 'reinschauen,
wir denken nur an sie.

Da war schon was dran. Auch ich dachte nur an sie. Zwar nicht an die, die da als Funkenmariechen zu Humba-Humba-Humba-Täterää auf der Bühne Faxen machten, obwohl die eine oder andere ganz ansehnlich war, sondern nur an die, deren biegsame Taille ich immer noch unter meiner Hand, deren flüchtigen Kuss ich immer noch auf meiner Wange zu spüren glaubte. Ich dachte mir das Gesicht eines der Tanzmädels weg, stellte mir vor, ihr unterm Röckchen schwarz-weiß blitzender Schlüpfer sei so rot wie der, den ich noch nie zu Gesicht bekommen hatte, und in diese Phantasie mischte sich die Geste, mit der Rudi über die Bierflasche gerubbelt hatte, sodass ich gar nicht anders konnte, als mir die Hose aufzuknöpfen und durch den Eingriff meiner Doppelripp-Unterhose von Schiesser –

Aber in diesem Augenblick setzte ein Refrain ein, den der ganze Saal mitgrölte und der meinen Zapfenstreich in eigener Sache so abrupt abblies, als hätte mir Clarissas Vater dabei auf die Finger geschaut.

Am dreißigsten Mai ist der Weltuntergang,
wir leben nicht mehr lang,
wir leben nicht mehr lang.
Am dreißigsten Mai ist der Weltuntergang,
wir leben nicht mehr lang,
wir leben nicht mehr lang.
Doch keiner weiß, in welchem Jahr,
und das ist wunderbar.

So albern das Lied sein mochte, jagte es mir doch mehr Angst ein als die apokalyptischen Andeutungen der Erwachsenen über mordbrennende Sowjets und den dräuenden Atomkrieg, der außer Kakerlaken und Silberfischchen auf dieser Welt nichts Lebendiges hinterlassen würde. Dass zwar das Datum, nicht aber das Jahr des Weltuntergangs bekannt sei, war wenig tröstlich. Der Mai war ja noch nicht gekommen. Ich zählte nach. Der Februar war zur Hälfte rum, noch zwei Wochen, zuzüglich je vier Wochen März, April und Mai, ergaben unterm Strich also nur 14 Wochen, um Clarissa – wie sagte man das? Flachzulegen? Zu erobern? Für mich zu gewinnen?

Ich schaltete den Fernseher aus, putzte mir die Zähne und wollte eben ins Bett gehen, als ich stolpernde Schritte auf der Treppe hörte. Offenbar kam Hanna beschwipst nach Hause. Aber dann hörte ich sie kichern und tuscheln und eine gedämpfte männliche Stimme. Zorro ohne Maske. Stille. Jetzt ließ sie sich von ihm garantiert abknutschen und begrapschen. Schöner fremder Mann. Erneutes Getuschel, Gekicher. Schritte treppab. Wieso treppab? Zorro hauste doch oben im Juchhe. Ich öffnete die Wohnungstür einen Spalt und konnte hören, dass sie nicht das Haus verließen, sondern in den Keller gingen, sich dort aber nicht lange aufhielten, sondern gleich wieder heraufkamen. Ich schloss die Tür, lauschte. Sie tappten an unserer Wohnung vorbei. Ich hörte die Stiege zum Juchhe knarren und die Tür quietschen. Stille. Ich hielt die Luft an. Tiefere Stille.

Ich wartete einige Minuten. Dann schlich ich ihnen nach, nahm dort, wo die Dielen knarrten, zwei Stufen auf einmal, erreichte lautlos das Juchhe und legte das Ohr an die Tür. Geraschel. Getuschel. Stille. Licht hatten sie nicht gemacht, es wäre sonst durch den unteren Türspalt gebrochen. Dennoch versuchte ich, durchs Schlüsselloch zu spähen. Dunkelheit. Geraschel. Mir stieg ein Kribbeln in die Nase. Gleich würde ich niesen müssen. Ich kniff mir mit Daumen und Zeigefinger die Nase zu, verließ meinen Horchposten und nieste erst, als ich zurück in unserer Wohnung war.

Im Bett versuchte ich mir vorzustellen, was sich jetzt im Juchhe abspielte, aber es gelang mir nicht, weil ich eifersüchtig auf Hanna und ihren schönen fremden Mann war. Sie nahmen sich einfach, was für Clarissa und mich unerreichbar blieb. Und der 30. Mai rückte unerbittlich näher, Sekunde für Sekunde, Minute für Minute. Das Licht der Straßenlaterne brach durch die Gardinen und fingerte goldgelb über meine Bettdecke. Ob Clarissa sich jetzt wohl auch schlaflos in ihrem Bett wälzte und vor Sehnsucht nach mir verging? Wie machten es eigentlich die Mädchen, wenn sie sich vom Überdruck befreien mussten und gerade keinen Mann zur Hand hatten? Wie in *Frauen und Mönche* mit Kerzen? Warum ausgerechnet am 30. Mai? Und hatte Herr Lemartin Fromms in der Tasche? Warum nicht am 29. Mai oder am 1. Oktober? Das leise Ticken meiner Armbanduhr. Und was hieß Fromms auf Französisch? Und warum waren sie vorhin erst in den Keller gegangen? Rätselhaft war das alles, aufregend und irgendwie auch beängstigend.

◇

Das Sonntagsmittagessen folgte der üblichen Zeremonie, diesmal mit Hackbraten und Leipziger Allerlei. Allerdings erklärte meine Mutter, dass der Hackbraten eigentlich kein Hackbraten sei, sondern Arabisches Reiterfleisch. Das hatte nämlich neulich der Fernsehkoch Clemens Wilmenrod erfunden, der auch schon den sensationellen Toast Hawaii kreiert hatte. Meine Mutter fand diesen merkwürdigen Mann »unglaublich charmant«, sah sich jede Sendung an und kochte nach, was Wilmenrod auf seinem stets prominent ins Bild gesetzten Infrarotgrill Heinzelkoch zusammenrührte. Mein Vater schüttelte den Kopf über dessen stereotypen Begrüßungssatz »Liebe Freunde in Lucullus«, nannte Wilmenrod einen albernen Schaumschläger und weigerte sich sogar, meiner Mutter zu Weihnachten einen Heinzelkoch zu schenken.

»Hackbraten bleibt Hackbraten«, sagte er, »und das ist auch gut so.«

Bevor es zu einer kulinarischen Verstimmung kommen konnte, erkundigten sich meine Eltern, die bis morgens um drei auf dem Apothekerball gefeiert und getanzt hatten, wie es Hanna und mir auf dem Barfuß-Ball gefallen hätte.

»War dufte«, sagte ich.

Hanna nickte nur.

»Herr Lemartin war auch da«, sagte ich betont beiläufig.

Hanna wurde schlüpferrot und warf mir einen misstrauischen Blick zu.

»Ach, wie nett«, sagte meine Mutter, »dem scheint es hier ja gut zu gefallen. Vielleicht sollten wir ihn mal zum Mittagessen einladen.«

Ich grinste Hanna an.

Sie schluckte Hackbraten, schien einen Moment nachzudenken. »Clarissa«, sagte sie dann spitz, »war übrigens auch da.«

»Wer ist denn Clarissa?«, fragte mein Vater.

»Die kleine Italienerin von nebenan«, sagte Hanna.

Jetzt wurde ich rot.

»Unerhört«, sagte Oma. »War sie denn wenigstens manierlich angezogen?«

»Pst«, sagte meine Mutter und deutete Richtung Radio. »Ist das nicht Mozart?«

Hanna sollte das Geschirr abtrocknen und ich den Abfall nach draußen tragen, aber Hanna sagte, das würde sie schon erledigen, und schnappte sich den Eimer. Merkwürdig. Normalerweise drückte sich Hanna vor dem Gang zur Mülltonne mit dem auch von meiner Mutter entschieden vertretenen Argument, Müll sei Männersache. Vom Küchenfenster beobachtete ich, wie Hanna mit spitzen Fingern die Mülltonne öffnete, erst eine Tüte hineinwarf und darüber dann den Abfalleimer entleerte. Was war in der Tüte? Unterwäsche? Benutzte Fromms?

Als mein Vater sein Verdauungsnickerchen absolvierte, meine Mutter sich über ihr Strickzeug beugte und Hanna sich auf ihr Zimmer verzogen hatte, schnappte ich mir die Agfa Clack und ging zur Mülltonne. Unter Kartoffel- und Eierschalen, Karottenstängeln, Kaffeefiltern und Bohnenhülsen lag die Plastiktüte mit der Aufschrift *Modehaus Brenninkmeyer C&A*. Das Kaufhaus war erst kürzlich in der Innenstadt eröffnet worden. Enorm war die Rolltreppe, auf der Rudi, Detlef und ich begeistert hoch- und runtergefahren waren wie auf einem kostenlosen Fahrgeschäft des Ostermarkts. In der Tüte lag eine leere Weinflasche. *Kröver Nacktarsch. Spritziger Riesling*. Jetzt wusste ich, warum Hanna mit ihrem schönen fremden Mann erst einmal in den Keller gestiegen war, bevor er sie im Juchhe flachgelegt hatte.

Ich stellte die Flasche auf die Mülltonne.

Klack!

Auf dem Etikett war ein Kellermeister zu sehen, der einen Jungen übers Knie legt und ihm den nackten Hintern versohlt. Auf dem rückseitigen Etikett gab es dazu eine ziemlich karnevalistische Bildlegende.

Was begeistert Alte loben,
Moselwein, das edle Nass,
wollt die Kröver-Jugend proben,
tief im Keller, Fass an Fass.
Der Küfer sah's mit Bangen
und wurde grob und barsch,
er haut den kleinen Rangen
den blanken nackten Arsch.

Dies spritzige Tröpfchen, dachte ich mir, dürfte Zorro erst so richtig auf Touren gebracht haben. Hannas nackten Arsch konnte ich mir aber nicht vorstellen.

12

Clarissa

Clarissa! Das einzige Foto von ihr. Clarissa mit ihrem Bruder Enzo. Sie hat sich ein Tuch um den Kopf gebunden und sieht aus wie eine Indianerin. Vielleicht ist das der Grund dafür, dass du dich *so* kaum an sie erinnern kannst. Das ist sie nur beinahe, nur so vage, wie du damals von ihr geträumt hast. In diesen Träumen war sie nicht real, wirkte erwachsener, ungenierter und fast ein wenig verrucht – was sie niemals war. Aber wer weiß, vielleicht ist sie später so geworden, wie deine Träume sie sich wünschten?

Wenn du dann erwacht bist, musste die Wirklichkeit erst wieder über das Beinahe des Traums geschoben werden, musstest du dir ihr wahres Aussehen zurechtrücken. Und vor diesem Foto musst du es in der Erinnerung wieder tun. Die Klarheit ihres Lächelns, die naive, zugleich mütterliche Haltung ihrer Hände auf Enzos Schultern, der Platz, den sie nach einigem Sträuben eingenommen hat, der leicht frühreife, selbstbewusste Gesichtsausdruck, aus dem nichts Kleinmädchenhaftes mehr spricht.

Klack!

All das hat dies Foto konserviert, und dennoch fehlt etwas, das zu beschreiben nicht möglich ist. Es fehlte nämlich schon damals. Aus Clarissas Gesicht, das siehst du erst jetzt, spricht Freundlichkeit und Zuneigung, aber keine Liebe. Sie hat dich wohl nur beinahe geliebt, und deshalb erkennst du sie auch nur beinahe wieder, weil du im Moment, als du den Auslöser gedrückt hast, fest davon überzeugt warst, von ihr so geliebt zu werden, wie du sie zu lieben glaubtest.

◇◇◇

Tante Agnes war gestorben, und zwar, wie der schwarz geränderte Trauerbrief informierte, plötzlich und unerwartet. Tante Agnes war Omas ältere Schwester, und als Oma die Nachricht erhielt, schüttelte sie ungläubig den Kopf, wischte sich eine Träne aus dem Augenwinkel, weil sich das wohl so gehörte, und sagte, das sei ja nicht zu fassen. Und was jetzt aus dem armen Rudolf werden solle? Der arme Rudolf war Tante Agnes' Mann, ein pensionierter Verwaltungsbeamter bei der Bahn, der im Ruf stand, pedantisch, linkisch und komplett lebensunpraktisch zu sein. Er kenne, sagte Oma, jeden Fahrplan auswendig, habe aber zwei linke Hände mit lauter Daumen dran und könne sich nicht einmal ein Ei kochen.

Weil Tante Agnes und der unbeholfene Onkel Rudolf in Kassel wohnten, mussten Oma und meine Eltern zur Beerdigung anreisen, im Hotel übernachten und am nächsten Abend zurückkehren. Hanna und ich wurden suspendiert. Schulpflicht war Schulpflicht. Leider. Andererseits würden wir zwei Tage und eine Nacht sturmfreie Bude haben. Hanna würde vermutlich liebevolles Asyl im Juchhe finden. Und mir würde auch schon etwas einfallen. Was, wusste ich noch nicht, aber sturmfrei war sturmfrei.

»Erbseneintopf mit Kochmettwürstchen für zwei Tage steht im Kühlschrank«, sagte meine Mutter. »Und dass ihr euch ja anständig benehmt.« Manchmal schien sie über telepathische Fähigkeiten zu verfügen.

Angesichts dessen, was auf uns zukommen sollte,

hatte das Wort »sturmfrei« allerdings einen ironischen, wenn nicht makaberen Beigeschmack. Schon seit Tagen herrschte nämlich Sauwetter. Regen- und Hagelschauer, böiger Nordwestwind. Im Radio wurde stündlich nach den Nachrichten vor der Gefahr einer Sturmflut für die gesamte Nordseeküste gewarnt.

»Sollten wir nicht lieber mit der Bahn fahren?«, meinte meine Mutter.

»Mit der Bahn?« Mein Vater winkte ab. »Weil Rudolf bei der Bahn war? Und Kassel liegt ja auch nicht grade an der Nordseeküste, oder?« Er schmunzelte überlegen. »Ich bin schon bei ganz anderen Wetterverhältnissen durchgekommen, wenn ihr wüsstet. Im Kübelwagen vor Kiew bei Eis und Schnee. Der Iwan schoss aus allen Rohren, Stalinorgeln, T-34, und mein Beifahrer hatte die Hosen gestrichen voll, aber der Kübelwagen, VW Typ 82, der Zossen hatte ja eigentlich nur 25 PS, lief allerdings zuverlässig wie ein, wie ein –«

»Ist ja schon gut«, sagte meine Mutter besänftigend.

»Wie ein Opel, meine ich«, murmelte mein Vater, obwohl ich mir sicher war, dass er das gar nicht meinte.

Und dann stiegen meine Eltern und Oma in unseren dunkelgrünen Opel Rekord P 2 1500, Dreiganggetriebe, Lenkradschaltung und halb automatische, fliehkraftgesteuerte Anfahrkupplung Saxomat, und rauschten mit 55 PS durch Regen und Sturm ab nach Kassel.

◇

Während Graupelschauer wie nasse Putzlappen an die Fensterscheiben klatschten, grübelte ich weitgehend verständnislos über geometrischen Eigenschaften des Graphen einer Funktion, Nullstellen, Hoch-, Tief-, Wendepunkte und Polstellen. Was sollte man sich eigentlich unter Verhalten im Unendlichen vorstellen? Die für den nächsten Tag drohende Mathearbeit würde wohl zu einem unendlichen Desaster werden. Hanna hätte mir helfen können – in Mathe war sie gut. Und obwohl ich sie ungern um Hilfe bat, weil sie dann immer ein unerträglich besserwisserisches, oberlehrerhaftes Gezicke an den Tag legte, zwang mich meine unendliche Ahnungslosigkeit dazu, demütig an ihre Tür zu klopfen. Keine Antwort. Ich drückte die Klinke nieder. Die Tür war abgeschlossen.

Ich lauschte. Durch Sturm und Regen hörte ich von unten aus Omas Wohnung Klaviergeklimper. Es klang ziemlich flott. Also spielte nicht Hanna, sondern ihr Zorro, dem es irgendwie gelungen war, sich bei Oma derart einzuschleimen, dass sie ihm erlaubt hatte, das Klavier zu benutzen. Und seitdem war auch in Hanna plötzlich und unerwartet das eingeschlafene Interesse am Klavier wieder erwacht. Wahrscheinlich saß sie jetzt neben ihm auf dem Hocker, vielleicht sogar auf seinem Schoß, und himmelte ihn an, während er aus einer Hand seine Jazzimprovisationen schüttelte – Play Bach nenne sich das, hatte Hanna wichtigtuerisch erklärt – und mit der anderen an Hanna herumfummelte. Für Jazz hatte sie sich vorher nicht die Bohne interessiert. Für Bach erst recht nicht. Neuerdings las sie auch Bücher mit so angeberischen Titeln wie *Der Mythos von Sisyphos* oder *Ist der Existenzialismus ein Humanismus?* und redete geschwollen daher, dass sie sich in die Welt geworfen fühle und ein Entwurf sei, der sich subjektiv lebe, anstatt nur ein Schaum zu sein oder eine Fäulnis oder ein Blumenkohl. Wie jeder Mensch sei auch sie ein Sein, das nicht das sei, was es sei, sondern das das sei, was es nicht sei. Oder so ähnlich. Zorro Lemartin hatte ihr nicht nur den Kopf verdreht, sondern sie offensichtlich auch um den

Verstand gebracht. Sie entwickelte sogar eine Vorliebe für schwarze Klamotten, als sei sie in Dauertrauer, aber natürlich nicht wegen Tante Agnes, sondern wegen ihres In-die-Welt-Geworfenseins. Das Geklimper verstummte. Oder wurde es vom Sturm, der die Jalousien klappern ließ, verschluckt?

Ich sah aus dem Fenster. Es schüttete jetzt wie aus Eimern. Der Nordwestwind drückte die kahlen Zweige des Birnbaums und der Kastanie in Richtung Schandfleck, als wollten Tentakel ekliger Riesenkraken die ganze Familie Tinotti umschlingen und erdrücken. Was Clarissa jetzt wohl machte und dachte? Einmal glaubte ich, hinter einem Fenster des Wintergartens ihr Gesicht zu sehen, das sehnsüchtig zu mir herüberblickte. Aber es waren wohl nur Schatten des schwarzen, über den Himmel jagenden Gewölks. Ein großer Ast des Birnbaums brach, fiel aber nicht zu Boden, sondern blieb an Borkenfasern hängen und torkelte im Wind wie eine außer Kontrolle geratene Schiffschaukel auf dem Ostermarkt. Herr Tinotti kam aus der Haustür. Er hatte einen wadenlangen Kleppermantel an, drückte sich den Hut tief in die Stirn und stapfte durch Sturm und Regen davon. Wo wollte der denn jetzt hin? In seiner halbfertigen Eisdiele nach dem Rechten schauen?

Zum Abendbrot erschien Hanna wieder auf der Bildfläche, pflichtgemäß sozusagen. Obwohl sie neulich davon gefaselt hatte, nicht als Frau zur Welt gekommen zu sein, sondern erst dazu gemacht zu werden, und dass es keine weibliche Essenz gebe, sondern nur das zur Immanenz verdammte andere Geschlecht, spielte sie sich in Abwesenheit unserer Eltern nur zu gern als Erziehungsberechtigte und Hausfrau auf und warf sich sogar in einen Haushaltskittel mit Schottenmuster, unter dem der schwarze Rollkragenpullover aus knitterarmem Dralon irgendwie deplatziert hervorlugte. Bei Schmelzkäseecken, Fleischsalat und Pfefferminztee erklärte sie mir, heute Abend ins Kino gehen zu wollen.

»*Meuterei auf der Bounty* mit Marlon Brando.«

»Nicht mit Monsieur Juchhe?«, sagte ich.

Sie glotzte mich giftig an. »Jean-Pierre, ich meine, Herr Lemartin und ich, also das ist, wie soll ich sagen, rein platonisch. Wir sind Seelenverwandte.«

»Seelenverwandte klingt nach Oma«, sagte ich.

»Das verstehst du noch nicht. Wir haben eben gemeinsame Interessen, Kunst, Philosophie, Jazz –«

»Das kann man hören.«

»Spionierst du mir etwa nach?«

Ich grinste mokant.

»Also jetzt pass mal auf«, sagte Hanna verschwörerisch, »du bist doch schon fast –, du bist doch schon erwachsen. Du kannst schweigen. Ich möchte, dass du alles für dich behältst, was da mit Jean, was zwischen Herrn Lemartin und mir – du weißt schon, was ich meine. Also kein Wort zu Mutti und Vati. Großes Ehrenwort?«

»Mal sehen«, sagte ich und meinte: Was kriege ich dafür?

Aber diesmal ließ Hanna nicht mit sich handeln. »Ehrenwort!«, verlangte sie und machte eine Kunstpause. »Oder –«

»Oder was?«

»Clarissa«, sagte Hanna. »Wenn das Mutti und Vati –«

Ich verschluckte mich am Fleischsalat, hustete.

»Trink einen Schluck Pfefferminztee«, sagte sie und klopfte mir zwischen die Schulterblätter. »Sind wir uns einig?«

»Erpressung«, keuchte ich.

Sie kicherte widerlich triumphierend und hängte den Haushaltskittel an den Haken. »Ich hab das Essen gemacht, also wäschst du ab«, sagte sie und verschwand im Badezimmer.

Aus dem Kofferradio auf der Fensterbank kam Das Echo des Tages – Kommentare und Meinungen zum Zeitgeschehen. Der Pressesprecher des Bundesverteidigungsministeriums widersprach der Ansicht vieler Militärs, sie vermöchten eine atomare Konfrontation zu steuern. Ein solcher Krieg sei vielmehr unkontrollierbar. Das schreckliche Bild vom Atomkrieg räume also der Abschreckung vom Krieg eine große Chance ein. Wenn ich es recht verstand, sollte das heißen, dass die Drohung mit Atombomben dem Frieden diente. Wie das? Fiele dann dank der Atombomben am 30. Mai der Weltuntergang aus? Im nächsten Beitrag ging es um den Arbeitskräftemangel in der sogenannten DDR, dem das Unrechtsregime mit sogenannten Hausfrauenbrigaden abhelfen wollte. Was die Sogenannten wohl dazu sagen würden, wenn man ihnen was vom zur Immanenz verdammten anderen Geschlecht erzählte? Zur Erholung gab es erst mal Pausenmusik. Mina sang:

Heißer Sand und ein verlorenes Land
und ein Leben in Gefahr.
Heißer Sand und die Erinnerung daran,
dass es einmal schöner war.
Schwarzer Tino, deine Nina
tanzt im Hafen mit den Boys,
nur die Wellen singen leise –

»Wir unterbrechen unsere Sendung für eine Unwetterwarnung des Deutschen Wetterdienstes. Im Gefolge des Orkans Vincinette ist bei Windgeschwindigkeiten bis Stärke 12 an der gesamten Nordseeküste mit einer schweren Sturmflut zu rechnen, die auch Teile des Hinterlands in Mitleidenschaft ziehen kann. Polizei und Feuerwehr raten der Bevölkerung, Häuser und Wohnungen nicht zu verlassen. Mitarbeiter des Technischen Hilfswerks haben –«

Es klingelte zweimal kurz wie ein verabredetes Signal an der Haustür. Hanna, schnieke rausgeputzt mit schwarzem Dralonrolli, dreiviertellanger, eng anliegender, am Saum geschlitzter schwarzer Caprihose, schwarzen Pumps und schwarzem Popelinemantel, eilte zur Tür.

»Bin schon da!«, tirilierte sie aufgekratzt, knallte die Tür hinter sich zu und war weg, bevor ich die Warnung an sie durchgeben konnte, Haus und Wohnung nicht zu verlassen.

Na schön. Würde sie eben klatschnass werden mit ihrem schwarzen Tino, dem existenzialistischen Pianisten. Oder vom Winde verweht. Ha! Nur die Wellen singen leise –

◇

Jetzt war ich allein, und da ich vorhin Herrn Tinotti hatte weggehen sehen, musste auch Clarissa allein zu Hause sein. Enzo, der Steppke, zählte nicht. Aus Wintergarten- und Küchenfenster des Schandflecks fielen Lichtbahnen ins Unwetter. Sie lockten mich wie sehnsüchtig ausgestreckte Arme. Komm zu mir, sagten sie, ich bin einsam heute Nacht. Und wenn Herr Tinotti inzwischen zurückgekommen wäre, würde ich einfach um eine weitere Gitarrenlektion bitten. Was aber, wenn er erst in einem Moment zurückkäme, in dem Clarissa und ich uns bereits eng umschlungen auf zerwühlten Laken unseres Liebeslagers wälzten? Das nannte man dann ja wohl *in flagranti*. Was bedeutete das eigentlich?

Der Kleine Brockhaus, Clubausgabe, gebunden in rotes Kunstleder mit Goldprägung, informierte mich, *in flagranti* sei eine aus dem Latein übernommene Redensart, die im Lateinunterricht bislang aber noch nicht vorgekommen war, eigentlich: *in flagrante delicto* = »in den Flammen des Verbrechens«, und bedeute »auf frischer Tat«. Das war ja enttäuschend harmlos. Erwartet hatte ich eher etwas Schweinisches à la »beim Geschlechtsakt ertappt«. Die Lichtfinger lockten. Ich musste es riskieren, jetzt oder nie. Wie sagte Rudi Wiechers immer so herrlich versaut? »Wer nicht wagt, der nicht gewinnt; wer nicht vögelt, kriegt kein Kind.«

Also zog ich meinen Anorak an und klemmte mir als In-flagranti-Alibi die Gitarre unter den Arm. Doch als ich gehen wollte, wurde unten die Haustür aufgeschlossen. Hanna und Lemartin, die erst vor 20 Minuten aufgebrochen waren, kamen zurück. Wieso denn das? War *Die Meuterei auf der Bounty* nur eine Finte, um sich heimlich ins Juchhe zu schleichen, um dort nicht in die Welt, sondern zu Play-Bach-Geklimper ins Bett geworfen zu sein als zur Immanenz verdammtes, anderes Geschlecht?

Es war viel profaner. Anders als in Minas Schmachtfetzen über heißen Sand sangen die Wellen in dieser Nacht gar nicht leise, sondern lauter und lauter. Und das Wasser stieg und stieg nicht nur an den Deichen, sondern wie im Wetterbericht vorhergesagt auch bei uns im Hinterland. Hanna und ihr französischer Beau, dem vom Sturm unterwegs auch der schwarze Regenschirm in Fetzen gerissen worden war, trotteten wie begossene Pudel in unsere Wohnung und zogen ihre triefenden Mäntel aus.

»Wir sind nicht mal bis ans Kanalufer gekommen«, japste Hanna schaudernd. »In der Brückenstraße steht das Wasser schon knöcheltief, und der Stadtwall sieht aus wie ein Fluss.«

»Als ob die Welt untergeht«, ergänzte Lemartin düster.

Du hast ja überhaupt keine Ahnung, du Schnösel, dachte ich, die Welt geht erst am 30. Mai unter.

»Ich koch uns jetzt erst mal einen heißen Tee«, sagte Hanna hausfraulich, schlüpfte aber nicht in den knitterarmen Dralonkittel.

Wir hockten uns um den Küchentisch und schlürften Onno-Behrens-Ostfriesengold. Lemartin zog ein Ledertäschchen mit Rauchutensilien aus dem Jackett und stopfte sich umständlich und penibel eine Pfeife. Hanna steckte sich eine Ernte 23 an, zögerte, zuckte mit der Schulter und hielt mir dann auch die Packung hin.

»Ausnahmsweise«, sagte sie gönnerhaft. »Aber nur weil Sturmflut ist.«

»Eine Katastrophe«, philosophierte Lemartin und stieß dabei blaue Schwaden aus. »Dergleichen wirft den Menschen zurück auf die nackte Existenz.«

Nackte Existenz, dachte ich. Das hättest du jetzt wohl gerne, was?

Hanna schaltete das Kofferradio ein. *Jana, schöne Mexicana* wurde bereits nach wenigen Takten unterbrochen. Katastrophenmeldung. Deiche brachen. Polder schwappten über. Flüsse, Bäche, Kanäle traten über die Ufer. Keller und Erdgeschosse liefen voll, mancherorts schon erste Stockwerke. Technisches Hilfswerk, Polizei, Feuerwehr waren im Dauereinsatz. In Hamburg rückte die Bundeswehr aus, vorerst aber nicht wegen des Dritten Weltkriegs, sondern um Leute zu retten, die auf Dächern saßen. Notruftelefonnummern wurden durchgegeben. Dann wieder Musik. *Ein Schiff wird kommen.* Das passte irgendwie. Sturm orgelte um die Hausecken, Graupel dengelte ein wüstes Schlagzeugsolo ans Küchenfenster, übertönte Caterina Valente.

»Da kann man es ja richtig mit der Angst bekommen«, sagte Hanna.

Lemartin lächelte souverän. »Hab keine Angst, Chérie, ich bin ja bei dir.«

Das klang nicht philosophisch, sondern wie eine Zeile aus einem schlechten Schlager. Um vor Lachen nicht loszuplatzen, biss ich mir auf die Unterlippe. Hab keine Angst, Chérie! Oh, là, là. Was für ein Süßholzraspler! So einen Kitsch hatte ich mir Clarissa gegenüber noch nie erlaubt und würde es auch nie tun. Wie mochte es ihr jetzt gehen? Im Schandfleck tropfte es garantiert überall durchs Pappdach. Ob sie auch Angst hatte? Solche Unwetter gab es in Italien doch gar nicht. Da schien immer die Sonne. Ob ihr Vater zurück war?

Im Wohnzimmer klingelte das Telefon. Hanna ging hin. Lemartin kratzte sich den messerscharfen Bartstreifen am Kinn, paffte Wölkchen in die Luft und sah mich nachdenklich an. Offenbar philosophierte er darüber, was er sagen sollte, um das peinliche Schweigen zu beenden. Ich überlegte auch. Vielleicht sollte ich ihn mal fragen, was Fromms auf Französisch hieß? Oder wie ihm unsere deutschen Fräuleins gefielen?

Aber da kam Hanna schon zurück.

»Papa hat angerufen. In Kassel regnet es auch. Sie haben aber in der Tagesschau gesehen, dass es hier oben bei uns ganz schlimm sein muss, und machen sich Sorgen.«

»Wir sitzen ja im Trockenen«, sagte ich.

Hanna nickte und grinste. »Sie machen sich auch keine Sorgen um uns, sondern um den Eichhörnchenvorrat. Papa wollte nur wissen, ob der Keller auch nicht unter Wasser steht.«

»Mal wieder typisch«, sagte ich.

Hanna und ich sahen uns einen Augenblick lang an und brachen dann in wieherndes Gelächter aus. So einverständig hatten wir schon seit Jahren nicht mehr gelacht, und ich hatte schon fast vergessen, wie nett meine große Schwester manchmal sein konnte.

»Was ist denn ein Eichhörnchenvorrat?«, erkundigte sich Lemartin, und wir erklärten ihm immer noch keckernd und kichernd, dass es sich dabei um die im Keller gehorteten, eisernen Rationen handelte, mit denen wir alle Atomschläge des kommenden Weltkriegs überstehen würden. »Denk daran, schaff Vorräte an.«

»Kurios«, sagte er, lachte aber nicht mit, »wirklich kurios.« Sein Gesicht verriet Verständnislosigkeit.

Dann verabschiedete er sich, gab Hanna ein züchtiges Wangenküsschen und verzog sich ins Juchhe. Hanna näher zu treten, während ihr kleiner Bruder dabei war, überstieg offenbar seine Schwerenöterqualitäten. Vielleicht würde sie sich zu ihm nach oben stehlen und ein bisschen philosophieren, sobald ich eingeschlafen sein würde?

Fünf Minuten später stand Lemartin wieder vor unserer Tür. Im Juchhe leckte es durchs Dach, und zwar ausgerechnet über seinem Bett. Decken, Laken, Kissen, alles klatschnass. Wir quartierten ihn auf der Wohnzimmercouch ein und gingen dann zu Bett. Bis ich einschlief, hörte ich zwischen Wohnzimmer und Hannas Zimmer keinerlei Schleichverkehr. Hätte ich etwas gehört, wäre ich zwar eifersüchtig gewesen, weil ich nicht einfach mal eben so zu Clarissa rüberschleichen konnte, aber ich hätte es Hanna nicht übel genommen. Diesmal nicht. Nicht heute Abend, nicht in der Weltuntergangsnacht der großen Flut.

◇

Am nächsten Morgen war die Welt immer noch da, hatte sich aber erheblich verändert. Soweit ich es vom Fenster aus erkennen konnte, stand die Straße unter Wasser; sogar die Bürgersteige waren überflutet. Der Garten sah aus wie eine Sumpflandschaft. Es regnete immer noch, aber der Sturm hatte nachgelassen. Der Ast des Birnbaums, der gestern Abend an ein paar Fasern zwischen Himmel und Erde gebaumelt hatte, war in den Zaun gefallen. Im Zwielicht sah es aus, als hätte sich ein Mensch mit verrenkten Gliedern im Stacheldraht verfangen – ein Mauertoter, der mit den Füßen noch im Osten lag, mit den ausgestreckten Armen aber bereits den Westen berührte. Er hatte die Drahtreihen zu Boden gedrückt und zwei Zaunpfosten in Schieflage gebracht. Der Anblick war gruselig, und dennoch gefiel er mir. Ein Gottesurteil. Als könnte er Gedanken lesen, kam in diesem Moment Herr Tinotti aus dem Schandfleck und zerschnitt mit einer Drahtschere den Stacheldraht. Der Ast sank wie in Zeitlupe auf den sumpfigen Boden, und befreit von ihrer Last, richteten sich die Pfosten wieder ein Stück auf.

In der Küche klapperte Geschirr. Hanna, wieder ganz treu sorgende Hausfrau, machte Frühstück. Ihr Jean-Pierre saß am Tisch und sah wohlwollend zu. Im Radio lief der *Babysitter-Boogie* von Ralf Bendix mit Klein-Elisabeth, aber als gerade das drollige Geplärre von Klein-Elisabeth einsetzte, wurde ausgeblendet. Katastrophenmeldungen noch und nöcher. In Niedersachsen und Schleswig-Holstein waren Deiche gebrochen. Hamburg hatte es besonders übel erwischt, sogar von Toten war die Rede. Unter dem Kommando des Innensenators namens Schmidt waren allerdings Rettungskräfte im Dauereinsatz. Das war die erste gute Nachricht, und die zweite folgte sogleich: In sämtlichen von der Sturmflut betroffenen Gebieten fiel heute die Schule aus.

»Na, immerhin«, sagte Hanna. Immerhin sagte sie nicht immerhinque.

»Hast du eigentlich schon mal aus dem Fenster geguckt?«, fragte ich.

»Natürlich«, sagte Hanna. »Die Straße ist überschwemmt.«

»Dann«, sagte ich und strich mir Honig aufs Toastbrot, »wird unser Keller auch nicht mehr trocken sein.«

Daran hatte Hanna natürlich noch gar nicht gedacht. »Oh Gott, oh Gott!«, sagte sie.

Nach dem Frühstück schauten wir nach. Es sah schlimm aus, waren aber nur Kinkerlitzchen, wenn man an die Ertrunkenen dachte oder an die Leute, die unter dem Kommando von Herrn Schmidt mit Hubschraubern von ihren Dächern gehievt werden mussten. Das Wasser war durch die ebenerdigen Kellerfenster eingedrungen und stand gut zehn Zentimeter hoch auf dem Zementfußboden. Hätte Hanna noch ihre Caprihose mit halber Wadenfreiheit angehabt, wäre die nicht mal nass geworden.

»Was machen wir denn jetzt?«, sagte Hanna hilflos.

»Feuerwehr«, sagte ich, »die pumpen das aus.«

Das Telefon bei der Feuerwehr war dauernd besetzt. Machten die etwa während des Weltuntergangs erst mal Frühstück? Schließlich hob doch jemand ab. »Keller auspumpen? Mensch, Sie haben Nerven! Wissen Sie eigentlich, was hier los ist? Besteht unmittelbare Lebensgefahr? Nein? Dann gehen Sie ganz fix aus der Leitung, Mensch!«

Und einfach aufgelegt. Frechheit! Aber zumindest hatte er mich gesiezt.

»Dann müssen wir eben schöpfen«, sagte Hanna, plötzlich resolut geworden, und holte Putzeimer und Töpfe aus der Abstellkammer. »Und nimm deine Kamera mit wegen der Versicherung.«

Es war eine ziemlich sinnlose Aktion, weil das, was auf dem Fußboden stand, nicht mehr zu retten war, und das, was in den Regalen stand, gar nicht erst gerettet werden musste. Vom Eichhörnchenvorrat hatte es nur die Kartoffeln erwischt, einen Sack Mehl, eine Kiste mit Äpfeln und den kleinen Leinensack mit Sonnenblumenkernen, den mein Vater eigenhändig gebunkert hatte. Mit einer Handvoll Sonnenblumenkerne, hatte er uns zum x-ten Mal erklärt, wäre nämlich der genügsame Russe tage-, wenn nicht wochenlang ausgekommen, wovon wir uns mal eine gehörige Scheibe abschneiden könnten, wenn wir nicht so verwöhnt und verweichlicht wären wie, wie –

Dann hatte er den Faden verloren und den Sack dort abgestellt, wo wir jetzt mit den Eimern Wasser schöpften. Das heißt, Hanna schöpfte einen Eimer voll, reichte ihn dann an Lemartin weiter, der ihn durch die Waschküche trug und mir in die Hand drückte, und ich stieg die fünf Stufen der hinteren Kellertreppe hoch und kippte den Eimer im Garten aus, während Hanna bereits den nächsten Eimer füllte.

Und dann, beim dritten oder vierten Eimer, standen plötzlich Clarissa, Enzo und ihr Vater vor mir, hatten je einen Eimer in der Hand, Enzo einen kleinen roten Sandkasteneimer, und wollten uns helfen.

»Ist euer Keller denn gar nicht voll?«, fragte ich.

Clarissa lachte. »Genau so voll wie eurer. Aber in unserem Keller gibt es nichts, was man retten muss. Nur Müll von den Vormietern.«

»Ach, das ist doch nicht nötig«, sagte Hanna, »wir kommen schon zurecht.« Aber das sagte sie nur aus Höflichkeit, die Clarissa und ihren Vater auch gar nicht abschreckte.

Clarissa, die sich das schwarze Haar mit einem türkisgrünen Tuch hochgebunden hatte und damit wie Winnetous Schwester aussah, reihte sich zwischen mir und

Lemartin in die Kette ein, während Herr Tinotti gemeinsam mit Hanna schöpfte. Enzo machte sich mit seinem Eimerchen selbstständig und schien großen Spaß an der Sache zu haben. Wenn Clarissa die Eimer an mich weiterreichte, berührten sich manchmal unsere Hände, und das war so wunderbar, dass ich mir wünschte, immer mehr Wasser möge in den Keller nachlaufen, aber leider sank der Wasserspiegel dank unserer vereinten Kräfte zusehends. Nach einer Stunde war er so weit gesunken, dass man gar nicht mehr schöpfen musste, sondern das Wasser bereits mit Feudeln aufnehmen konnte.

Dann war es geschafft. Und wir auch. Erschöpft im wahrsten Wortsinn standen wir schwitzend vor den abgesoffenen Kartoffeln und Sonnenblumenkernen, den Regalen voller Dosen mit Linsen, Ravioli, Ölsardinen, Bohnen, Schmalzfleisch und Bundeswehrbrot, Zucker- und Nudelpaketen, Knäckebrotpackungen, Zwieback- und Milchpulvertüten, Schnellkaffee und Teebeuteln, Trinkwasserkanistern, Saftflaschen und den Einmachgläsern mit ihren roten Weckgummis voller Birnen, Stachel- und Johannisbeeren. Wir hatten die Sturmflut überstanden. Die Welt war nicht untergegangen. Und Proviant für den Dritten Weltkrieg hatten wir immer noch mehr als genug.

Hanna hielt ihr zerdrücktes Päckchen Ernte 23 in die Runde. Außer Clarissa griffen alle zu. Wir rauchten. Niemand sagte etwas. Was gab es auch groß zu sagen? Danke vielleicht, danke für die Hilfe? Die Situation kam uns allen wohl so selbstverständlich vor, dass keine Worte gemacht werden mussten. Mich ergriff, benebelt vom Zigarettendunst, ein erhebendes Völkerverständigungspathos. Wir gehörten alle zusammen, Deutsche, Franzosen, Italiener, womöglich sogar unsere Brüder und Schwestern drüben in der Zone, wir hielten zusammen, wenn es darauf ankam. Wir würden auch zusammenhalten, wenn die Sowjets einmarschierten. Und wenn die Bombe fiele, würden wir uns hier im Keller wieder zusammenfinden und gemeinsam den Eichhörnchenvorrat verzehren, bis die Luft wieder rein wäre.

Herr Tinotti verabschiedete sich. Er wollte nachschauen, ob es auch in seiner Eisdiele zu Sturmschäden gekommen war. In einem Monat sollte die Eröffnung sein, und dazu seien wir alle eingeladen. Wir bedankten uns für seine Hilfe, aber er winkte lächelnd ab. Hanna sagte, sie müsse jetzt erst einmal ein heißes Bad nehmen, und Lemartin wollte im Juchhe nach dem Rechten sehen.

»Du hast ja gar kein Foto gemacht«, sagte Hanna und zeigte auf die Kamera, die ich neben Konservendosen ins Regal gelegt hatte.

»Hab ich vergessen«, sagte ich. »War aber sowieso zu dunkel hier unten.«

»Schnurzpiepe«, meinte Hanna und verschwand mit Lemartin über die Kellertreppe nach oben.

Enzo zupfte mich am Ärmel. »Dann mach doch mal ein Foto von uns«, sagte er, »von Clarissa und mir.«

»Bloß nicht«, sagte Clarissa. »Ich sehe ja schrecklich aus.«

»Du bist doch wunderschön«, krakeelte Enzo, bevor ich etwas sagen konnte. Enzo hatte recht.

Und obwohl Clarissa sich noch etwas zierte, nahm ich ihre Hand und führte sie durch die Waschküche vor die Tür. Enzo, der immer noch sein rotes Eimerchen in der Hand hielt, stellte sich vor sie, und sie legte ihm die Hände auf die Schultern.

Ich ging die Stufen hoch und sah durch den Sucher. Enzo lachte. Clarissa lächelte.

Klack!

Es regnete nicht mehr.

13

Die Mauer

Da der Blick vom Küchenfenster nach unten auf die Mauer fällt, sieht sie gar nicht so hoch, nicht so kalt und gnadenlos absurd aus, wie sie tatsächlich war, wirkt aber düster, was wohl an der hereinbrechenden Abenddämmerung liegt. Oma und die drei Arbeiter, die Bierflaschen in den Händen halten und rauchen, schauen überrascht nach oben.

Klack!

Der schnauzbärtige Portugiese hat eine Schirmmütze auf, der Türke hat sich ein Taschentuch um den Kopf gebunden, das so hell wirkt wie Omas silbergraue Haare.

Beim Fotografieren nimmt man vorweg, an was man sich später erinnern will. Aber die Person, die man in zehn, zwanzig oder fünfzig Jahren sein wird, ist einem noch unbekannter als der Mensch, der man vor zehn, zwanzig oder fünfzig Jahren war. Das Gesicht, das einen heute aus dem Spiegel anschaut, lässt das von gestern bereits verschwimmen, zu schweigen von dem Gesicht, in das man vor Jahren schaute. Man fotografiert also für einen Fremden, einen Auftraggeber aus der Zukunft. Er hat zwar denselben Namen, den man immer noch trägt, hat wohl auch noch eine entfernte Ähnlichkeit mit dem, der man einmal war, aber man kennt seine Wünsche oder Interessen nicht. Vielleicht haben gute Fotografen ein Gespür dafür, an was sich Menschen später erinnern wollen.

Aber du warst kein guter Fotograf. Jedenfalls wolltest du keinen Eichhörnchenvorrat zukünftiger Erinnerungen anlegen. Hättest du die Kamera nicht auf dem Jahrmarkt gewonnen, hättest du vielleicht nie eine besessen. Und die meisten Fotos, die du damals gemacht hast, entstanden nur aus einer Art Pflichtgefühl des Besitzers: Wer einen Fotoapparat hat, muss auch Fotos machen. Interessant sind nur die, mit denen du etwas beweisen wolltest – Belege dafür, dass diese Geschichte aus der Dunkelkammer des Kalten Kriegs tatsächlich geschehen ist.

◇ ◇ ◇

Oma hielt das Buch mit spitzen Fingern, als könne sie sich daran die Hände schmutzig machen, ließ es zwischen Streuselkuchen und Kaffeekanne auf den Tisch fallen und schob es angewidert von sich weg.

»Das«, murmelte sie fassungslos, »ist ja die reinste Pornographie. Wie kommt das in meine Wohnung?«

Hanna wurde rot. »Oh, ach das«, stotterte sie, »ja, das muss ich wohl liegen gelassen haben.«

»Liegen gelassen? Auf meinem Klavier? Und ausgerechnet neben Eugens Foto? Der arme Eugen. Das ist – mir fehlen die Worte. Frevelhaft, jawohl. Und obszön.«

»Was ist es denn überhaupt?« Mein Vater griff nach dem Buch, rückte die Brille zurecht und sah sich stirnrunzelnd den Umschlag an. »*Die Blechtrommel.* Günter Grass. Nie gehört. Wer soll das sein?« Er zuckte mit den Schultern. »Und wieso Pornographie? Hast du es gelesen?«

»Ich lese keine Pornographie«, sagte Oma entrüstet. »Ich habe darin geblättert, und das hat mir gereicht. Man fasst es nicht.«

»Gib schon her«, sagte Hanna und nahm meinem Vater das Buch aus der Hand, bevor meine Mutter danach greifen konnte. »Und regt euch ab.«

Oma ließ aber nicht locker. »Ich dulde keine Pornographie. Nicht in diesem Haus, nicht unter meinem Dach.«

Nicht unter meinem Dach? Ich dachte an das, was unterm Dach im Juchhe vor sich gegangen war, *Kröver Nacktarsch,* Pariser Boheme und so weiter, und grinste. Hanna durchbohrte mich mit einem grünen Giftblick.

»Also, wie kommt dieser unsägliche Schmutz auf mein Klavier neben Eugens Bild?«, insistierte Oma.

»Herr Lemartin hat mir vorgestern, nachdem ihr zur Beerdigung gefahren seid, wieder eine Klavierstunde gegeben«, sagte Hanna kleinlaut. »Du hast doch ausdrücklich erlaubt, dass er –, dass wir das Klavier benutzen dürfen. Und dann habe ich das Buch da aus Versehen liegen lassen.«

»So kommt dann alles ans Licht«, sagte Oma fast triumphierend.

Alles nicht, dachte ich.

»Ich kann nicht begreifen, dass die Jugend von heute solche Sauereien liest. Warum keine schöne Literatur, warum nicht mal ein gutes Buch? Warum nicht mal Werner Bergengruen? Immer wieder schön. Oder Gertrud von le Fort? Warum nicht Luise Rinser oder Joachim Fernau?«

»Fernau?« Mein Vater merkte auf. »Guter Mann. War der nicht bei der SS?«

»Das spielt doch gar keine Rolle mehr«, befand Oma. »Er schreibt einfach köstlich.«

Da niemand widersprach, war die Literaturdebatte vom Kaffeetisch, allerdings um den Preis eines weitaus heikleren Themas: die Sturmflut mit all ihren Konsequenzen. Als meine Eltern und Oma gestern Nacht von

Tante Agnes' Beerdigung aus Kassel zurückgekommen waren, schliefen Hanna und ich bereits. Herr Lemartin hatte wegen der Leckage über seinem Bett eigentlich zurück in die Pension ziehen wollen, in der er schon vor seinem Einzug ins Juchhe gewohnt hatte, aber wir quartierten ihn einfach in Omas Gästezimmer ein. Und damit Oma keinen Schock über die Anwesenheit des Emissärs erlitt, hängten wir eine entsprechende Nachricht an ihre Wohnungstür. Das fand Oma auch alles gut und schön und tadellos. Im Übrigen war das Hochwasser so weit gefallen, dass die Straßen in unserem Viertel nicht mehr überflutet waren. Vom Wassereinbruch im Keller ahnten Oma und meine Eltern also noch gar nichts, und auch den unter der Last des Birnbaumastes umgeknickten Zaun bekamen sie erst an diesem Morgen zu Gesicht.

»Da kann man ja noch von Glück sagen, dass der Trumm euch nicht auf den Kopf gefallen ist«, meinte mein Vater. »Jetzt stehen zwar die Pfosten schief, aber das lässt sich leicht richten.«

»Die Pfosten wären wahrscheinlich von dem Ast inzwischen ganz umgedrückt worden, wenn Herr Tinotti nicht den Stacheldraht durchtrennt hätte«, sagte ich munter, nahm mir noch ein Stück Streuselkuchen – und hätte mir am liebsten nachträglich auf die Zunge gebissen. Aber gesagt war gesagt.

Oma reagierte natürlich wie auf Knopfdruck. »Den Draht durchtrennt? Ich habe mich wohl verhört. Dieser Dings, dieser Italiener hat meinen Zaun kaputt gemacht? Das ist ja wohl – mir fehlen die Worte. Ja, Herrgott, wo leben wir denn eigentlich?«

»Aber wenn er den Draht nicht durchgeschnitten hätte, wäre der Zaun jetzt noch viel kaputter«, sagte ich.

»Nun werd *du* nicht auch noch frech«, schnappte

Oma. »Das Flittchen von drüben hat dir wohl den Kopf verdreht.«

Meine Mutter mühte sich um Deeskalation der sich zuspitzenden Lage. »Nimm doch noch etwas Schlagsahne zum Kuchen, Mutti.«

Muttis Mutti griff zwar zur Sahne, heizte den Kalten Krieg aber dennoch weiter an. »Das ist Sachbeschädigung«, sagte sie, »derartige Übergriffe lassen wir uns nicht bieten. Was sollen die Nachbarn denken? So geht es nicht. Jetzt werden andere Saiten aufgezogen.«

»Nun lass mal gut sein«, meinte mein Vater. »Es hätte ja alles viel schlimmer kommen können. Wenn man bedenkt, was in Hamburg passiert ist. Von Hochwasser kann ich euch ein Lied singen. Beim Vormarsch auf Stalingrad, als der Don über die Ufer trat, haben wir bis zu den Hüften im Wasser gestanden. Der Iwan lag am anderen Ufer und – wie gesagt, es hätte schlimmer kommen –«

»Ja, Papa«, sagte Hanna und verdrehte die Augen, »aber Hochwasser hatten wir auch. Der Keller ist über Nacht vollgelaufen, und wir haben stundenlang geschuftet, bis er wieder trocken war.«

»Um Gottes willen«, stöhnte meine Mutter. »Der Eichhörnchenvorrat!«

»Es ist nicht so schlimm«, sagte Hanna, »nur die Kartoffeln sind nass geworden. Und Papas Sonnenblumenkerne.«

Mein Vater zuckte zusammen, als hätte man ihm einen Schlag auf den Kopf gegeben. »War gar nicht so leicht, die zu beschaffen. Der Mann in der Samenhandlung hat mich gefragt, ob ich eine Vogelzucht betreiben wolle. Der hatte ja keine Ahnung vom Krieg, muss wohl ein Etappenhengst gewesen –«

»Und wisst ihr, wer uns geholfen hat, euren dämlichen Atomkriegsproviant zu retten?«, sagte Hanna erbost.

»Die Nachbarn doch wohl«, sagte Oma. »Vermutlich Raabes von gegenüber, weil –«

»Ganz recht, unsere Nachbarn«, sagte Hanna. »Aber nicht die feinen Raabes, sondern unsere Nachbarn aus dem Schandfleck, Herr Tinotti mit seiner Tochter. Sogar der kleine Enzo hat mitgeholfen. Rührend. Und alles ohne Gummistiefel. Haben sich für unseren Keller auch noch die Schuhe ruiniert.«

Hanna blickte trotzig und irgendwie triumphierend in die Runde. Für einen Moment herrschte Schweigen. Mein Vater zählte zwei Stückchen Assugrin in die Kaffeetasse und rührte um, dass es klingelte. Im Radio sang dazu Vico Torriani »Kalkutta liegt am Ganges, Paris liegt an der Seine, und dass ich so verliebt bin, das liegt an Madeleine«. Trat nicht auch der Ganges ständig über seine Ufer? Meine Mutter zupfte sich nachdenklich am Ohrläppchen. Oma zerbröselte die geblümte Papierserviette zu unansehnlichen Klümpchen und nickte mit düsterer Miene vor sich hin, als wollte sie sagen, sie habe es ja schon immer gewusst.

Allerdings sagte sie dann etwas anderes. »Ihr habt also diese –, diese Leute in *unseren* Keller gelassen? Man fasst es nicht.« Sie griff sich stöhnend an die Brust, als bekäme sie einen Herzinfarkt. »So kann es nicht mehr weitergehen.«

Aber Vico Torriani sang immer noch. »Am schönen Rhein liegt Basel, und Kairo liegt am Nil, doch ich träum von Madeleine, an der liegt mir viel.«

Und ich fragte mich, wie es bei Hochwasser wohl in den Kellern am Rhein oder Nil zugehen mochte und ob Vico Torriani überhaupt ein echter Italiener war.

◈

Pornographie auf ihrem Klavier war schon schlimm genug, das unbefugte Durchtrennen der Grenzbefestigungsanlage noch schlimmer, aber dass der Feind von drüben unter dem Vorwand, helfen zu wollen, in voller Truppenstärke in ihr Haus eingedrungen war, traf Oma ins Mark. Gleich nach dem Kaffeetrinken brach sie zu einem Inspektionsgang durch den Keller auf und befahl mir, sie als »Belastungszeuge« zu begleiten. Im Verlauf ihrer Ehe hatte sie von Opa ein paar juristische Floskeln aufgeschnappt. Was sie im Keller suchte, wusste sie vermutlich selber nicht, aber irgendwelche »belastenden Indizien« würden sich schon finden lassen. Sie kontrollierte alle Räume, schaute in jeden Winkel, doch abgesehen von den durchnässten Säcken mit Mehl und Sonnenblumenkernen, den abgesoffenen Kartoffeln und einigen letzten Wasserlachen sah es im Keller eigentlich wie immer aus. Oma war enttäuscht. Unter der Kellertreppe gab es einen Verschlag, der etwas hochtrabend als Weinkeller bezeichnet wurde, weil dort Bier- und Saftkisten standen und in einem Holzregal Wein- und Schnapsflaschen lagerten, die meisten noch aus Opas Zeiten. Oma verschränkte die Arme vor der Brust und begann halblaut zu zählen.

»Eins, zwei, drei Flaschen Rotspon. Ein Verpoorten. Vier Liebfrauenmilch. Ein Alter Hullmann. Zwei Edelzwicker. Zwei Knatterberg Cuvée. Drei Kröver Nacktarsch. Ein Scharlachberg. Eins, zwei, drei – Momentchen mal.« Omas strenge Miene löste sich zu einem sardonischen Hab-ich's-doch-gewusst-Lächeln auf. »Nur drei Nacktarsch? Ich weiß genau, dass es noch vier waren. Ich hatte einen 6er Karton, zwei Flaschen sind an Silvester getrunken worden. Wo ist die dritte?«

Ich zuckte zusammen, weil ich haargenau wusste, wo die dritte Flasche geblieben war. Gab es in der

Rechtsgeschichte je ein belastenderes Indiz? Nie war es einfacher, Hanna in die Pfanne zu hauen, mich für ihre Hochnäsigkeiten und Blasiertheiten zu rächen, für ihr herablassendes Getue und ihre Petzereien. Ein Wort von mir, und Hanna wäre vernichtet. Aber im gleichen Moment erinnerte ich mich daran, wie wir im Keller zusammengearbeitet hatten, geschwisterlich vereint, und an das warme Gefühl, das ich ihr gegenüber empfunden hatte.

»Kannst du mir vielleicht sagen, wo die dritte Flasche Kröver geblieben ist?«, fragte Oma streng, gab sich aber gleich selbst die Antwort. »Ach Gott, Junge, woher sollst *du* das auch wissen?«

Oma machte mich wieder mal klein und dumm und hielt mich für ahnungslos. Das erbitterte mich. Ich wusste doch alles! *Ich* war der Herr der Lage. Und ich behielt kühl die Kontrolle. Hanna einfach so zu verpetzen wäre strategisch unklug gewesen. Wenn ich ihr gegenüber durchblicken ließe, was ich gegen sie in der Hand hatte, wäre sie auf ewig meine Geisel. Also schüttelte ich nur schweigend den Kopf und unterdrückte ein allwissendes Lächeln.

»Aber ich weiß es«, sagte Oma. »Ich habe es immer schon gewusst. Dies dreiste Diebespack von drüben! Das schlägt dem Fass den Boden aus.«

Jetzt hatte Oma also Tinottis im Verdacht. Das war ja schrecklich. Was sollte ich tun? Hanna den Dolch in den Rücken stoßen? Oder Clarissa opfern? War das nicht schon ein geradezu tragischer Konflikt, wie wir ihn neulich im Deutschunterricht durchgenommen hatten? Und ich war der tragische Held, der, was immer er tut, etwas Falsches tut, tun muss. Ich kam mir erbärmlich vor und zugleich großartig. Ich war der Mann, von dem alles abhing. In meinen Händen lagen Schicksale. Ich konnte den Daumen heben oder senken, wie es mir passte. Oma ahnte ja gar nicht, wen sie da vor sich hatte.

»Was willst du denn jetzt tun?«, erkundigte ich mich scheinheilig. »Die Polizei rufen?«

Oma überlegte einen Moment und winkte dann ab. »Was soll das bringen? Diese Zigeuner werden die Flasche längst getrunken haben. Oder verkauft. Nein, nein, nicht die Polizei. Siefken muss her. Und zwar schnell.«

◇

So schnell, wie Oma es gern gehabt hätte, ging es aber nicht. Siefkens Bauunternehmen schwelgte in Hochkonjunktur, stampfte hier Nullachtfuffzehn-Wohnblocks des sozialen Wohnungsbaus aus dem Boden, errichtete dort protzige Bungalows mit Wänden aus Glasbausteinen, hinter denen beheizbare Swimmingpools schimmerten, baute nach Entwürfen eines modernen Architekten eine evangelische Kirche, deren Schiff wie eine Garage und deren Turm wie ein Getreidesilo aussah. Ex-Maurergeselle Siefken, dessen Firma inzwischen *Siefken-Hoch-Tief GmbH & Co. KG* hieß, konnte sich vor Aufträgen gar nicht mehr retten, klagte über akuten Arbeitskräftemangel und hatte, der Not gehorchend, inzwischen sogar Gastarbeiter aus Südeuropa angeheuert.

Im Übrigen fuhr Herr Siefken jetzt nicht mehr Borgward, sondern einen BMW 3200 S Cabriolet. Unter den sogenannten Barockengeln dieser Baureihe war das der Erzengel, ein Auto, wie es die Welt noch nicht gesehen hatte, Kotflügel wie aufgespannte, majestätische Schwingen, sensationelle 8 Zylinder, unfassbare 160 PS, sagenhafte 190 km/h Höchstgeschwindigkeit, sparsame 18 Liter Benzinverbrauch auf 100 km. Rubinrot. Kostenpunkt: 22 000 DM. Ein Vermögen. Siefken hatte es.

Und irgendwann hatte Siefken dann sogar Zeit für Oma. Das heißt, natürlich nicht Siefken persönlich, der sich mit derlei Firlefanz gar nicht mehr abgab und den Auftrag nur annahm, weil er sich Opa verpflichtet fühlte, der ihn als Richter vor einigen Jahren vom Vorwurf der Bestechlichkeit freigesprochen hatte, sondern drei seiner Angestellten, nämlich ein deutscher Maurergeselle sowie ein Hilfsarbeiter aus Portugal und einer aus der Türkei. Sie rückten in einem VW-Bulli an und brachten auf dessen verlängerter Pritsche und einem Anhänger das Material mit. Sie rissen den lädierten Drahtzaun ab und rodeten auf unserer Grenzseite einige Beerenbüsche, als müsste freies Schussfeld geschaffen werden, gruben ein Streifenfundament, gossen es mit Beton aus, setzten sich die von Oma gebrachten Bierflaschen an die Hälse, machten Feierabend und kamen am nächsten Morgen wieder, um die Mauer hochzuziehen.

Oma hatte sich für glasierten Gelbklinker entschieden, weil der manierlich aussehe und mit der Farbe unserer Hausfassade dekorativ harmoniere. So etwas Hässliches wie in Berlin käme gar nicht erst in die Tüte. Was würden da die Nachbarn denken?

Die Männer arbeiteten schnell und präzise. Der deutsche Geselle und der Portugiese mauerten, der Türke mischte Mörtel und machte den Handlanger. Nachdem sie noch zwei Überstunden geschoben hatten, war die Mauer fertig.

Ob sie morgen zum Verfugen kommen sollten?

Oma verzichtete, da sie die Absicht hatte, die Mauer auf der Westseite mit Efeu und Knöterich zu begrünen. Dann werde die Mauer nämlich zum Schmuckstück.

»Und wie's drüben aussieht«, sagte sie, »ist mir schnurzpiepe.«

»Wenn du die Mauer begrünen willst«, sagte ich, »hättest du doch nicht die teuren Klinker kaufen müssen.«

»Wirst du schon wieder frech?«, schnappte Oma. »Geh mal lieber Bier holen.«

Ich ging in den Keller, holte das Bier, drückte den Männern je eine Flasche in die Hand, und als der Deutsche, der Portugiese und der Türke da müde vor ihrem Gemeinschaftswerk standen, Germania Pils tranken, selbst gedrehte Zigaretten rauchten und der Geselle sich von Oma ausfragen ließ, wie denn so das Betriebsklima bei Siefken sei, lief ich in unsere Wohnung, nahm die Kamera, öffnete das Küchenfenster und rief »Hallo!«.

Sie schauten nach oben.

Klack!

Nachdem Siefkens Leute abgezogen waren, ging ich noch einmal in den Garten und sah mir das blöde Bauwerk aus der Nähe an. Die Mauer war so hoch, dass ich die Oberkante kaum mit ausgestreckten Armen berühren konnte. Aus ihren Parterrefenstern konnte Oma jetzt wohl nur noch das Pappdach des Schandflecks sehen. Ich berührte die kalten, glatten Oberflächen der Klinker und strich mit dem Finger durch die Fugen, aus denen der noch feuchte Mörtel quoll. Es war ein milder Vorfrühlingsabend Anfang April, aber mir war kalt. Während die Dämmerung fiel, färbte sich der Himmel im Westen rot, während es im Osten schon dunkel wurde. Ich ging ganz dicht an die Mauer heran und schaute nach oben. Es sah aus, als hätten die Klinker den Himmel in zwei Teile gespalten.

14

Tinottis Eisdiele

Gemälde, Romane, Filme können Realitäten fingieren, die ihre Urheber nie gesehen haben, aber in der Fotografie lässt sich nicht leugnen, dass die Sache, so unwahrscheinlich sie sein mag, da gewesen ist und Realität und Vergangenheit ineinanderschiebt. Und obwohl du dies Foto nicht selbst gemacht hast, ist das, was es zeigt, unleugbar da gewesen. Das Objekt sieht arrangiert aus wie ein Stillleben, war aber nur das Ergebnis von Enttäuschung und Wut. Und dies Ergebnis war so unwiderlegbar gegenwärtig, dass Rudi Wiechers es fotografiert hat, nachdem du die Eisdiele verlassen und die Kamera, mit der du eigentlich ein Foto von Clarissa und ihrem Vater machen wolltest, auf dem Tisch vergessen hast.

»Das sah einfach irre aus«, sagte Rudi, als er dir die Kamera am nächsten Tag zurückgab, »das Eis im Aschenbecher und die Waffel zerkrümelt wie eine Riesenzigarre.«

Klack.

◇◇◇

Oma war Nichtraucherin, griff aber gelegentlich zu, wenn man ihr eine Zigarette anbot, paffte und sog dann mit spitzen Lippen, ohne zu inhalieren. Sie glaubte wohl, dass sich das so gehörte, oder fand es irgendwie elegant. Auf ihrem Couchtisch lag für Gäste auch immer eine silberne Zigarettendose, gefüllt mit der Marke Simon Arzt; vermutlich hielt sie die des Namens wegen für gesund. Eine Zigarette unbemerkt aus der Dose zu stibitzen, war unmöglich, weil Oma immer genau wusste, wie viele Simon Ärzte sie hineingelegt hatte, genau so, wie sie auch wusste, wie viele Flaschen von welchem Wein im Keller lagen.

Verglichen mit Omas Gelbklinkerbauwerk hatte die Berliner Mauer ein anderes Kaliber. Je stärker sie ausgebaut und befestigt wurde, desto mehr Menschen flohen aus der Zone oder versuchten es jedenfalls. In der Tagesschau wartete Karl-Heinz Köpcke mit immer schrecklicheren, aber irgendwie auch unheimlich spannenden, meistens böse misslungenen Fluchtversuchen auf: Jugendliche, die mit einem schweren Lkw im Drahtverhau oder mit einem gepanzerten Fahrzeug im Kugelhagel stecken blieben; unter der Mauer wurden Tunnel gegraben; in präparierten Autos wurden Fluchtwillige versteckt und ausgeschleust; ausländische Diplomaten schmuggelten in ihren Fahrzeugen, die dank ihrer Immunität unkontrolliert blieben, Menschen von drüben nach hüben; eine ganze Familie floh in selbst geschneiderten sowjetischen Uniformen mit einem zum Militärfahrzeug umgebastelten sowjetischen Auto; andere versuchten es schwimmend, mit Paddel- oder Segelbooten. Fluchthilfe entwickelte sich zu einem florierenden Geschäft, bei dem gegen Zahlung hoher Beträge, selbstverständlich in echter und harter Westwährung, Fluchtwillige aus der DDR herausgebracht wurden. Um selber von diesem Geschäft zu profitieren, hatten Rudi Wiechers und ich die Idee, eine Fluchthilfe-GmbH zu gründen, aber uns fehlte die Phantasie für noch ungewöhnlichere Fluchtwege als die real existierenden, und so wurde nichts aus dem genialen Plan.

Gegen den Berliner Beton war Omas akkurat gemauerte Klinkerwand jedenfalls harmlos, wenn auch grenzenlos peinlich. Sie erstreckte sich ja nur vom Birnbaum bis zur Kastanie, sodass man den Schandfleck nicht mehr durch den Garten erreichen konnte, sondern den kleinen Umweg über den Gehweg nehmen musste, den Oma natürlich nicht hatte vermauern können, obwohl sie das vermutlich gern getan hätte.

Durch Klatsch, Tratsch und diverse spitze Bemerkungen kam Oma nun aber zu Ohren, dass man in der Nachbarschaft den Mauerbau keineswegs als notwendige Abwehrmaßnahme gegen wachsende Überfremdung würdigte, sondern als ästhetischen Stilbruch, als Marotte, wenn nicht gar Verrücktheit empfand. Schließlich gab es in unserem Viertel keine Mauern zwischen den Gärten, sondern nur gepflegte Hecken und den einen oder anderen hübschen Hexen- oder Jägerzaun. In ihrem Bridgeclub musste Oma allerlei Sticheleien einstecken. Ob sie auch einen Checkpoint plane? Ob es schon Fluchtversuche gegeben habe? Und so weiter.

Das wurmte Oma bis aufs Mark, aber die Mauer wieder abzureißen, kam für sie natürlich nicht in die Tüte. Die rettende Idee stammte von meinem Vater. Er habe schon seit geraumer Zeit mit dem Gedanken gespielt, eine Garage zu mieten oder zu bauen. Für den Autolack seien Wind und Wetter bekanntlich Gift, das leuchte jedem ein, ohne dass er lang und breit vom russischen Winter erzählen müsse. Und da sich inzwischen immer mehr Nachbarn Autos zugelegt hätten, müsse er manchmal schon nach einem Parkplatz suchen, wenn unter seiner angestammten Straßenlaterne ein anderer Wagen geparkt sei. Baue man die Garage direkt ans Ende der Mauer, sei dort praktischerweise bereits eine Seitenwand vorhanden, und wenn man dann die Reste der Büsche entferne und den Grünstreifen mit Waschbetonplatten als Einfahrt pflastere, werde die ganze Konstruktion den Eindruck vermitteln, von Anfang an einzig zu diesem Zweck geplant worden zu sein.

Oma tat so, als müsse sie sich die Sache erst noch einmal durch den Kopf gehen lassen, lächelte aber still vergnügt in sich hinein. Manchmal war ihr Schwiegersohn gar nicht so dumm. Firma Siefken, auf Jahre hinaus ausgebucht, übernahm die Arbeiten nur deshalb, weil Oma Herrn Siefken ein weiteres Mal nachdrücklich an das gnädige Urteil ihres verstorbenen Gatten erinnerte, das Herrn Siefken damals vor einer hohen Geldstrafe, womöglich gar vorm Gefängnis, bewahrt hatte.

Schon beim zweiten oder dritten Einparken fuhr sich mein Vater eine Schramme in den linken Kotflügel seines Rekords, war aber über die neue Garage so glücklich, als habe nicht das Auto, sondern er selbst endlich ein Zuhause gefunden.

◇

Ich half Herrn Tinotti noch einige Male in der Eisdiele, die im Mai eröffnet werden sollte, und ließ mich mit weiteren Gitarrengriffen und Zupftechniken entlohnen. Meine Eltern hatte die Hilfsbereitschaft der Tinottis während der Sturmflut offenbar beeindruckt und so milde gestimmt, dass sie mich fast widerstandslos nach nebenan gehen ließen, zumal sie somit das Schulgeld für die Jugendmusikschule sparten. Oma unternahm noch ein paar Versuche, bei meiner Mutter dagegen zu intervenieren, dass ich beim diebischen Zigeunerpack und dem lasziven Flittchen verkehrte und dort verdorben werde und rettungslos verlottern müsste.

»Denk doch nur an den Schlüpfer«, sagte sie, und das

klang so bedrohlich, als wollte sie sagen: Denk doch nur an die Atombombe.

Aber das taten wir sowieso jeden Tag, und meine Mutter sagte dann nur »ach, lass den Jungen doch« oder »so schlimm wird's schon nicht sein«, und irgendwann resignierte Oma und tat so, als sehe, höre und wisse sie von nichts. Über ihren Verdacht, Tinottis hätten eine Flasche Wein gestohlen, schüttelte meine Mutter nur den Kopf und sagte »ach, Mutti«, und mein Vater schmunzelte so, als wollte er sagen, die Alte ist verrückt geworden. Ich hatte sogar das Gefühl, dass Oma ahnte, dass der Mauerbau ein teurer Schlag ins Wasser war, aber das konnte sie natürlich nicht zugeben, sondern schwärmte lauthals von der wunderbaren Garage, deren Bau sie nun angeblich von vorneherein geplant haben wollte.

Bei uns zu Hause hatte sich die Lage also entspannt, aber Clarissa gegenüber kam ich keinen Schritt weiter. Zwei- oder dreimal schlug ich ihr vor, mit mir ins Kino zu gehen, aber sie hatte immer eine Ausrede parat. Wenn ich als Gastarbeiter in der Eisdiele rackerte, ließ sie sich überhaupt nicht mehr blicken, und bei meinen Gitarrenstunden sang sie auch nichts mehr vor, sondern verzog sich auf ihr Zimmer oder beschäftigte sich mit Enzo. Und wenn sie gelegentlich vorbeischaute, brachte mich das derart aus dem Konzept, dass ich nicht einmal mehr Do von Re unterscheiden konnte.

»Greifen so«, korrigierte mich Herr Tinotti dann oder auch »zupfen so«, aber ich dachte immer nur daran, wie ich an Clarissa herumgreifen und -zupfen könnte.

Sie war so nett wie immer, lächelte mich an wie zuvor, und dennoch hatte ich das Gefühl, dass sich zwischen ihr und mir etwas verändert hatte, etwas, das ich nicht begreifen oder beschreiben konnte. Als ich eines Abends für ein paar Minuten mit ihr allein in der Küche war, nicht wusste, was ich sagen sollte, und sie gelangweilt an mir vorbei auf das Plakat mit der roten Fahne blickte, versuchte ich, von hilfloser Verzweiflung überwältigt, sie zu umarmen und zu küssen.

Sie wehrte sich nicht, sondern sagte nur leise und kalt: »Lass das.«

Ich ging wie in Trance. An der Mauerecke zum Gehweg kam ich wieder zu mir. Sie liebt mich nicht mehr, dachte ich, verdammte Kommunistin, und verspürte plötzlich die unbändige Lust, meine Gitarre gegen die Mauer zu schlagen, bis die Gitarre zertrümmert und die Scheißmauer zusammengebrochen sein würde. Sie liebt mich nicht mehr. Die Worte bohrten sich tiefer und tiefer in meinen Kopf, ein Ohrwurm der Qual. Am nächsten Morgen weckte er mich mit leicht verändertem Text: Sie hat mich nie geliebt.

◇

Der Tresen bestand aus abwechselnd rot, grün und weiß getönten Glasbausteinen, der Fußboden war mit Marmorbruch gefliest. Die Resopalplatten der Nierentischchen zeigten quietschbuntes Mosaikdesign. An den Wänden leuchteten Tütenlampen mit pastellfarbenen Schirmchen, und in den Ecken standen mehretagige, wendeltreppenartig verdrehte Blumenhocker, auf denen sich immergrüne Pflanzen ringelten und wie grünes Bakelit glänzende Gummibäume thronten. Die Wände waren mit Deco-Fix beklebt, und an einer Stelle, an der die Klebebahnen ungenau aneinanderstießen, fuhr eine abgeschnittene Gondel gegen das Kolosseum, und aus dem Ausschnitt einer vollbusigen, glutäugigen Italienerin ragte eine Mandoline. Hinter der Tresenplatte aus Marmor waren die Eisbehälter aufgereiht. Rot leuchtete Erdbeer, cremig-weiß Vanille, grün Pistazie, und es gab noch viel mehr Sorten. Am Rand des Tresens prangte eine Kaffeemaschine aus rot gespritztem Metall und blitzenden Verchromungen, die noch opulenter wirkte als die Heckpartie von Siefkens Barockengel. Neben dem Durchgang zur Toilette flimmerte und flackerte die Wurlitzer Jukebox, vor der ein paar Entenschwanzträger herumlungerten. Ray Charles sang *I Can't Stop Lovin You,* und damit sprach er mir aus der Seele.

Clarissa trug ein schlichtes schwarzes Kleid mit einer blütenweißen Schürze um die Hüften, schwebte, ein strahlendes Lächeln im Gesicht, engelsgleich zwischen Tresen und den voll besetzten Tischen hin und her, balancierte auf einem Silbertablett gewaltige Eisbecher, die ihr Vater hinterm Tresen komponierte.

Ein junger Mann, den ich noch nie gesehen hatte, war fürs Eis zum Mitnehmen zuständig. Er fuhr routiniert mit dem Eislöffel durch die verschiedenen Behälter, 20 Pfennig pro Kugel, und händigte die Waffeln den Kindern, Jugendlichen und Erwachsenen aus, die in langer, bis auf die Straße reichender Schlange anstanden, und zwar so geduldig, als hätten sie schon ihr Leben lang auf die Eröffnung einer italienischen Eisdiele gewartet. Kurz, Tinottis Eisdiele, vormals Krögers Kolonialwarenladen, war in unserer Stadt eingeschlagen wie eine Bombe.

Detlef Harms, Rudi Wiechers, Ralf Eilert und ich standen am Eingang und hielten nach einem freien Tisch Ausschau, möglichst dicht an der Jukebox. In einer Ecke entdeckte ich, halb hinter einem Gummibaum versteckt, Hanna und ihren Franzosen. Der Dachschaden über seinem Bett war inzwischen geflickt, und er war aus Omas Gästezimmer wieder ins Juchhe umgezogen. Jetzt löffelte er Eis aus seinem Becher, sah Hanna dabei tief in die Augen und hielt ihr den Löffel dann vor den Mund, als wollte er ein Baby füttern. Und Hanna war sich nicht zu schade, brav ihr Mündchen aufzusperren und sich kichernd füttern zu lassen. Affig! Ich schämte mich für meine große Schwester und war zugleich eifersüchtig auf ihr Glück. Clarissa hatte mich noch gar nicht gesehen, oder vielleicht hatte sie mich längst gesehen und ignorierte mich nur schnöde, weil sie mich nicht mehr liebte. Aber Herr Tinotti winkte mir fröhlich zu und deutete einladend auf einen soeben frei werdenden Tisch.

Wir setzten uns, studierten die Karte und kalkulierten im Geist unsere finanziellen Möglichkeiten. Mehr als die Piccola Coppa, drei Kugeln mit Schlagsahne für 80 Pfennig, war für keinen von uns drin. Und dann kam Clarissa an unseren Tisch. Sie strahlte. Aber sie strahlte meine drei Freunde genauso an wie mich. Ihr Lächeln war also rein geschäftlich, und das kränkte mich sehr. War ich denn nicht etwas Besonderes für sie?

»Ihr seid eingeladen«, sagte sie, »sucht euch aus, was ihr wollt.«

Ich hatte mich wohl verhört. *Ihr* seid eingeladen? Wir alle vier? Warum nicht nur ich? *Ich* hatte doch dabei geholfen, den Laden auf Vordermann zu bringen. Was hatten Detlef, Rudi und Ralf damit zu tun, die sich natürlich gleich skrupellos die Coppa Colossale mit Früchten, Sahne und Schokosoße für fünf Mark bestellten?

»Ich nehme eine Kugel Vanille in der Waffel«, grummelte ich säuerlich.

Die Jungs lachten.

Clarissa sah mich fragend an. »Im Ernst?«

»Ich meine es immer ernst«, sagte ich düster und mannhaft.

Sie zuckte mit der Schulter. »Wie du willst«, sagte sie schnippisch und ging zum Tresen.

»Find ich nobel, dass uns der Spaghetti–, dass wir eingeladen sind«, sagte Detlef.

»Echt knorke«, fand Rudi.

»Der ist Kommunist«, sagte ich giftig.

Rudi lachte. »Spinnst du?«

»Warum spielst du eigentlich die beleidigte Leberwurst?«, erkundigte sich Ralf. »Eine Kugel Vanille? Wo du hier die freie Auswahl hast? Umsonst?«

Detlef grinste. »Vielleicht hat er ja Liebeskummer. Guckt mal.« Er nickte in Richtung Tresen.

Dort stand Clarissa jetzt neben dem jungen Mann, der Eis in Waffeln löffelte, brachte ihren Mund dicht an sein Ohr und flüsterte etwas. Er blickte in Richtung unseres Tischs, nickte, grinste überheblich, berührte mit den Lippen Clarissas Ohr und flüsterte etwas zurück. Sie lachte kokett und gab ihm mit dem Ellbogen einen sanften Stoß gegen die Hüfte.

»Ist ja auch 'ne süße Krabbe«, sagte Rudi. »Da kann man schon mal eifersüchtig werden.«

Mir wurde abwechselnd heiß und kalt, kälter als das Eis und heißer als die Schokosoße auf den gewaltigen Portionen, die Clarissa meinen Freunden vorsetzte. Meinem düsteren Blick wich sie aus und drückte mir die Waffel mit der kümmerlichen Vanillekugel in die Hand, wie man einem störrischen Kind etwas in die Hand drückt, was es nicht mag. Und ich mochte auch nicht. Ich mochte überhaupt nichts mehr, sondern quetschte die Waffel, das Eis zuunterst, in den Aschenbecher, als drückte ich eine Zigarette aus, stand auf und ging ohne ein weiteres Wort und ohne mich noch einmal umzuschauen. Aus der Jukebox sang mir Conny Froboess hinterher: »Zwei kleine Italiener, die träumen von Napoli, von Tina und Marina, die warten schon lang auf sie. Zwei kleine Italiener, die sind so allein –«

Aber nicht so allein wie ich, nicht so hoffnungslos einsam und verlassen! Zu Hause versuchte ich Rocco Granatas *Marina* zu zerbrechen, aber das Vinyl war zu biegsam. Ich zerschnitt die Scheibe mit einer Schere, riss die Hülle in Fetzen, warf alles in den Papierkorb und mich selbst aufs Bett. Heulte Rotz und Wasser. Fühlte mich sterbenskrank.

◇

»Mund auf«, sagte Frau Dr. König, Spitzname Königin, und drückte mir mit einem Holzspatel die Zunge herunter. »Sag mal ah.«

»Ah!«

»Mh, mh, mh«, sagte sie und betastete meinen geschwollenen Hals. »Typisch abstehendes Ohrläppchen. Tut das weh?«

»Nur beim Kauen.«

Die Königin nickte zufrieden. »Parotitis. So, jetzt muss ich mir aber auch mal deinen –«, sie räusperte sich. »Ich meine, zieh mal die Schlafanzughose runter.«

Ich zuckte zusammen. Jetzt würde alles rauskommen. Parotitis musste die Folge hemmungsloser Onanie sein. Ich wusste ja nur allzu genau, dass mein rechter Hoden angeschwollen war und bei jeder Berührung schmerzte. Wahrscheinlich musste man mich jetzt kastrieren. Um mir die Peinlichkeit zu ersparen, stellte sich meine Mutter ans Fenster und schaute in Richtung Mauer. Trotzdem war ich wie gelähmt. Dr. König war zwar Ärztin, aber sie war eine Frau! Unmöglich, vor ihren Augen die Hose runterzulassen, damit sie meine Schande begutachten konnte, meinen fast hühnereigroßen –

Aber da legte die Königin bereits routiniert selber Hand an, lüftete den Gummizug meines Pyjamas, warf einen kompetenten Blick hinter die Kulisse und ließ den Gummizug los, sodass er gegen meinen Bauch klatschte.

»So, so«, nickte sie. »Mumpsorchitis, klinisch apparent.«

»Ist es gefährlich?« Meine Mutter hatte sich wieder umgedreht.

»Eher harmlos«, sagte die Königin. »Klassischer Fall von Mumps. Ziegenpeter. Typische Kinderkrankheit.«

Ziegenpeter? Kinderkrankheit? Ich hatte mich wohl verhört! Warum beleidigte sie mich auch noch, nachdem sie mich mit dem Gummizug schon gedemütigt hatte?

»Strenge Bettruhe. Nur weiche Nahrung. Ich verschreibe ein fiebersenkendes Medikament.« Die Königin strich mir wie einem Baby über die schweißnasse Stirn. »Wird schon werden. Wenn du das überstanden hast, bist du lebenslang immun.«

Immun? Wie meinte sie das? Immun wogegen? Gegen breiige Nahrung? Gegen Mädchen?

Während ich das Bett hütete, brach der Frühsommer mit einer ersten Hitzewelle ins Land. Neiderfüllt stellte ich mir vor, wie meine Freunde jetzt im Freibad herumtobten, die Mädchen nass spritzten, bis sie kreischten, und vor ihnen auf der Liegewiese balzten und strunzten. Ob Clarissa auch ins Freibad ging? Wie sah sie in einem Badeanzug aus? Hatte sie so einen heißen Bikini an wie im Schlager? »Acht, neun, zehn, na was gab's denn da zu sehen? Es war ihr Itsy Bitsy Teenie Weenie Honolulu Strandbikini, er war schick und er war sehr modern.« Ich schwitzte, wollte mir zwischen die Beine fassen, um meiner Phantasie die Sporen zu geben, aber zwischen meinen Beinen hockte feist und schmerzend der Ziegenpeter. Ja, jetzt, in genau diesem Moment, da ich mir Haferschleim mit zerquetschten Bananen reinwürgen musste, räkelte Clarissa sich irgendwo am Strand. »Der Itsy Bitsy Teenie

Weenie Honolulu Strandbikini, ja der gefiel ganz besonders den Herrn.« Und diesem Herrn, diesem geschniegelten Eisverkäufer, der ihr das Ohr geküsst hatte, dem gefiel der Bikini natürlich besonders gut. Vielleicht war das ein Verwandter von ihr, irgendein Vetter aus Dingsda, aus Fasano? Vettern und Cousinen durften ja heiraten. War sie womöglich schon mit dem verlobt? Oder war er womöglich der *Wumba-Tumba-Schokoladeneisverkäufer von dem anderen Stern,* den Bill Ramsey besang? Mumps war übel, aber was war Mumps verglichen mit verschmähter Liebe, mit der Qual, die mich schüttelte? Mumps war aber auch gut: drei Wochen keine Schule. Sitzenbleiben würde ich dies Jahr sowieso. Der Ziegenpeter war eine Entschuldigung. Der Junge war ja krank.

Aus der Küche fächelte süßer Duft. Holunderbeeren. Meine Mutter kochte Marmelade. Nachschub für den Eichhörnchenvorrat, Proviant für den Weltuntergang. Der 30. Mai war schon vorbeigegangen, und nichts war passiert, aber vielleicht hatte sich der Dichter des Schlagers nur verrechnet? Vielleicht kam der Weltuntergang erst am 30. Juni? Nur noch Kakerlaken und Silberfischchen. Und Ratten. Aber was, wenn Clarissa und ich als einzige menschliche Wesen den Weltuntergang überlebten? Dann waren wir dafür verantwortlich, ein neues Menschengeschlecht hervorzubringen. Zu zeugen. So nannte man das ja wohl. Zeugen, wann immer ich Lust dazu hätte, und Lust würde ich immer haben, und sie würde auch immer Lust haben und ihren Bikini abstreifen und das rote Höschen, das ich noch nie zu Gesicht bekommen hatte. So viele Kinder wie möglich zeugen. Eine neue, friedliche Welt gründen, ohne Mauern, ohne Checkpoints, ohne Bomben, ohne Angst. Der Marmeladenduft trug eine Stimme in meinen Fiebertraum.

Ramona, zum Abschied sag ich dir Goodbye,
Ramona, ein Jahr geht doch so schnell vorbei,
Ramona, denk jeden Tag einmal daran,
Ramona, dass nichts vergeht, was so begann.

Warum Ramona? Warum nicht Clarissa? Ach, es war nur meine Mutter. Geschirr klapperte. Kastagnetten. Clarissa würde mit Kastagnetten klappern, ich würde dazu Gitarre spielen. Do, Re, Mi. Und unsere Kinder wären unser Publikum. Dass nichts vergeht, was so begann. Dass nichts vergeht. Es war schon vergangen. Sie liebte mich nicht mehr. Ach, Clarissa, zum Abschied sag ich dir Goodbye. Meine Mutter nötigte mir irgendeine weich gekochte Pampe auf. War das etwa Liebe? Keiner liebte mich.

»Du musst etwas essen«, sagte meine Mutter.

»Das mag ich aber nicht.«

»Was würdest du denn gern essen?«

»Eis.«

»Eis?«

»Vanille. Von Clarissa.«

Und dann bekam ich tatsächlich ein Vanilleeis, nicht von Clarissa, nicht aus Tinottis Eisdiele, sondern von Langnese am Stiel. Meine Mutter hatte Hanna zum Kiosk geschickt. Das Eis war schon leicht angeschmolzen und tropfte auf die Bettdecke. Hanna beugte sich vor und wischte die Tropfen weg, wischte mir auch mit einem feuchten Waschlappen den Schweiß von der Stirn.

Sie lächelte, und ihr Lächeln veränderte ihr Gesicht. Das war nicht mehr Hanna, die sich da über mich beugte. Es war – ja, sie war es!

»Clarissa.«

Keine Antwort.

»Clarissa?«

Da wurde das Gesicht wieder zu Hannas, und es war auch ihre Stimme. »Tinottis sind aus dem Schandfleck ausgezogen«, sagte sie. »Clarissa wohnt hier nicht mehr.«

15

Der Krater

Das Foto zeigt ein Schild mit der Zeichnung eines Gebäudes, das wie aufgestapelte Schuhkartons aussieht. Eine Aufschrift verkündet, dass die Immobiliengesellschaft Siefken & Co. hier 12 hochmoderne Eigentumswohnungen errichtet. Der fertige Bau würde dreimal so hoch wie die Nachbarhäuser werden. Im Hintergrund erkennt man die Baugrube, auf deren Wasser sich die Sonne als milchiger Fleck spiegelt.

Klack.

Durch die Fotografie wird die Vergangenheit so gewiss wie die Gegenwart. Was man auf dem Papier sieht, ist so gewiss wie das, was man einmal berührt hat. Wenn man liebte, was man einmal berührt hat, kann uns solche Gewissheit traurig stimmen.

◇ ◇ ◇

Gefiltert durch die Storegardinen, warf die Straßenlaterne ein Lichtnetz aufs Parkett, einen eng geknüpften, blassgelben Maschendraht. Im Wohnzimmer bestand die einzige Lichtquelle aus dem vom Radio ausgehenden Schimmer. Wie ein böses Omen funkelte das magische Auge der Sendereinstellung giftgrün über der Bakelittastatur für UKW, MW, KW, LW. Die braun-weiß melierte Stoffbespannung vorm Lautsprecher, die wie eine von Omas

Häkeldeckchen aussah, vibrierte, als erzitterte auch sie unter den Nachrichten, die wie Schläge einer unerbittlich vorrückenden Uhr aus dem Äther an unsere Ohren drangen, einer Uhr, die das Ende der Welt anzeigte. Es war fünf, wenn nicht schon drei oder zwei vor zwölf.

In den vergangenen Tagen hatten Presse, Rundfunk und Tagesschau uns darüber informiert, dass amerikanische Aufklärungsflugzeuge auf Kuba sowjetische Raketenabschussbasen entdeckt hatten. Von dort konnten mit Atombomben bestückte Raketen jede Stadt der USA erreichen. Der amerikanische Präsident Kennedy, von dem meine Mutter inzwischen heftiger schwärmte als von O.W. Fischer, verlangte von den Russen, die die Existenz der Basen natürlich frech leugneten, den Abbau und die Rückführung sämtlicher Raketen.

Da kenne, orakelte mein Vater düster, der Kennedy aber den Iwan schlecht. Für den gebe es nämlich kein Zurück, der halte bis zum letzten Mann, bis zur letzten Patrone, bis zum letzten Sonnenblumenkern jede Stellung.

Schließlich verhängten die USA eine Seeblockade gegen sowjetische Schiffe, die weitere Raketen und Atombomben an Bord hatten. Und in dieser Nacht, in der sich kommunistische Frachter und amerikanische Kriegsschiffe Seemeile um Seemeile näher kamen, musste die Entscheidung fallen, ob Kennedy und Chruschtschow auf die roten Knöpfe drücken würden, die den Weltuntergang bedeuteten. Er würde dann nicht am 30. Mai, sondern am 28. Oktober stattfinden.

Zwischen den Schreckensmeldungen des Echos des Tages, die durch gelegentliche Telefonschaltungen zu einem in Washington sitzenden Reporter noch dramatischer wurden, dudelte Musik, dem Ernst der Lage angemessen natürlich keine Schlager, keine leichte Muse, sondern gedämpftes, seriös Klassisches. Oma tippte auf Brahms, mein Vater auf Mahler.

»Ich halt das nicht mehr aus«, stöhnte meine Mutter irgendwann, wobei unklar blieb, ob sie die Musik nicht mehr ertrug oder die Frage nach Sein oder Nichtsein der Welt. Sie ging in die Küche, bereitete dort eine Schnittchenplatte zu und stellte sie auf den Wohnzimmertisch, Pumpernickel mit Tilsiter, Graubrot mit Salami, Petersiliensträußchen, Gewürzgürkchen, Radieschen und aufgeschnittene Tomaten. Aber niemand griff zu, nicht einmal Oma. Irgendwie verdarb uns der Weltuntergang den Appetit.

Ich fragte mich, wie das beim Atomschlag genau zugehen würde. Was würde man hören? Einen Knall? Ein ohrenzerfetzendes Klack? Was sehen? Einen blendenden Blitz? Hätte es vorher Sirenenalarm gegeben? Hätte man noch genügend Zeit, in den Keller zu laufen? Oder nur noch die paar Sekunden, um sich eine Aktentasche in den Nacken zu legen und unterm Tisch in Deckung zu gehen, wie wir es in der Schule fleißig geübt hatten? Würde man qualvoll verbrennen? Oder Knall auf Fall schmerzlos pulverisiert werden? Würde tatsächlich die ganze Welt untergehen und womöglich durch die Wucht der Explosionen aus ihrer Umlaufbahn um die Sonne geschleudert werden? Oder würden nur die besonders gefährdeten Teile ausradiert, also wir und die Ostzone, Russland und Amerika?

Dann hätte Hanna aber Schwein gehabt! Sie war nämlich nach dem Abitur nach Straßburg gereist, angeblich, um dort einen französischen Sprachkurs zu belegen. Da Herr Lemartin nach Ende des Schuljahrs ebenfalls wieder zurück nach Straßburg gegangen war, konnte ich mir lebhaft vorstellen, was für ein Kurs das sein würde. Statt Kröver Nacktarsch gäbe es wohl Edelzwicker dazu.

Zum Wintersemester wollte Hanna dann mit dem Studium beginnen, neuerdings aber nicht mehr Tier- oder Kinderärztin werden, sondern Philosophie studieren, was meine Mutter mit einem »Um Gottes willen«, mein Vater jedoch mit einem gelassenen »Das wächst sich noch aus« quittiert hatte.

Und Clarissa? Tinottis waren aus dem Schandfleck ausgezogen, was eigentlich keine Überraschung war, hatte Herr Tinotti mir doch damals erklärt, dass sie dort nur *provvisoriamente* wohnen würden. Wo sie hingezogen waren, wusste ich nicht. Clarissa hatte ich noch ein paarmal gesehen, wenn sie nachmittags in der Eisdiele kellnerte. Sie verhielt sich so freundlich wie früher, aber ihr Blick sagte, dass es zwischen uns aus und vorbei war. Vielleicht sagte der Blick auch, dass es zwischen uns nie etwas gegeben hatte, dass meine Verliebtheit blind gewesen war und ich mir ihre Zuneigung nur zusammenphantasiert hatte. Trotzdem oder vielleicht eben deshalb stürzte mich ihr Anblick jedes Mal erneut in bohrenden Liebeskummer. Doch wenn heute Nacht oder morgen früh die Atombomben fielen, wäre ich endlich mit ihr vereint. Der Gedanke besänftigte meinen Liebeskummer und nahm mir die Angst vorm Weltuntergang. Im Tod mit ihr vereint. Wie schön.

»– schalten wir jetzt noch einmal telefonisch zu unserem Korrespondenten in Washington. Hallo Washington, hier Funkhaus Hamburg. Hören Sie mich?«

Knacken und Rauschen im Radio.

»Hallo Washing–«

»Ich höre Sie gut, ja.«

»Können Sie uns etwas Neues über die Lage berichten, etwas, das unseren Hörern Mut und Hoffnung macht?«

»Ja, ich denke schon. Wir haben soeben aus gut unterrichteter Quelle der amerikanischen Behörden erfahren, dass sowjetische Frachtschiffe im Golf von Mexiko bis auf Sichtweite an amerikanische Zerstörer –«

Knistern. Rauschen.

»Verehrte Hörerinnen und Hörer an den Empfangsgeräten, unsere Leitung nach Washington ist leider gestört. Wir gehen sofort wieder auf Sender, sobald wir Neues zu berichten haben.«

Musik.

»Mozart«, sagte Oma.

»Mozart ist doch ein gutes Zeichen«, fand meine Mutter. »Der ist immer so positiv.«

Meine Mutter lag richtig. Nach zehn Minuten panischen Schweigens kam die erlösende Meldung, die russischen Frachter seien abgedreht und bereits wieder auf dem Rückweg, ohne dass auch nur ein einziger Schuss gefallen sei.

»Das wundert mich nun aber doch sehr«, sagte mein Vater kopfschüttelnd. »Der Iwan gibt klein bei?«

»Du bist doch nicht etwa enttäuscht?«, sagte Oma spitz.

»Ach, Kennedy, was für ein Mann«, seufzte meine Mutter verträumt, nahm ein Radieschen, betrachtete es einen Moment wie einen ihr völlig unbekannten Gegenstand und biss dann hinein.

»Hol mal eine Flasche Sekt aus dem Keller«, sagte Oma zu mir. »Wir leben noch. Das muss gefeiert werden.«

Und dann tranken wir lauwarmen Deinhardt und machten uns über die Schnittchen her. Das magische Auge funkelte nicht mehr diabolisch, sondern glomm besänftigend. Dazu erklang lebenslustig und unbeschreiblich heiter *Eine kleine Nachtmusik*.

◇

Nach jahrelangen Querelen hatte sich die Erbengemeinschaft zusammengerauft und Haus und Grundstück an Siefkens neue Immobiliengesellschaft mbH verkauft. Siefkens Abrissbagger brauchte nur einen Vormittag, um den Schandfleck in einen Trümmerhaufen zu verwandeln.

Oma nahm die Arbeiten mit stiller Genugtuung zur Kenntnis, und als ein Vermessungstrupp des Katasteramts mit Peilgerät und Messstäben zu Werke ging, kommentierte sie das mit den Worten, Ordnung müsse sein. Eine Woche später erhielt sie ein Einschreiben der Immobiliengesellschaft mbH, demzufolge katasteramtlich festgestellt worden sei, dass die Grundstücksgrenze 85 Zentimeter westlich der Mauer aus Gelbklinker verlaufe. Um die geplanten Bauarbeiten ausführen zu können, seien Mauer und somit auch die Garage binnen einer Frist von 14 Tagen abzureißen.

Oma war außer sich. Immer schon sei die Grenze durch Birnbaum und Kastanie markiert gewesen. Man könne die herrlichen Bäume doch nicht so ohne Weiteres dem Osten zuschlagen. Unerhört! Und Mauer und Garage? Was die gekostet hätten! Da verlange sie Schadensersatz. Sie sprach beim Katasteramt vor und biss auf Granit. Sie erschien bei der Baubehörde und lief gegen eine Wand. Sie konsultierte Rechtsanwalt Bernholz, dessen Sohn Hanna vergeblich hofiert und schließlich gegen Lemartin den Kürzeren gezogen hatte. Bezug nehmend auf § 873 ff. BGB riet Bernholz dringend von einer Klage ab; ein Irrtum oder Vermessungsfehler der liegenschaftskatasterführenden Verwaltung sei mehr als unwahrscheinlich und nicht nachweisbar.

Oma schmollte und grollte ein paar Tage, fügte sich aber schließlich ins Unvermeidliche. Die Mauer sei sowieso nur eine Abwehrmaßnahme gegen diese übergriffigen Nottis gewesen –

»Sie heißen Tinotti«, sagte ich, »nicht die Nottis.«

»Nun werd *du* nicht auch noch frech«, sagte Oma.

Die Mauer habe jedenfalls ihren Zweck erfüllt und könne also abgerissen werden.

Siefkens Bagger brachte sie samt Garage zu Fall.

Wo der Schandfleck gestanden hatte, gähnte jetzt eine Baugrube, in der sich Grund- und Regenwasser sammelte. Meinen Vater erinnerte der Anblick an Bombentrichter in Stalingrad. Mir kam das Loch vor wie der Krater eines erloschenen Vulkans. Bei seinem Ausbruch war ich in den Lavastrom geraten. Jetzt war alles erstarrt. Die tief stehende Novembersonne glitzerte kalt auf dem stillen Wasser.

Klack.

Im Roman erwähnte Schlager

»**Marina**«
Interpret: Rocco Granata
Musik und Text: Rocco Granata

»**Popocatepetl-Twist**«
Interpreten: Caterina Valente/Silvio Francesco
Musik: Giuseppe Mengozzi, deutscher Text: Hans Bradtke

»**Schöner fremder Mann**«
Interpret: Connie Francis
Musik: Hal Gordon, Athena Hosey, Text: Camillo Felgen alias Jean Nicolas

»**Am 30. Mai ist der Weltuntergang**«
Interpreten: Golgowski Quartett
Musik: Karl Erpel, Text: Bert Roda

»**Heißer Sand**«
Interpret: Mina
Musik: Werner Scharfenberger, Text: Kurt Feltz

»**Ramona**«
Interpreten: Blue Diamonds
Musik: Louis Wolfe Gilbert, deutscher Text: Blue Diamonds